BASTEI
LÜBBE

Susanne Scheibler

Rebellin aus Liebe

Ein Frauenschicksal am Zarenhof

BASTEI LÜBBE

BASTEI-LÜBBE-TASCHENBUCH
Band 12 113

Originalausgabe

Printed in Western Germany 1980
Einbandgestaltung: Roland Winkler
Titelillustration: W. G. L. Bartsch
Gesamtherstellung: Ebner Ulm
ISBN 3-404-12113-9

Der Preis dieses Bandes versteht sich einschließlich
der gesetzlichen Mehrwertsteuer

1. Kapitel

Katharina Bugatow lag auf dem Teppich vor dem Kamin und las. Das Morgenkleid aus rosafarbenem Musselin war wie eine Wolke um sie gebreitet. Hin und wieder wippte sie mit den Füßen. Dann rutschte der Stoff zurück und gab ihre Beine frei.

Sie waren sehr hübsch, mit festen runden Waden und schmalen Fesseln. Überhaupt hatte sie eine äußerst reizvolle Figur mit einer Taille, die so schlank war, daß sie kaum geschnürt zu werden brauchte, und einer für ihre siebzehn Jahre schon erstaunlich fraulichen vollen Büste. Allerdings gab es andere Dinge an ihrem Äußeren, die sie unzufrieden stimmten. Das glatte, schwarze Haar zum Beispiel, das sich durchaus nicht zu niedlichen kleinen Löckchen ringeln wollte, wie die Mode sie vorschrieb, und die bräunliche Haut, die durch keine Buttermilchumschläge oder andere Hausmittel so weiß wurde, wie es dem augenblicklichen Schönheitsideal entsprach.

Ich sehe aus wie ein Bauernmädchen, hatte Katharina oft verzweifelt gedacht und sich blonde Haare und ein süßes Puppengesicht mit Veilchenaugen gewünscht.

Wie anziehend sie gerade durch ihren dunklen Typ mit den mandelförmigen Augen und dem vollen Mund wirkte, wußte sie nicht.

Draußen auf dem Korridor ertönten hastige Schritte, dann wurde die Zimmertür aufgerissen.

Katharina erschrak und klappte das Buch zu, in dem sie

eben gelesen hatte. Rasch versuchte sie, es unter den Teppich zu schieben.

Es handelte sich um einen französischen Roman – »Les Liaisons Dangereuses« von Laclos. Sonja Smirnow hatte ihn ihr besorgt. Heimlich natürlich – denn weder bei den Smirnows, noch bei den Bugatows oder sonst einer russischen Adelsfamilie pflegten derartige Bücher offiziell in die Hände junger Mädchen zu gelangen.

Katharinas Schrecken war also durchaus verständlich, als sie an jenem Novembervormittag des Jahres 1879, an dem ein bleigrauer, schneeverhangener Himmel über St. Petersburg hing, so unvermutet in der verbotenen Lektüre unterbrochen wurde.

Aber nicht ihre Mutter, wie befürchtet, betrat das Zimmer, sondern Schura, die alte Amme ihrer Schwester. Und Schura machte einen viel zu aufgelösten Eindruck, als daß sie für die verräterische Röte auf Katharinas Wangen und das eilige Verstecken des ominösen Buches einen Blick gehabt hätte.

Statt dessen brach sie, kaum daß sie die Tür hinter sich geschlossen hatte, in einen aufgeregten, von Schluchzern unterbrochenen Wortschwall aus.

»Sie müssen ihr helfen, Katharina Nikolajewna. Ich beschwöre Sie bei allen Heiligen, Sie müssen ihr helfen! Sonst . . . o Gott, das arme Herzchen . . . Er wird sie umbringen, gewiß und wahrhaftig! Heilige Mutter von Kasan, welch ein Unglück! Und an allem ist nur diese Hexe Akulina schuld. Aber ich drehe ihr den Hals um, wenn ich sie erwische – so wahr ich Schura Iwanowna heiße!«

Da es im allgemeinen sehr wenige Dinge auf der Welt gab, die die phlegmatische Schura in solch eine Verfassung versetzen konnten, erriet Katharina sofort, daß die so dringend erflehte Hilfe ihrer Schwester Olga zuteil werden sollte. Worum es sich jedoch im einzelnen handelte, erfuhr sie erst, nachdem sich Schura soweit gefaßt hatte, daß sie einen einigermaßen zusammenhängenden Bericht geben konnte.

Danach hatte Olga – »das arme Täubchen, Gott sei ihr gnädig« – gestern abend ihren Kutscher entlassen müssen.

»Er hat gestohlen. Und nun sagen Sie selbst, Katharina Nikolajewna, was blieb ihr anderes übrig? Wo kommen wir hin, wenn wir Räuber und Mörder unter unserem Dach beherbergen? Aber anstatt daß Matwej, dieser diebische Hund, vor Scham über seine Schandtat in den Boden versinkt – was tut er? Er geht hin und hetzt die Akulina auf, dem gnädigen Herrn die ganze Geschichte mit Gregor Petrowitsch aufzutischen.«

»Was für eine Geschichte, Schura? Und was für ein Gregor Petrowitsch?«

»Je, nun . . .« Das Gesicht der Alten verriet leichte Verlegenheit. Wahrscheinlich ging ihr eben erst auf, daß ihre Erzählung nicht ganz das Richtige für die Ohren eines siebzehnjährigen Mädchens war. »Gregor Petrowitsch Medinski. Sie werden sicher von ihm gehört haben. Ein schöner Mann. In ganz Petersburg spricht man von ihm. Und die Damen verrenken sich die Hälse, sobald er auftaucht. Wer will es da meiner Olga verdenken, daß sie verrückt nach ihm ist!«

»Du meinst . . .?«

Schura fing von neuem an zu heulen. »Sie liebt ihn, das arme Herzchen. Gott verzeih ihr die Sünde – wenn es überhaupt eine ist. So jung und hübsch – und mit einem Mann verheiratet, der ihr Vater sein könnte. Da ist Seine Gnaden, Fürst Medinski, doch ganz etwas anderes.«

Unwillkürlich nickte Katharina. Sie hatte Gregor Medinski im vorigen Monat einmal gesehen. Während der großen Militärparade auf dem Feld von Zarskoje Selo war es gewesen. Er hatte zu ihnen hinübergegrüßt, während sie mit Olga, deren Mann und ihren Eltern auf der Tribüne gestanden hatte.

Hinterher hatte Katharina ihren Vater nach seinem Namen gefragt, weil der blendend aussehende Mann ihre Neugier geweckt hatte.

Er mochte etwa Mitte der Dreißig sein, groß, schmalhüftig, mit Schultern, die den Uniformrock eines kaiserlichen Generaladjutanten fast zu sprengen schienen. Wenn man ihn mit dem ältlichen Prinzen Golubkin, Olgas Gatten, verglich, mußte der Vergleich zu dessen Ungunsten ausfallen.

Im Grunde hatte Katharina nie verstanden, wieso ihre hübsche, elegante Schwester Pawel Golubkin geheiratet hatte.

Aber wahrscheinlich hatten Papa und Mama sie gar nicht erst groß um ihre Meinung gefragt. Das war eben so: Die Eltern begutachteten einen Bewerber, und wenn er ihnen passend erschien, wurde die Hochzeit beschlossen.

In Katharinas Fall war es nicht anders gewesen. Pjotr Rodenko hatte im September um ihre Hand angehalten. Hinterher hatte Papa sie rufen lassen und ihr, assistiert von Mama, mit gerührter Stimme sein Einverständnis zu ihrer Verbindung mitgeteilt. Eine Woche später waren sie verlobt.

Allerdings müßte Katharina lügen, wenn sie behaupten wollte, ihr wäre dies unangenehm gewesen. Im Gegenteil, es machte sie stolz, schon einen Heiratsantrag bekommen zu haben.

Außerdem hatte sie Pjotr gern. Er war jung, gerade erst zwanzig, und sie kannte ihn seit ihrer Kinderzeit. Karetnaja, das Gut ihrer Eltern, auf dem sie, abgesehen von einem zweijährigen Pensionatsaufenthalt in Moskau, groß geworden war, und der Rodenkosche Besitz lagen nur vierzig Werst voneinander entfernt. Man hatte von jeher einen nachbarlich-freundschaftlichen Kontakt gepflegt.

Schura hatte sich unterdessen ausgiebig in ein Taschentuch geschneuzt, allerdings ohne ihren Tränenstrom zu beenden. Er floß während ihres ganzen Berichtes weiter und erhöhte damit noch dessen Dramatik.

Die Sache war die:

Olga und Medinski waren für zwei Uhr zum Rendezvous verabredet. Nicht zum erstenmal, wie Schura verschämt zugab. Sie trafen sich in einer etwa fünfzehn Werst hinter Petersburg gelegenen Datscha eines Freundes. Und irgendwie mußte Akulina, die Frau des entlassenen Kutschers Matwej und gleichzeitig Olgas Kammerzofe, davon Wind bekommen haben.

»Wahrscheinlich hat sie hinter den Türen gelauscht, die Schlampe, wenn Olga und ich davon gesprochen haben. Und jetzt hat sie dem gnädigen Herrn alles wiedererzählt.«

Die nachfolgende Szene mußte entsetzlich gewesen sein.

Nach Schuras Schilderung war Golubkin wie ein Verrückter durch das Haus getobt und hatte nach seiner Frau geschrien.

»Ich schwöre Ihnen, Katharina Nikolajewna, ich habe ihn noch nie so wütend gesehen. Jeder, der ihm in den Weg lief, bekam Fußtritte und Ohrfeigen. Glücklicherweise hatte Olga gleich nach dem Frühstück das Haus verlassen, um Einkäufe zu machen. Ich sagte Seiner Gnaden, daß sie erst zum Diner zurückkommt. Aber anstatt sich damit zufriedenzugeben, fing er nur noch heftiger an zu toben. Er schwor, zu der Datscha hinauszufahren und Olga umzubringen, wenn er sie mit Medinski erwischt.«

Natürlich hatte Schura versucht, die ganze Geschichte als eine Erfindung Akulinas hinzustellen. Sie hatte sich, wie sie sagte, sogar vor Golubkin auf die Knie geworfen und unter Anrufung sämtlicher Heiliger Olgas Unschuld beteuert. Aber der Erfolg waren lediglich neue Fußtritte und Ohrfeigen des aufgebrachten Prinzen gewesen.

Später sei ihm dann der Besuch seines Vetters, des Grafen Wolsky, gemeldet worden. Mit ihm zusammen habe er sich in seine Zimmer zurückgezogen und das Trinken angefangen.

»Aber vorher hat er Wassili befohlen, für zwei Uhr den Schlitten bereitzuhalten. Und ich habe gehört, wie er zu Graf Wolsky sagte, er solle mitkommen, um zu sehen, wie ein russischer Offizier und Ehrenmann die Schande eines Ehebruches zu rächen wisse. Das waren seine eigenen Worte.«

»Entsetzlich«, sagte Katharina. »Was können wir tun? Wir müssen sie warnen. Olga darf keinesfalls . . .«

Schuras Schluchzen schnitt ihr das Wort ab. »Ich sage Ihnen doch, ich weiß nicht, wo sie ist. Sie wollte Einkäufe machen und ein paar Besuche und sich dann mit Medinski treffen. Bevor ich zu Ihnen kam, habe ich noch versucht, wenigstens ihn zu erreichen. Aber er war gleichfalls ausgegangen. Und deshalb sind Sie die einzige, die jetzt noch helfen kann.«

»Aber wie?«

»Ziehen Sie sich rasch an. In einer halben Stunde können Sie bei der Datscha sein, noch vor Seiner Gnaden, dem Prinzen. Ich kenne den Weg und werde ihn dem Kutscher beschreiben. Wenn Olga und der Fürst schon dort sind, sagen Sie ihnen, was passiert ist, und fahren mit ihnen zurück. Und wenn nicht, warten Sie.«

»Gut. Aber was mache ich, wenn Golubkin inzwischen eintrifft?«

»Dann müssen Sie eben so tun, als hätten Sie das Rendezvous mit Gregor Medinski.«

»Ich? Unmöglich, Schura. Außerdem wird es mein Schwager sowieso nicht glauben, wenn Olga dabei ist.«

»Er darf sie natürlich nicht zu Gesicht bekommen. Sie ist irgendwo versteckt. Nur Sie sind da, Katharina Nikolajewna - und der Fürst.«

Während ihrer Worte hatte Schura Katharina zur Schlafzimmertür gedrängt. »Ich flehe Sie an, lassen Sie uns keine

Zeit mehr verlieren. Es geht um Leben und Tod. Seine Gnaden ist rasend vor Wut. Wenn Sie zu spät kommen, wird er Olga umbringen – und vielleicht den Fürsten dazu. Können Sie das verantworten?«

»Aber . . .« Katharina blieb noch einmal stehen. »Aber wenn bekannt wird, daß ich mit Gregor Medinski . . . der Skandal, Schura . . .«

»Kein Mensch wird etwas davon erfahren. Oder glauben Sie, Golubkin geht herum und posaunt die ganze Geschichte aus? ›Ich wollte meine Frau mit ihrem Liebhaber überraschen, aber dann war sie es gar nicht, sondern Katharina Nikolajewna?‹ – Hüten wird er sich, so etwas herumzuerzählen. Außerdem ist es ja sowieso nur für den Notfall. Wenn Sie sich beeilen, treffen Sie lange vor ihm bei der Datscha ein und sind verschwunden, bevor er überhaupt einen Fuß über die Schwelle setzt.«

»Also gut.« Katharina seufzte. »Besorge mir eine Schlittendroschke, ich bin in fünf Minuten an dem kleinen Seitenpförtchen, das zum Taurischen Garten führt. Aber sieh zu, daß du ein paar schnelle Pferde auftreibst. Viel länger als zwei Stunden kann ich nicht wegbleiben, weil dann Pjotr kommt, um mit mir und Madame de St. Fredaine zum Schlittschuhlaufen zu gehen.«

Als der Schlitten über die Newa-Brücke fuhr und freies Gelände erreichte, atmete Katharina auf.

Trotz der Pelzvermummung hatte sie befürchtet, auf der Ssergijewskaja oder dem Newski-Prospekt von Bekannten gesehen zu werden. Aber glücklicherweise hatte es wieder zu schneien begonnen, ein dichter Vorhang von weißen Flokken, der die Sicht schlecht machte und jeden, der unterwegs war, danach trachten ließ, unter ein schützendes Dach zu kommen. Schon als sie die südliche Vorstadt erreichten und den Warschauer Bahnhof umrundeten, waren die Straßen wie leergefegt gewesen.

Hinter der Brücke fuhren sie ein Stückchen am Newa-Ufer entlang, dann in östlicher Richtung durch ein Kiefernwäldchen.

Der Kutscher ließ die Peitsche knallen und trieb seine beiden Pferdchen zu schnellerem Tempo an. Schnaubend kämpften sie sich durch den Schnee.

Katharina hatte die Hände in ihrem Muff vergraben und die Pelzdecke bis zum Kinn hochgezogen. Trotzdem fror sie.

Sie fror immer, wenn sie aufgeregt war. Vor ihrem Debütantinnenball zum Beispiel hatte sie geschnattert wie eine Ente.

Dann kam die Datscha in Sicht. Sie lag hinter dem Kiefernwäldchen auf freiem Feld, ein einfacher Holzbau, buntgestrichen. Aus dem Schornstein stieg Rauch auf.

Ein durchaus friedlicher Anblick – nur nicht für Katharina. Heiliger Sergius, dachte sie, auf was habe ich mich da nur eingelassen!

Der Kutscher wandte sich zu ihr um. »Wir sind da, Euer Gnaden. Befehlen Euer Gnaden, daß ich warten soll?«

Sie zögerte einen Moment und unterdrückte den lebhaften Wunsch, ihn zum Umkehren zu veranlassen. Statt dessen schüttelte sie den Kopf.

»Nicht nötig, Väterchen.«

Neben der Datscha hatte sie einen zweiten Schlitten entdeckt. Es war also schon jemand da, mit dem sie nach Beendigung ihrer Mission zurückfahren konnte.

Aber – wer war es? Medinski? Olga? Oder Golubkin?

Noch während sie darüber nachdachte, hielt der Schlitten. Der Kutscher sprang vom Bock und war Katharina behilflich, sich aus den Pelzdecken zu wickeln. Sie drückte ihm ein paar

Rubelscheine in die Hand und stieg aus.

Als sie auf die Datscha zuging, hatte sie das Gefühl, Bleiklumpen an den Füßen zu haben.

Anscheinend hatte man ihre Ankunft beobachtet. Die Tür öffnete sich, noch während sie die Stufen hinaufstieg. Ein Mann stand ihm Rahmen, groß, mit welligen braunen Haaren und auffallend hellen Augen. Es war Medinski.

Katharina erkannte ihn sofort wieder, obwohl sie ihn nur einmal gesehen hatte, und sein Anblick erfüllte sie mit bodenloser Erleichterung. Es war noch alles zu retten, solange nicht Golubkin da war.

Während sie eilig an ihm vorbei in den winzigen Vorraum huschte, schloß Medinski die Tür hinter ihr und öffnete eine zweite, die in ein Zimmer führte. In einem Kamin loderten Holzscheite. Buntgeschnitzte Lehnstühle und ein niedriger Tisch standen davor. Ein Bärenfell war über einen Diwan geworfen.

»So zeitig habe ich Sie noch gar nicht erwartet«, sagte Medinski. Er hatte eine hübsche Baritonstimme, deren Tonfall allerdings fast immer ein wenig spöttisch klang.

Katharina wandte sich zu ihm und schlug den Schleier zurück, den sie über ihr Gesicht gezogen hatte.

»Ich bin nicht Olga.«

Es klang ziemlich kläglich, hauptsächlich deshalb, weil sie noch immer vor Aufregung fror und Mühe hatte, nicht mit den Zähnen zu klappern.

Wenn Medinski erschrocken war, so hatte er sich außerordentlich gut in der Gewalt. Er verriet sich höchstens in einem kurzen Zucken seiner Mundwinkel. Schweigend musterte er Katharina ein paar Sekunden. Dann kam er mit einem halben Lächeln näher. »Das sehe ich. Aber wer sind Sie überhaupt?«

»Katharina Bugatow. Ich . . .«

Sie verstummte, weil sie von draußen ein Geräusch vernahm. Es klang wie das Geläut sich rasch nähernder Schlittenglöckchen. Katharina aber kam es wie die Fanfaren des Jüngsten Gerichtes vor. Sie wurde leichenblaß.

»Um Gottes willen – ob er das ist?«

»Wer?« fragte Gregor.

Sie stürzte zum Fenster und kratzte an den zugefrorenen Scheiben herum. »Golubkin. Er weiß alles. Und er hat gedroht, Olga umzubringen, wenn er sie mit Ihnen erwischt.«

Die Schlittenglöckchen waren jetzt ganz nahe. Katharina preßte ihr Gesicht gegen die Scheibe. Ihr warmer Atem taute das Eis auf.

»Jemand kommt auf das Haus zu. Ich kann nicht erkennen, ob . . . doch, es ist eine Frau. Gott sei Dank - es ist Olga!«

Gregor war schon an der Vordertür. Katharina lief ihm nach und erreichte ihn gerade, als ihre Schwester die Stufen hinaufstieg.

»Katharina!« Die Prinzessin Golubkin, eine sehr hübsche, elegante Frau, starrte das junge Mädchen wie eine Erscheinung an. »Was, zum Teufel, tust du hier?«

»Schura hat mich geschickt. Dein Mann kann jeden Moment hier sein. Er weiß alles. Wir müssen sofort weg.«

»Zu spät«, sagte Gregor neben ihr. Erstaunlicherweise klang seine Stimme immer noch völlig gelassen. Entweder hatte er keine Nerven oder er war sich des Ernstes der Situation nicht richtig bewußt. »Dort kommt er nämlich.«

Olga schrie auf. »Wo?«

Medinski deutete in das Schneegestöber. »Dort. Ich sehe den Schlitten.«

Hinter dem Zimmer, in das Gregor Katharina geführt hatte, befand sich noch ein zweiter, fensterloser Raum, der als Abstellkammer benutzt wurde. Er war schmutzig und kalt und mit allerlei Gerümpel angefüllt. Deshalb protestierte Olga zuerst, als Katharina sie dort hineinschieben wollte.

»Wozu? Wenn er alles weiß, wird er nach mir suchen. Also kann ich genausogut gleich hierbleiben.«

»Du gehst da hinein«, beharrte Katharina und drängte ihre Schwester über die Schwelle. »Versteck dich hinter der Truhe und rühr dich nicht. Erst wenn wir alle weg sind, kannst du wieder herauskommen.«

Sie schloß die Tür hinter ihr und begann, sich in größter Eile ihres Mantels und ihres Schals zu entledigen.

Gregor betrachtete sie stirnrunzelnd.

»Sagen Sie, was soll das? Olga hat recht. Für sie ist es völlig zwecklos, sich zu verstecken. Lediglich Sie sollten es tun, damit Sie aus der Angelegenheit herausgehalten werden. Golubkin . . .«

»Seien Sie still«, unterbrach ihn Katharina und lauschte angestrengt nach draußen. Dann warf sie ihren Mantel über einen Stuhl.

»Er muß jeden Moment hier sein. Wahrscheinlich hat er den Schlitten eher angehalten und kommt das letzte Stück zu Fuß, um Sie zu überrumpeln. Aber man wird es hören, wenn er die Vordertür öffnet. Das ist dann das Zeichen für Sie, mich zu umarmen.«

»Wofür bitte?« fragte Medinski verdutzt.

»Mich zu umarmen. Am besten, wir setzen uns auf den Diwan. Und – denken Sie daran – Sie dürfen mich nicht eher loslassen, bis mein Schwager im Zimmer steht. Er muß sehen, daß Sie mich küssen. Sonst wirkt es nicht glaubhaft. Haben Sie das verstanden?«

»Allerdings. Aber . . .«

»Es ist die einzige Möglichkeit, Olga zu retten. Und nun kommen Sie schon her.«

»Ich denke nicht daran. Sie müssen verrückt sein. Wenn sich die Sache herumspricht, sind Sie kompromittiert. Also verschwinden Sie jetzt in die Abstellkammer. Lassen Sie mich allein mit Golubkin reden. Er wird sich mit mir duellieren wollen und . . .«

Medinski brach ab, weil sich Katharina plötzlich mit einer ungestümen Bewegung gegen seine Brust warf. »Um Gottes willen, küssen Sie mich. Er ist da. Ich höre seine Schritte.«

Ohne ihn aus ihrer Umarmung zu lassen, zog sie seinen Kopf zu sich herunter.

Er widerstrebte. »Seien Sie doch vernünftig! Herrgott, Sie sind wirklich das halsstarrigste Frauenzimmer, das mir je begegnet ist.«

»Schimpfen Sie, soviel Sie wollen«, sagte Katharina mit zusammengebissenen Zähnen. »Aber küssen Sie mich endlich! Los!«

Sie kniff die Augen zusammen und hielt ihm ihr Gesicht hin. Und dann küßte er sie nach einem kurzen Zögern tatsächlich – aber keineswegs so, wie sie erwartet hatte.

Niemals zuvor hatte ein Mensch sie auf diese Weise geküßt, auch Pjotr nicht. Der brave, schüchterne Pjotr mit seinen unbeholfenen Zärtlichkeiten . . .

Dieser Mann hier war weder brav noch schüchtern. Und seine Lippen waren es noch weniger.

Zuerst empfand Katharina Schrecken, dann Zorn. Aber als sie in einer instinktiven Abwehrbewegung das Gesicht zur Seite wenden wollte, packte Medinski ihr Kinn mit eisernem Griff und zwang es wieder zu sich empor.

Draußen knirschte der Schnee. Die Vordertür knarrte. Und dann trampelte Golubkin ins Zimmer, gefolgt von seinem Vetter Nikita Wolsky.

Blind vor Wut stürzte er auf Gregor zu und riß ihn von Katharina weg.

»Hab ich euch erwischt! Oh, du dreimal verdammte Hure! Ich drehe dir den Hals um, du ausgekochte, niederträchtige . . .«

Seine Stimme erstarb. Fassungslos glotzte er Katharina an. Er hatte eine ganze Menge getrunken und war zunächst geneigt, den Anblick seiner Schwägerin für eine Ausgeburt seines wodkabenebelten Gehirns zu halten.

Erst, als sie sich auch nach mehrmaligem Blinzeln nicht in Luft auflöste, sondern lediglich ein paar Schritte von ihm zurücktrat und sich auf den Diwan fallen ließ, begriff er, daß sie Wirklichkeit war.

Allerdings war es das einzige, was er begriff.

Akulina hatte ihm doch gesagt, er würde Olga hier finden. In der Datscha des Prinzen Jakimow. Und in der Gesellschaft von Gregor Medinski. Die Datscha war da. Gregor Medinski war da. Nur Olga nicht.

»Pawel Sergejewitsch«, sagte Katharina in sein verblüfftes Schweigen hinein. »Was tun Sie hier? Wer hat Ihnen gesagt . . . Gott, ich bin verloren.«

Sie hatte sich diese Worte schon vorher überlegt und sie sehr wirkungsvoll gefunden. Madame Tourvel in »Les Liaisons Dangereuses« sagte so etwas Ähnliches, nachdem sie von Juliette als Geliebte Valmonts erkannt wurde.

Katharinas einzige Sorge war gewesen, dabei auch genügend verwirrt zu erscheinen.

Aber diese Sorge erwies sich als überflüssig. Verwirrter als sie konnte kein Mensch sein. Und zwar wegen Gregor Medinskis Küssen . . .

Als er sie trotz ihres Sträubens auf so gewaltsame Weise festgehalten und weitergeküßt hatte, war etwas Merkwürdiges mit ihr passiert. Sie hatte nämlich plötzlich ein atemloses und für ihre Begriffe äußerst ungehöriges Vergnügen dabei empfunden.

Unter halb gesenkten Lidern warf Katharina einen Blick zu Gregor hinüber. Er stand mit verschränkten Armen neben dem Kamin. Entgegen der Mode trug er keinen Bart, aber trotzdem wirkte er männlicher als alle Männer, die sie bisher gekannt hatte.

Sein Gesicht war ernst, ohne die Spur eines Lächelns.

Und dennoch wußte sie plötzlich, daß er diesen Ernst nur spielte wie ein Schauspieler, der Abend für Abend in derselben Rolle auf der Bühne steht und jede Nuance mit der größten Leichtigkeit beherrscht, ohne innerlich daran beteiligt zu sein.

Und das ärgerte Katharina.

Es ist alles nur ein Spaß für ihn, dachte sie. Pawels Aufregung, Wolskys Verlegenheit, Olgas Angst in ihrem sicherlich sehr unbequemen Versteck – und vor allem die Sache mit dem Kuß. Er hat es absichtlich darauf angelegt, mich zu verwirren. Und das ist abscheulich.

In diesem Augenblick wandte Gregor den Kopf in ihre Richtung. Er sah ihre ärgerlich gerunzelte Stirn und kam zu ihr hinüber. Sie wollte zurückzucken, als er nach ihrer Hand griff, aber es war schon zu spät. Einen flüchtigen Moment spürte sie seine Lippen.

»Bitte, meine Liebe, behalten Sie die Ruhe. Die Situation ist in der Tat peinlich. Aber ich bin sicher, Prinz Golubkin und Graf Wolsky werden Stillschweigen darüber wahren. Oder nicht?«

»Ja«, sagte Wolsky und richtete sich stramm auf. Er hatte genausoviel Wodka getrunken wie sein Vetter und versuchte, seine schwere Zunge hinter einer abgehackten, militärischen Sprechweise zu verstecken. »Selbstverständlich. Können sich auf mich verlassen. Verdammt peinlich, die Sache! Möchte nur wissen, wie Pawel Sergejewitsch darauf kam, seine Frau hier anzutreffen.«

»Olga?« fragte Katharina.

Golubkin nickte widerstrebend. »Man hat mir gesagt, daß sie hier ist. Und daß . . .« Er zögerte und bewegte unbehaglich seine massigen Schultern, um dann doch, an Medinski gewandt, in plötzlicher Gereiztheit damit herauszuplatzen: »Daß Sie ihr Liebhaber sind.«

Olga saß währenddessen in ihrem Versteck in der Abstellkammer. Sie hatte sich hinter eine Truhe gekauert und fror erbärmlich. Außerdem schmerzten ihr die Glieder von der unbequemen Stellung. Sie hätte sie gern gewechselt, wagte es aber nicht, aus Furcht, irgendein Geräusch zu verursachen. Ihr pelzgefütterter Umhang und die Schleppe des resedagrünen Samtkleides schleiften im Schmutz.

Beides wird vollkommen ruiniert sein, dachte sie ärgerlich.

Dabei war das Kleid neu. Sie hatte es eigens für die Verabredung mit Gregor angezogen, weil sie wußte, daß er Grün an ihr liebte.

Aus dem Wohnraum der Datscha drangen die Stimmen zu ihr herein. Sie konnte durch die dünnen Holzwände jedes Wort verstehen.

Golubkin berichtete, was ihm Akulina gesagt hatte. Seine Stimme klang aufgebracht.

»Sie hat ein Gespräch zwischen meiner Frau und dieser alten Hexe Schura mitangehört. Daraus gingen alle Einzelheiten für die heutige Verabredung hervor. Und das – zum Teufel – kann sie sich doch nicht aus den Fingern gesogen haben.«

Akulina also, dachte Olga wütend. Na, die kann sich freuen. Bei der nächsten Gelegenheit fliegt sie. Das heißt, wenn es überhaupt noch eine nächste Gelegenheit für mich gibt.

Aber dann antwortete Katharina. Und sie fand die rettende Ausrede. »Das ist alles ein schreckliches Mißverständnis, Pawel Sergejewitsch. Und ich kann es Ihnen auch erklären. Olga hat von meiner . . . meiner unglückseligen Neigung für Gregor Medinski gewußt. Und hin und wieder hat sie Nachrichten zwischen uns übermittelt. Sie war auch über unsere heutige Verabredung informiert. Wahrscheinlich hat sie mit Schura darüber gesprochen, während die Kammerzofe sie belauschte. Wie gesagt, ein Mißverständnis. Und Sie dürfen Olga deswegen keine Vorwürfe machen. Es ist alles meine Schuld. Ich habe sie dazu überredet, uns zu helfen. Sie war nie damit einverstanden und hat mir oft ins Gewissen geredet. Aber ich . . . ach, ich muß wohl ein sehr schlechtes Geschöpf sein, daß ich so wenig auf sie hörte . . .«

Olga atmete auf. Sie ist nicht ungeschickt, die Kleine, dachte sie. Und wie sie mit Golubkin umspringt – genau die richtige Art, um ihn weich zu machen.

Das nachfolgende Gespräch verlief auch merklich ruhiger. Anscheinend war Pawel nun endlich davon überzeugt, einem Irrtum aufgesessen zu sein. In seiner Erleichterung darüber wurde er nahezu freundlich – jedenfalls zu Katharina, deren gutgespielte Zerknirschung ihn rührte.

Lediglich Gregor bekam noch ein paar Grobheiten zu hören. Wie er als Mann von Ehre es wagen könne, ein junges Mädchen aus gutem Hause, das noch dazu die Braut eines anderen sei, zu verführen – und daß das im Grunde strengste Bestrafung verlange.

Wenn er, Golubkin, davon absehe, so nur aus Rücksicht auf die arme Verführte, die ein öffentlicher Skandal zeitlebens ruinieren würde.

»Ich danke Ihnen«, sagte Gregor – in genau dem geschraubten Ton, den auch Golubkin anschlug. »Sie sind sehr gütig. Sollten Sie allerdings als Verwandter und Freund der

Familie Bugatow dennoch auf einem Duell bestehen, halte ich mich selbstverständlich zu Ihrer Verfügung.«

»Nein, nein«, knurrte Golubkin, und Olga in ihrem Versteck hätte am liebsten laut gelacht. Gregor hatte den Ruf eines ausgezeichneten Fechters und Pistolenschützen. Kein Wunder, daß sich Pawel nicht wegen Katharina, deren geschändete Tugend ihn im Grunde herzlich wenig interessierte, schlagen wollte.

»Lassen wir die Sache auf sich beruhen. Ich habe mich dazu entschlossen, und dabei bleibt es, sofern Katharina Nikolajewna mir verspricht, die Beziehungen zu Ihnen abzubrechen.«

»Ja«, sagte Katharina mit dem Brustton der Überzeugung.

»Dann kommen Sie, meine Liebe, ich bringe Sie nach Hause.«

Ein paar Minuten später wurde die Tür zu Olgas Versteck geöffnet. Gregor stand im Rahmen.

»Kommen Sie heraus, sie sind weg.«

Stöhnend und ächzend krabbelte Olga hinter der Truhe hervor. »Das war die schrecklichste halbe Stunde meines Lebens. Sie können sich nicht vorstellen, welche Angst ich ausgestanden habe. Außerdem bin ich halbtot vor Kälte. Fühlen Sie nur meine Hände. Und mein Kleid ist auch ruiniert.«

Er lächelte und schob sie zum Kaminfeuer. »Wärmen Sie sich auf. Und freuen Sie sich, daß Sie mit einem schmutzigen Kleid und kalten Händen davongekommen sind. Sie können sich bei Ihrer Schwester dafür bedanken.«

»Ja, sie hat sich wirklich tapfer benommen, die Kleine. Ich werde ihr etwas Hübsches dafür schenken. Ein paar Ohrringe oder so. Was halten Sie davon?«

Er zuckte die Achseln und zündete sich eine Papyrossi an. »Sie werden schon etwas finden. Meiner Meinung nach ist es vielleicht wichtiger, dafür zu sorgen, daß Ihr Gatte und dieser

Wolsky wirklich den Mund halten. Sonst bekommt Ihre Schwester fürchterliche Schwierigkeiten. Wer ist eigentlich ihr Verlobter?«

»Pjotr Rodenko. Sie kennen ihn sicher. Er ist Leutnant beim Peobraschenskijschen Garderegiment. Ein stiller, langaufgeschossener Jüngling, recht hübsch – aber fad. Allerdings betet er Katharina an. Wenn sie verheiratet sind, wird sie mit ihm machen können, was sie will.«

»So, so«, sagte Gregor zerstreut. »Meinen Sie. Nun ja, sie ist sehr reizend, wirklich.«

Olga lächelte ihm zu. »Hören Sie auf, von Katharina zu sprechen. Helfen Sie mir lieber aus dem Mantel. Und dann geben Sie mir einen Kuß. Den hab ich doch verdient nach all der Aufregung.«

Er gehorchte etwas zögernd. Aber als sie sich gegen ihn drängte und die Arme um seinen Hals schlang, erwachte sein Verlangen. Seine Küsse wurden heißer, der Atem ging schneller. Er streichelte über ihren Rücken, die Hüften . . .

Sie stöhnte auf, als er sie hochhob und zum Diwan trug. Er begann, den Verschluß ihres Kleides zu öffnen. Dann spürte sie seine Lippen auf ihrer nackten Haut.

Sie schloß die Augen. »Komm«, murmelte sie. »Komm . . .«

Aber Gregor Medinski ließ sich Zeit. Er fuhr fort, Olga zu küssen. Seine Zunge umspielte ihr Ohr, glitt tiefer über den Hals und berührte schließlich ihre Brust. Mit hastigen, ungeduldigen Händen streifte Olga das Kleid ab, entledigte sich ihres Mieders, der Spitzenwäsche. Ihr Körper war weiß und mädchenhaft, mit hochangesetzten, kleinen Brüsten und schmalen Hüften. Sie zitterte vor Erregung, als Gregor sich zu ihr legte.

Er war nicht ihr erster Liebhaber, aber der erste Mann, der eine solche Lust in ihr weckte. Lust, die der ältliche, schwerfällige Pawel Golubkin weder zu schenken noch zu befriedigen vermochte. Wenn er zu ihr kam, nahm er sie rasch und rücksichtslos, als hätte er eine Magd in eine Ackerfurche geworfen. Er dachte nur an sich und seine eigene Befriedigung.

Gregor Medinski dagegen ...

Seine Liebkosungen bewirkten, daß Olga das Empfinden hatte, in Feuer getaucht zu sein, und als er endlich ganz von ihr Besitz ergriff, schrie sie auf. Ihre Nägel hinterließen kleine rote Male auf seinem Rücken, und sie nahm keinen Blick von seinem dunklen Gesicht, weil sie es liebte, die Leidenschaft darin zu sehen, die sie ihm gab.

Nikita Wolsky verfügte über ein Jahreseinkommen von zwanzigtausend Rubeln. Da er gutes Essen und Trinken liebte, sich einen Reitstall hielt und ein Faible für elegante Garderobe und hin und wieder ein Spielchen hatte, war das viel zu wenig.

Allerdings besaß er als Ausgleich dafür ein sorgloses, heiteres Naturell, das ihn daran hinderte, sich Kopfzerbrechen über seine ständigen Geldverlegenheiten zu machen, und eine Anzahl begüterter Freunde, von denen er sich reihum in schöner Regelmäßigkeit zum Essen einladen ließ.

Um sich dafür zu revanchieren, versorgte er sie mit dem neuesten Petersburger Klatsch.

Er war eine Art wandelndes Nachrichtenmagazin, ständig zu irgendwelchen Besuchen unterwegs und mit dem unnachahmlichen Talent ausgestattet, Geschichten aufzuspüren, die andere Leute geheimzuhalten wünschten.

Man brauchte ihm bloß freundlich auf die Schultern zu klopfen und ihn zu fragen: »Na, mein Lieber, was gibt es Neues?« – um mit unfehlbarer Sicherheit eine Stunde lang über die Familienangelegenheiten der Chlessews, die verschiedenen Liebhaber der Woyschenskaja, einer Tänzerin an der Petersburger Oper, oder sogar die politischen Intrigen in Zarskoje Selo unterhalten zu werden.

Wolsky wußte, daß Fürst Narynko eine Schauspielerin aushielt, auf die seine Frau rasend eifersüchtig war, daß die Älteste der drei Smirnow-Töchter den Heiratsantrag eines Grafen Tschubow abgelehnt hatte, weil sie unsterblich in einen Gardeleutnant des Dunaijskijschen Infanterieregiments verliebt war, der seinerseits einer französischen Gouvernante nachlief, und daß sich Graf Nykulin und Fjodor Borewski wegen der Baronin Glottheim duelliert hatten.

»Aber nicht etwa ein normales Duell, sondern ›Blind man's buff‹! Denken Sie nur! Sie haben doch sicher davon gehört. Die beiden Gegner schießen in einem völlig finsteren Raum aufeinander. Alles geht dabei in Scherben. Fenster, Spiegel, Lampen – bis einer nicht mehr fähig ist, zu schießen. Barbarisch, sage ich Ihnen. Borewski soll schwer verwundet sein. Seine Mutter hat drei Ärzte zu seiner Behandlung hinzugezogen.«

Da das Verbreiten solcher Geschichten Wolskys größtes Vergnügen war, verdroß es ihn zunächst sehr, über die Ereignisse in der Datscha des Prinzen Jakimow Stillschweigen bewahren zu müssen. Er hielt es auch nur eine gute Woche lang durch.

Dann vertraute er die Geschichte – natürlich unter dem Siegel strengster Verschwiegenheit – den beiden Brüdern Luchanow während eines feuchtfröhlichen Abends mit Champagner und Zigeunermusik in der »Eremitage« an.

Es gab Kopfschütteln und Gelächter. »Sieh an, die kleine Bugatow. Die fängt ja gut an, setzt Rodenko schon vor der Hochzeit Hörner auf. Wer hätte das gedacht! Aber das liegt wohl in der Familie. Die Prinzessin Golubkin soll es ja auch mit der Treue nicht so genau nehmen. Wissen Sie noch, damals, mit dem jungen Gremin . . .«

Und am nächsten Tag begann die Geschichte von Katharina und Medinski ihre Runde durch die Petersburger Salons zu machen.

Lediglich die Bugatows und Pjotr Rodenko wußten noch nichts davon. Sie erfuhren es – wie üblicherweise die Betroffenen – erst ganz zuletzt; und zwar unter solchen Umständen, daß ein Skandal nicht mehr zu vermeiden war.

Es war während eines Balles im Hause der Smirnows, zu dem auch Medinski erschien.

Katharina entdeckte ihn nach einem Walzer, den sie mit Pjotr getanzt hatte, im Eingang des Ballsaales, wie er gerade seinen Degen aus dem Portepee zog und einem livrierten Diener überreichte. Ohne sie zunächst zu bemerken, durchquerte er den Saal und begrüßte einige Bekannte.

Katharina starrte ihm mit gerunzelter Stirn nach.

Natürlich hatte sie damit gerechnet, Medinski auf irgendeiner Gesellschaft wiederzubegegnen. Aber sie hatte nicht gedacht, daß sein Anblick sie mit solchem Unbehagen erfüllen würde.

Von Olga wußte sie, daß sie sich unterdessen von ihm getrennt hatte. Sie hatte es ihr völlig gelassen, beinahe heiter erzählt.

Und auf Katharinas schüchterne Frage, ob sie denn nun nicht sehr unglücklich sei, hatte sie gelacht.

»Aber nein, du Schäfchen, warum denn? Wir haben doch beide von Anfang an gewußt, daß es nichts von Dauer ist.«

»Aber ich denke, du liebst ihn?« hatte Katharina mit großen Augen gefragt.

Olgas Antwort hatte ein bißchen verlegen geklungen. »Lieben . . . lieben! Er hat mir gefallen, das ist alles. Der Himmel möge mich bewahren, jemals einen Mann vom Schlage Gregors zu lieben.«

»Und – warum?«

Olga hatte die jüngere Schwester in die Wange gekniffen. »Weil er zwar reizend, aber ein skrupelloses, selbstsüchtiges Ungeheuer ist. Ein Zyniker, der vor nichts und niemand Respekt hat und kleine Mädchen wie dich zum Frühstück fressen würde, wenn man ihn ließe. Und weil . . . aber lassen wir das. Von solchen Dingen verstehst du nichts. Und vielleicht wirst du sie auch nie verstehen. Du hast nämlich Glück mit deinem Pjotr, mein Häschen. Das ist ein hübscher Junge und anständig noch dazu. Genau der Richtige zum Heiraten.«

Katharina hatte noch lange an dieses Gespräch gedacht. Und sie war zu der Überzeugung gekommen, daß Olga in der Beurteilung Gregor Medinskis unbedingt recht hatte. Kein Mensch konnte ihn schließlich besser kennen als sie. Wahrscheinlich hatte sie ihn früher geliebt und war nur von seinem schlechten Charakter abgestoßen worden.

Daß sie sich trotzdem nicht sofort von ihm getrennt hatte, lag eben an der rätselhaften Anziehungskraft, die er auf Frauen ausübte und die selbst sie, Katharina, verspürt hatte.

Aber natürlich war das nur ein Grund mehr, ihm aus dem Wege zu gehen und ihn aus tiefstem Herzen zu verabscheuen. Väterchen Dimitri, der alte Pope aus Karetnaja, hatte es oft zu ihr gesagt: »Das Böse übt immer eine große Anziehungskraft auf uns aus, mein Kind. Und das ist gerade das gefährliche daran. Wäre es nur abstoßend, würde es kein Mensch tun.«

Pjotrs Frage, ob er ihr etwas zu trinken besorgen sollte, riß Katharina aus ihren Überlegungen. Sie lächelte ihn an.

»Nein, danke. Ich bin nicht durstig.«

Guter, lieber Pjotr. . . .

Auch in seiner Beurteilung hatte Olga vollkommen recht. Er war lieb und anständig. Viel, viel besser als Medinski.

Pjotr würde sicherlich niemals Geliebte haben. Und noch

weniger würde er es wagen, ein Mädchen auf so unverschämte Art und Weise zu küssen, wie Medinski es mit ihr in der Datscha getan hatte.

Katharina beschloß, den ganzen Abend besonders nett zu Pjotr zu sein und Medinski, wenn möglich, überhaupt nicht zu beachten.

Aber dann tauchte er plötzlich in einer Tanzpause, die sie bei ihrer Mutter verbrachte, bei ihr auf. Er kam mit Nadja, der zweitältesten Smirnow-Tochter, zu ihnen herüber, küßte ihrer Mutter die Hand und bat mit dem harmlosesten Lächeln der Welt, Katharina vorgestellt zu werden.

»Ich hatte bisher nur das Vergnügen, die Prinzessin Golubkin zu kennen. Aber meinen Glückwunsch, Gräfin – zwei so reizende Töchter! Und die Komtesse ist ihrer schönen Mama wie aus dem Gesicht geschnitten.«

Es war genau das, was man in solchen Fällen zu sagen pflegte, und die Gräfin lächelte geschmeichelt.

Aber Katharina wäre Medinski am liebsten mit den Fingernägeln ins Gesicht gefahren.

Wie aalglatt dieser Mensch doch log! Und er wurde nicht einmal rot dabei. Statt dessen küßte er nun auch ihre Hand und ließ seine Blicke ganz ungeniert über das Dekolleté ihres Ballkleides wandern. Dann bat er sie um die nächste Quadrille, die der Ballordner gerade ansagte.

»Ich hoffe, Sie haben sie noch nicht vergeben, Komtesse?«

»Nein«, platzte Katharina gedankenlos heraus und hätte sich im nächsten Moment auf die Zunge beißen mögen.

Warum hatte sie nicht ja gesagt? Sie wollte doch gar nicht mit Gregor tanzen. Und im Grunde war es eine Dreistigkeit sondergleichen, sie überhaupt dazu aufzufordern.

Aber er hatte ihr schon seinen Arm geboten. »Bitte sehr, Komtesse.«

Sie waren kaum außer Hörweite, als Katharina ihrer angestauten Empörung endlich freien Lauf ließ.

»Sagen Sie, es macht Ihnen wohl Spaß, mir Ungelegenheiten zu bereiten? Sie wissen doch, daß die Golubkins und Graf Wolsky auch hier sind, und . . .«

»Psst, nicht so laut. Man sieht schon zu uns hin. Lächeln Sie wenigstens, wenn Sie mir Vorwürfe machen. Sie haben so hübsche Grübchen. - Übrigens, dort in der Saaltür, ist das nicht Pjotr Rodenko?«

Sie wandte den Kopf und entdeckte ihren Verlobten in einer Gruppe junger Offiziere. »Ja.«

»Ich habe ihn kürzlich im Englischen Klub kennengelernt. Ein netter Junge. Nur ein bißchen langweilig. Haben Sie sich in seine sanften, braunen Augen verguckt? Oder die blonden Locken?«

»Hören Sie auf! Ich habe keine Lust, mich mit Ihnen zu unterhalten. Und schon gar nicht über Pjotr Rodenko.«

»Und warum nicht? Ich dachte immer, ein junges Mädchen spricht über nichts so gern wie über ihren Liebsten. Es ist wirklich traurig. Da gebe ich mir so viel Mühe, Ihnen zu gefallen – und es gelingt mir einfach nicht. Was haben Sie eigentlich gegen mich?«

Katharina schwieg verbissen, und er lachte leise, wieder mit diesem für sie so unerträglichen, arroganten Unterton. »Also nichts. Nun, das freut mich. Darf ich dann vielleicht hoffen, daß Sie mir noch die Mazurka schenken?«

»Bedaure – die ist schon vergeben.«

»Und natürlich an Pjotr Rodenko!« Medinski schüttelte bedauernd den Kopf. »Schade, schade. Ich fange immer mehr an, ihn zu beneiden. Dabei bin ich sicher, er kann nicht halb so gut Mazurka tanzen wie ich. – Übrigens haben Sie ein hübsches Kleid an. Die Farbe steht Ihnen gut, viel besser als das Braun, das Sie neulich trugen. Braun macht Sie ein wenig blaß, Sie sollten darauf achten. Das heißt – Verzeihung – vielleicht waren Sie neulich sowieso blaß, und es lag gar nicht an dem Kleid. Immerhin war die Situation ziemlich aufregend.«

»Wenn Sie nicht sofort von diesem abscheulichen Thema aufhören«, sagte Katharina mit zusammengebissenen Zähnen, »lasse ich Sie mitten in der Quadrille stehen. Ich wünsche nicht, an dieses ›neulich‹ erinnert zu werden.«

»Oh, das konnte ich nicht ahnen. Denn, wissen Sie, ich denke sehr gern daran zurück. Es war eine erhebende Stunde. Ein schönes junges Mädchen hat mich durch einen Kuß vor einem Duell gerettet . . .«

»Bedauerlicherweise! Und damit Sie klar sehen – ich habe es gewiß nicht Ihretwegen getan.« Sie beendeten die Quadrille mit einer Grande ronde. Dann schwieg die Musik, und Gregor bot Katharina seinen Arm. »Darf ich Sie zu Ihrer Mutter zurückbringen?«

Aber im gleichen Moment rief der Tanzmeister schon zur Mazurka auf. Mehrere Lakaien stellten eilig die Stühle dafür zurecht, und die Paare liefen aus allen Nebenräumen zusammen.

Katharina blickte sich nach Pjotr um. Aber er war nirgends zu entdecken.

»Was für ein treuloser Bräutigam«, sagte Gregor. »Er wird Sie doch nicht etwa versetzt haben?«

»Bestimmt nicht. Aber lassen Sie sich nicht aufhalten, wenn Sie noch eine Dame für die Mazurka engagieren wollen. Ich kann genausogut allein warten.«

»Ich bleibe hier und hoffe, er versetzt Sie doch. Wenn ich mich nicht irre, sah ich ihn nämlich schon zu Beginn der Quadrille mit den anderen jungen Herren den Saal verlassen. Vielleicht haben sie ihn in eine interessante Diskussion verwickelt, von der er sich nicht losreißen kann. Dann tanzen wir die Mazurka zusammen.«

»Nein«, sagte Katharina.

»Doch. Kommen Sie – die Paare stellen sich schon auf. Und von Ihrem Pjotr keine Spur.«

Katharina wedelte sich mit ihrem Fächer Luft zu. Sie tanzte leidenschaftlich gern Mazurka und wollte sie sich um keinen Preis entgehen lassen. Aber wenn Pjotr nicht bald kam ...

In diesem Augenblick begann das Zigeunerorchester mit den ersten Takten. Der Tanzmeister führte Sonja Smirnow auf das Parkett.

»Na?« fragte Medinski. Seine Augen blitzten.

Katharina warf den Kopf in den Nacken. »Gehen Sie nur, ich ...«

Sie verstummte, weil plötzlich vor dem Ballsaal streitende Stimmen laut wurden. Und dann erschien Pjotr in der Tür. Er war weiß wie die Wand und zog den jungen Chlessew mit sich. Andere drängten ihm nach. Sie redeten auf ihn ein und versuchten, Chlessew aus seinem Griff zu befreien.

Aber Pjotr schüttelte sie mit einer wilden Bewegung ab.

»Laßt mich! Und du, Chlessew, komm mit! Sag ihr deine dreckigen Lügen ins Gesicht, wenn du die Stirn dazu hast. Sag es – oder ich schieße dich über den Haufen.«

»Pjotr!« rief Katharina entsetzt.

Die Musik brach mit einer schrillen Dissonanz ab. Nur der Zimbalspieler hämmerte noch ein paar Takte. Dann schwieg auch er. Die Tanzenden waren stehengeblieben. Sie bildeten eine Gasse, durch die Pjotr mit Chlessew am Arm auf Katharina und Medinski zukam.

Chlessew war anscheinend schwer betrunken. Er schwankte, und das Haar hing ihm ins Gesicht. Katharina dachte zuerst, das sei auch bei Pjotr der Fall – aber als sie in seine Augen sah, merkte sie, daß sie sich geirrt hatte. Sie waren vollkommen nüchtern und so zornig, wie sie es bei dem stillen jungen Mann nie für möglich gehalten hätte.

»Da sind Sie ja, Katharina Nikolajewna. Zu Ihnen wollte

ich. Denn dieser Hund hier . . .«, er deutete auf Chlessew, der mit trotziger Miene zu Boden sah, »dieser Hund hat Sie beleidigt. Er sagte, Sie seien die Geliebte des Fürsten Medinski, und jedermann in Petersburg wisse von Ihren Rendezvous. Und jetzt wiederhole es, Chlessew! Los! Aber laut genug, damit alle hören, was für ein gemeiner, dreckiger Lügner du bist!«

Die Paare wichen zurück. Nur Katharina und Gregor standen noch in der Mitte, Pjotr und Chlessew gegenüber. Katharina schwamm es vor den Augen. Das Parkett, die Lampen und Spiegel, grüne, rote, blaue, goldene Kleider, Uniformen und Fräcke – alles verschmolz zu einer einzigen riesenhaften, bunten Woge.

Jemand schluchzte unterdrückt auf. Katharina erkannte die Stimme ihrer Mutter. Dann ihr Vater: »Was, zum Teufel, hat das zu bedeuten?«

Und dann Gregor. Er hielt immer noch ihren Arm. »Rodenko, seien Sie kein Narr. Sie sind betrunken. Gehen Sie nach Hause und schlafen Sie Ihren Rausch aus.«

»Nein«, sagte Pjotr. Seine Stimme klang schrill. »Ich bin nicht betrunken. Aber ich werde diesen Chlessew umbringen, wenn er seine dreckigen Lügen nicht zurücknimmt.«

Unter all den Menschen im Saal entdeckte Katharina plötzlich Olga. Sie stand neben der großen Tür, durch die Pjotr vorhin hereingekommen war, und ihr Gesicht war eine einzige Maske der Angst.

Armer, dummer Pjotr, dachte Katharina. Warum hast du das getan? Hättest du mich doch allein, unter vier Augen gefragt, dann hätte ich dir alles erklären können. Aber so . . .

Sie löste sich von Gregor und ging auf Pjotr zu. Sein weiches, etwas energieloses Kinn zitterte. Er sah aus, als würde er im nächsten Moment zu weinen anfangen, und er tat ihr schrecklich leid.

»Lassen Sie Chlessew los, Pjotr.«

»Aber er hat gesagt . . .«

»Ich weiß«, erwiderte sie. »Jedermann in Petersburg ist über meine Rendezvous mit dem Fürsten Medinski im Bilde.«

»Und das ist doch nicht wahr?« schrie Pjotr. »Es kann einfach nicht wahr sein. Sagen Sie es doch, Katharina. Haben Sie sich wirklich mit . . . mit Medinski . . .«

»Ja«, antwortete sie mit zusammengebissenen Zähnen. Dann ging sie hinaus.

Gregor rief hinter ihr her: »Warten Sie . . . Oh, verdammt, Rodenko, was sind Sie für ein Idiot. Holen Sie sie zurück, sage ich! Rasch!«

Als er Anstalten machte, selbst hinter ihr herzulaufen, stellte sich ihm Pjotr in den Weg. »Einen Augenblick . . .«

»Was wollen Sie denn noch? Sie haben, weiß Gott, schon genug Unheil angerichtet. Machen Sie, daß Sie wegkommen.«

»Einen Augenblick«, wiederholte Pjotr. Er zitterte am ganzen Leib und bemühte sich vergeblich, mannhaft und überlegen aufzutreten.

»Es ist nicht viel, was ich Ihnen zu sagen habe. Nur, daß ich Ihnen morgen meine Sekundanten schicken werde.«

»Gehen Sie zum Teufel«, sagte Gregor grob. »Ich denke nicht daran, mich mit Ihnen zu schlagen. Sie sind ein grüner Junge und sollten besser . . .«

Weiter kam er nicht. Pjotr hatte ausgeholt und ihm mit voller Wucht eine Ohrfeige versetzt.

»Werden Sie jetzt meine Sekundanten empfangen? Oder muß ich noch zu anderen Mitteln greifen?«

Gregor stieß pfeifend die Luft aus. »Nein«, sagte er kurz. Dann verließ er mit raschen Schritten den Ballsaal.

Das Duell fand drei Tage später statt. Sie trafen sich auf einer Waldlichtung – etwa fünfzehn Werst hinter Petersburg, Pjotr, Medinski, die Sekundanten und der Arzt. In der Nacht war das Thermometer auf vierzig Grad heruntergeschnellt. Ein schneidender Wind blies von Osten, und die verblassenden Sterne schienen wie an den Himmel gefroren.

Dr. Obramow, ein kleines dürres Männchen, stampfte mit den Füßen und schlug die Arme um sich. Seine spitze Nase, auf der der Kneifer thronte, war blau vor Kälte.

Die Sekundanten zählten die Schritte aus. »Neun – zehn – elf – zwölf.«

Pjotr und Gregor beugten sich über die Schachtel mit den Duellpistolen. Im Hintergrund, halb im Wald, schnaubten die Pferde. Einer der Kutscher fluchte. »Wollt ihr Ruhe geben, ihr Satansbraten?«

Pjotr beobachtete, wie die Waffen geladen wurden. Er war blaß, aber ruhig. In dem schwarzen Mantel, den Zylinder auf dem Kopf, sah er sehr jung aus – ein Knabe, der sich verkleidet hat, um Duell zu spielen. Der Doktor wechselte ein paar Worte mit Gregor. Der nickte, ohne hinzuhören. Er blickte auf Pjotr, dann ging er – einem raschen Impuls folgend, auf ihn zu. »Hören Sie, Rodenko, wir müssen noch einmal miteinander reden.

Kommen Sie zur Seite. Es ist wichtig.«

Pjotrs Nacken versteifte sich. »Ich habe nichts mit Ihnen zu reden. Lassen Sie uns lieber anfangen.«

»Seien Sie nicht kindisch. Es gibt keinen Grund für dieses Duell, außer daß Sie mich geohrfeigt haben. Aber wenn Sie bereit sind, sich dafür zu entschuldigen, will ich die Sache vergessen. Wir machen das unter vier Augen ab. Und dann stellen wir uns gegenüber und schießen in die Luft. Damit ist der Form Genüge getan, und es gibt kein Gerede. Katharina Nikolajewna . . .«

»Ich kenne niemanden dieses Namens«, sagte Pjotr.

Gregor kniff die Augen zusammen. Einen Moment sah es aus, als wolle er sich ohne ein weiteres Wort abwenden. Aber dann lächelte er. »Sie sind ein junger Hitzkopf, Rodenko. Deshalb muß man Ihnen manches zugute halten. Ich tu's jedenfalls. Und ich habe verdammt keine Lust, mich mit Ihnen zu schießen. Bei zwölf Schritten Distanz treffe ich nämlich todsicher. Das sollten Sie bedenken.«

Pjotrs Gesicht lief rot an. »Ich verbiete Ihnen, mich wie ein Kind zu behandeln. Ich . . .«

»Schön, schön. Reden wir also von Mann zu Mann. Wie gesagt, halte ich ganz und gar nichts von diesem Duell. Und was Katharina Nikolajewna angeht . . .«

»Ich bitte Sie, diesen Namen in meiner Gegenwart nicht mehr auszusprechen.«

» . . . Katharina Nikolajewna angeht«, fuhr Gregor fort, »so fühle ich mich verpflichtet, Ihnen zu sagen, daß sie nie meine Geliebte gewesen ist.«

»Nein, wirklich?« fragte Pjotr höhnisch. »Und warum hat sie dann alles zugegeben?«

»Weil . . . Herrgott, seien Sie doch nicht so borniert. Gewisse Umstände machten eben eine Aufklärung unmöglich – es sei denn, man wollte eine dritte Person bloßstellen. Mehr kann ich Ihnen wirklich nicht sagen. Aber ich gebe Ihnen mein Wort, daß Katharina Nikolajewna völlig unschuldig in diese unglückselige Affäre verwickelt worden ist.«

Pjotr musterte ihn mit unverhohlener Abneigung. »Ich glaube Ihnen nicht. Sie lügen! Natürlich war sie Ihre Geliebte. Und jetzt haben Sie sie satt und möchten, daß ich sie wieder zurücknehme. Aber dazu ist sie mir nicht mehr gut genug. Das können Sie ihr sagen!«

Gregors Lächeln gefror. »Sie sind wirklich ein Idiot, Rodenko. Ihnen ist nicht zu helfen.« Damit ging er zu seinem

Sekundanten zurück. »Fangen wir an.«

Pjotr stellte sich ihm gegenüber auf. Beide bekamen ihre Waffen. Der Abstand wurde noch einmal zwischen ihnen gemessen. Zwölf Schritte. Auf ein Kommando hoben sie ihre Pistolen. Sie würden zur gleichen Zeit schießen. War nach dem ersten Kugelwechsel niemand getroffen, tauschten sie die Plätze und schossen zum zweiten Mal. Borija, der eine Sekundant, begann zu zählen.

Bei eins legten sie die linke Hand auf den Rücken. Nur die rechte mit der Waffe war erhoben. Bei zwei spannten sie den Hahn. Das leise Knacken war das einzige Geräusch in der plötzlichen Stille.

»Drei!«

Zweimal flammte das Mündungsfeuer auf, zweimal peitschte ein kurzer, trockener Knall über die Waldlichtung.

Pjotr hatte für den Bruchteil einer Sekunde später geschossen, und er hatte sich dabei – wohl völlig unabsichtlich – ein wenig zur Seite geneigt.

Gregors Kugel traf ihn in die Brust.

Als Pjotr vornüber in den Schnee kippte, rannte Dr. Obramow zu ihm hin. Er kauerte sich neben ihn und drehte ihn vorsichtig um.

Auf der Stelle, wo Pjotr gelegen hatte, färbte sich der Schnee rot. Gregor kam heran. Er war unverletzt und beugte sich über Pjotr.

»Ist es schlimm?«

Dr. Obramow zuckte die Schultern. »Das kann ich noch nicht sagen. Auf jeden Fall sitzt die Kugel in der Brust. Ich muß sie herausoperieren.«

Gregor fluchte leise. »Ich wollte ihn nur in den Arm treffen. Aber er hat sich bewegt.«

Obranow winkte die Sekundanten herbei. »Helfen Sie mir, ihn in den Wagen zu bringen. Er muß sofort nach Hause.«

Petersburg hatte seinen Skandal. In den Boudoirs und Salons, wenn man sich auf der Morskaja oder dem Newski-Prospekt begegnete, am Nachmittag, wenn sich die Damen bei ihren Schneiderinnen zu einer Tasse Tee trafen, oder abends, wenn die Schlitten über die hellerleuchteten Rampen der Palais zu Gesellschaften und Empfängen fuhren – überall wurde über den skandalösen Vorfall während des Balles bei den Smirnows geredet.

Bisher war Katharina eines der zahllosen jungen Mädchen gewesen, die Winter für Winter in die Petersburger Gesellschaft eingeführt wurden, die Nächte auf Bällen durchtanzten, mit Kichern und verschämten Augenaufschlägen die ersten Flirts anbandelten, um dann eines Tages aus der wachsamen Obhut ihrer Mütter geradewegs in die Arme eines Ehemannes entlassen zu werden.

Man hatte sie reizend gefunden und wohlerzogen – selbst in den Familien, wo es heiratsfähige Töchter gab. Denn immerhin war sie ja schon verlobt und konnte der eigenen Tochter keine gute Partie mehr wegschnappen.

Aber jetzt war das mit einem Schlage vorbei.

Wer an jenem Ballabend nicht eingeladen gewesen war, erfuhr am nächsten Tag von dem unglaublichen Vorfall und stimmte natürlich in den Chor der allgemeinen Entrüstung ein.

Auf einmal wollte jeder wissen, daß Katharina schon immer leichtsinnige Züge gezeigt hatte.

»Sie hat manchmal eine sehr herausfordernde Art, gar nicht wie ein junges Mädchen. Und ihre Augen, meine Liebe – haben Sie einmal ihre Augen beobachtet? Die sprechen doch Bände! – Mir tut nur die arme Wera Iwanowna leid. Man ist doch gestraft mit solch einer Tochter. Aber so geht es, wenn man die Erziehung vernachlässigt.«

Natürlich verboten die Mütter ihren Töchtern jeden Umgang mit Katharina – und sämtliche Einladungen blieben von einem zum anderen Tag aus.

Die Männer waren nicht ganz so hart in ihrem Urteil. Wenn sie unter sich waren, schmunzelten sie sogar. »Ja, ja, die kleine Bugatow. Dieser Medinski ist doch ein Teufelskerl. Wie stellt er es bloß an, daß die Weiber so auf ihn fliegen.«

Allerdings wagten sie es nicht laut zu sagen, um keinen Ärger mit ihren Frauen zu bekommen.

Die allgemeine Sympathie gehörte natürlich Pjotr Rodenko. Man wußte, daß er bei dem Duell schwer verletzt worden, aber nach Entfernung der Kugel glücklicherweise außer Lebensgefahr war. Seine Mutter war nach Petersburg gekommen, um ihn zu pflegen.

Zwei Tage nach dem Duell erhielt Graf Nikolai Konstantinowitsch Bugatow einen Brief Medinskis. Er war kurz – nur ein paar Zeilen, in denen der Fürst Katharinas Vater um eine Unterredung ersuchte.

»Ich habe die Absicht, Sie um die Hand ihrer Tochter Jekaterina zu bitten, und hoffe, daß Sie mich morgen gegen ein Uhr empfangen werden.«

Der Graf las diesen Brief mehrere Male hintereinander. Dann ging er in die oberen Räume hinauf, wo er seine Frau wußte. Weder er noch sie hatten bisher eine Ahnung, was sich wirklich zwischen Gregor und Katharina abgespielt hatte.

Nach der in eisigem Schweigen verlaufenen Heimfahrt von den Smirnows hatte Bugatow seine Tochter auf ihr Zimmer geschickt.

»Du wirst es vorläufig nicht verlassen. Was weiter mit dir geschieht, erfährst du, sobald ich einen Entschluß gefaßt habe. Und nun geh mir aus den Augen.«

Seine Art hatte Katharina Angst gemacht. Vorwürfe, Zornesausbrüche – alles wäre ihr lieber gewesen als diese entsetzliche, steinerne Ruhe. Ihr Vater hatte ihr überhaupt keine Gelegenheit zu irgendeiner Erklärung gegeben, sondern angeordnet, daß niemand zu ihr dürfe, nicht einmal ihre Mutter. Ein Dienstmädchen brachte ihr die Mahlzeiten.

Des weiteren beschloß Bugatow, Katharina nach Karetnaja zurückzuschicken. Da er selbst noch verschiedene Angelegenheiten in Petersburg zu ordnen hatte, sollte zunächst nur ihre Mutter sie begleiten.

Und als er jetzt, Medinskis Brief in der Hand, das Schlafzimmer seiner Frau betrat, fand er sie bereits mit Packen beschäftigt.

Die Zofe und ein Dienstmädchen halfen ihr dabei. Sämtliche Schranktüren waren geöffnet, und ein großer Schließkorb stand, halb mit Wäsche angefüllt, vor dem Bett.

Bugatow küßte seiner Frau förmlich die Hand und wies die beiden Mädchen an, ihn mit ihr allein zu lassen. Dann gab er ihr Medinskis Brief.

»Ich glaube fast, meine Liebe, Ihre Abreise erübrigt sich«, sagte er auf Französisch. »Lesen Sie nur diesen Brief.«

Wera Iwanowna Bugatow war eine noch immer schöne Frau mit vollem schwarzem Haar und ein wenig orientalisch anmutenden Zügen. Katharina hatte viel Ähnlichkeit mit ihr.

Während sie Gregors wenige Zeilen überflog, erhellte sich ihre Miene.

»Er will um ihre Hand anhalten? Aber das löst ja das ganze Problem!«

»Sie meinen also, wir sollten unsere Einwilligung geben?«

»Was sonst? Mon dieu, Nikolai Konstantinowitsch, Sie dachten doch nicht etwa . . .«

Bugatow strich sich über den graumelierten Backenbart.

Seine Lippen wurden schmal. »Um ehrlich zu sein, würde ich den Kerl lieber die Treppe hinunterwerfen. Aber schon gut, Sie haben recht. Man muß vernünftig sein. Diese Heirat macht einen Teil des Unglücks wieder gut.«

»Soll ich Katharina darüber informieren?« fragte sie.

Er schüttelte den Kopf. »Es genügt, wenn sie es morgen erfährt, nachdem ich mit Medinski gesprochen habe. Bis dahin bleibt sie allein in ihrem Zimmer – wie bisher.«

Gregor Medinski kam am nächsten Tag wie angekündigt um ein Uhr. Er war in Zivil, im vorschriftsmäßigen Gehrock. Der Diener führte ihn in die Bibliothek und bat ihn zu warten. Kurz darauf erschien Bugatow, kühl bis in die Fingerspitzen, ohne ein Lächeln, in den Augen kaum verhehlte Feindseligkeit. Die Unterhaltung zwischen den beiden Männern dauerte nicht lange.

Gregor brachte seinen Antrag vor, und Bugatow erteilte seine Zustimmung. »Ich nehme an, unter den gegebenen Umständen ist es am besten, mit der Hochzeit nicht lange zu warten. Vielleicht in vier Wochen. Und nun werde ich meine Tochter rufen lassen.«

Katharina erschien ein paar Minuten später, hastig frisiert und in einem einfachen Hauskleid aus grün-rot kariertem Alpaka mit weißem Spitzenbesatz. Sie hatte keine Ahnung, weshalb ihr Vater sie hatte holen lassen, und erstarrte, als sie Gregors ansichtig wurde.

Er erhob sich bei ihrem Eintritt und kam mit seinem raschen, geschmeidigen Gang auf sie zu.

»Meine teure Katharina, ich bin überglücklich! Ihr Herr Vater hatte die Güte, unserer Verbindung seinen Segen zu erteilen. Bitte, betrachten Sie sich von diesem Augenblick an als meine Braut.«

Katharina glaubte, sich verhört zu haben. Mit halboffenem Mund starrte sie ihn an.

Noch niemals in ihrem Leben hatte sie an einen Menschen so viel denken müssen wie an Gregor Medinski in diesen letzten Tagen. Aber es waren keine freundlichen Gedanken gewesen.

Der Skandal, ihre mißliche Lage, das Duell mit Pjotr, von dem sie heute früh durch Marfa, das Dienstmädchen, erfahren hatte – im Grunde war alles seine Schuld.

»Ich – Sie heiraten? Sie sind wohl übergeschnappt!« platzte Katharina heraus und vergaß in ihrer Empörung völlig sämtliche Anstandsregeln, die ihr die Mutter über das Benehmen einer jungen Dame eingehämmert hatte.

Niemals die Stimme erheben, niemals aggressiv oder beleidigend werden. Die einzige Art einer Zurechtweisung bestand darin, daß man erbleichte und hoheitsvoll das Zimmer verließ. Oder – in ganz schlimmen Fällen – in Ohnmacht fiel.

Aber zu beidem verspürte Katharina nicht die geringste Lust. Nur das überwältigende Bedürfnis, Gregor einmal ohne alle Umschweife ins Gesicht zu sagen, was sie von ihm hielt.

Lediglich ihr Vater hinderte sie daran. Bisher hatte er sich im Hintergrund gehalten. Aber nun tauchte er mit zornbleicher Miene vor ihr auf.

»Katharina, das ist unglaublich! Daß du es wagst, nach allem Kummer, den du uns zugefügt hast, nach der Schande ...«

Gregor unterbrach ihn. »Bitte, Nikolai Konstantinowitsch, hätten Sie die Güte, mich für ein paar Minuten mit Ihrer Tochter allein zu lassen. Ich nehme an, daß ein Gespräch unter vier Augen die Dinge klärt.«

Bugatow zögerte.

»Nein«, sagte Katharina heftig. »Bitte, Papa, bleiben Sie.

Was ich zu sagen habe, geht auch Sie an. Ich will ihn nicht heiraten, weil ich . . .«

Sie verstummte und dachte an den Brief, den sie vorgestern von Olga bekommen hatte. Marfa hatte ihn ihr, vermutlich gegen ein reichliches Trinkgeld, heimlich mit dem Essen zugesteckt.

Anscheinend war Olga halb verrückt vor Angst, daß Katharina ihr Verhalten bei den Smirnows bereuen und rückgängig machen könne. Jedenfalls hatte sie sie in allen Tonarten beschworen, es nicht zu tun, sondern weiterhin die Schuld auf sich zu nehmen, selbst ihren Eltern gegenüber.

»Du warst immer Papas Liebling. Du kennst ihn. Wenn er die Wahrheit weiß, wird er sie überall verbreiten, damit Du rehabilitiert bist. Und was das für mich bedeutet, brauche ich Dir nicht zu erklären. Dann bleibt mir nur der Tod . . .«

Den letzten Satz hatte Katharina zwar ziemlich theatralisch gefunden, aber im übrigen hatte sie Olga recht geben müssen.

Möglicherweise würde ihr Vater den Skandal wirklich nicht auf ihr sitzen lassen, und die Folgen für die verheiratete Olga wären katastrophal – viel schlimmer jedenfalls als für sie selbst.

Ich habe bei den Smirnows und schon vorher in der Datscha A gesagt, jetzt muß ich auch B sagen können, hatte sich Katharina gedacht und Olga, wieder durch Marfas Vermittlung, ein paar Zeilen zurückgeschickt, in dem sie weiteres Stillschweigen versprach.

Allerdings hatte sie dabei keinen Heiratsantrag Gregor Medinskis einkalkuliert, und deshalb wäre sie jetzt beinahe doch mit der Wahrheit herausgeplatzt. Erst im letzten Moment hielt sie sich zurück und wiederholte nur mit trotzig vorgeschobenem Kinn: »Ich will ihn nicht heiraten, weil ich . . . weil ich eben nicht will!«

Ihr Vater maß sie mit einem eisigen Blick. Dann ging er zur Tür. »Ich lasse Sie mit ihr allein, Medinski. Sehen Sie zu, daß Sie sie zur Vernunft bringen, sonst tue ich es. Und das wird bei Gott wesentlich unangenehmer ausfallen.«

Er hatte kaum die Tür hinter sich geschlossen, als Katharina auf Gregor losfuhr. »Wie konnten Sie so etwas tun! Es ist wohl noch nicht genug, was Sie angerichtet haben? Sie werden diesen Heiratsantrag sofort zurücknehmen.«

»Nein«, sagte er lächelnd. »Ich bin nämlich viel zu stolz, daß ich mich dazu durchgerungen habe. Und Sie sollten es auch sein.«

»Wieso?«

»Sie sind die erste Frau, die mich dazu gebracht hat. Nein, wirklich, Katharina Nikolajewna: Ich habe Sie kompromittiert, und seitdem fühle ich den unwiderstehlichen Drang, das wiedergutzumachen. Finden Sie nicht, daß das eine außerordentlich edle Regung ist?«

Seine vergnügte Art machte sie noch wütender. »Lassen Sie Ihre Albernheiten. Ich will ernsthaft mit Ihnen reden.«

»Schön. Also – ganz im Ernst: Ich habe Sie doch kompromittiert. Sie gelten als meine Geliebte, und deswegen ist Ihre Verlobung auseinandergegangen. Natürlich können wir immer noch die Wahrheit eingestehen, aber ich nehme an, daß Sie das Ihrer Schwester wegen nicht wollen.«

»Natürlich nicht. Sonst hätte ich mich ja gar nicht auf die Sache eingelassen.«

Er lachte leise. »Die hübsche Olga verdient gar nicht eine solch tapfere kleine Schwester. Sie ist reizend, aber ziemlich egoistisch. Im umgekehrten Fall würde sie bestimmt nicht die Kastanien für Sie aus dem Feuer holen.«

»Das können Sie nicht beurteilen. Und überhaupt sollten Sie sich schämen, so von Olga . . . nachdem Sie sie erst in diese Lage versetzt haben . . .«

»Wenn nicht ich, dann wäre es ein anderer gewesen. Olga Nikolajewna langweilt sich mit ihrem Prinzen. Aber was reden wir davon. Es gibt wichtigere Dinge. Uns, zum Beispiel. Sie sind also entschlossen, die Last Ihres schlechten Rufes weiterhin zu tragen? Dann bleibt Ihnen gar nichts anderes übrig, als mich zu heiraten.«

»Aber ich will nicht!«

»Und – warum nicht?«

»Ganz einfach. Weil ich Sie nicht liebe!«

Er betrachtete sie mit lächelnder Nachsicht. »Was sind Sie doch romantisch! Hat Ihnen Ihre Mutter nicht gesagt, daß Liebe für eine Ehe gar nicht wichtig ist? Jedenfalls nicht in unseren Kreisen. Da spielt die Vernunft eine viel größere Rolle. Ihren Pjotr Rodenko hätten Sie doch auch nicht aus Liebe geheiratet? Oder doch? Den braven, samtäugigen Pjotr mit der langen Nase und der Ehrpusseligkeit einer englischen Gouvernante . . .«

Katharina sprang auf. »Sie sind abscheulich. Wie können Sie es wagen, nach allem, was Sie Pjotr angetan haben . . .«

»Ich – ihm? Ach, Sie meinen, weil er jetzt verwundet ist. Aber liebes Kind, Sie vergessen, daß er dieses Duell wollte und nicht ich. Ich habe weiß Gott versucht, es ihm auszureden. Aber er wollte nicht hören. Und er hat auch diese blutrünstigen Bedingungen ausgehandelt – solange aufeinander zu schießen, bis einer kampfunfähig ist. Finden Sie das etwa vernünftig?«

Im Grunde fand sie es nicht. Aber sie hätte sich lieber die Zunge abgebissen, als das vor Medinski zuzugeben.

»Pjotr hatte jedes Recht, von Ihnen Genugtuung zu verlangen. Schließlich weiß er ja gar nicht, daß die Sache mit Ihnen und mir nur ein Schwindel war.«

»Doch, er weiß es, weil ich es ihm gesagt habe. Ich habe ihm sogar mein Ehrenwort gegeben. Aber er hat es mir nicht geglaubt, der Dummkopf. Im Grunde ziemlich beleidigend für mich. Ich habe es nicht gern, wenn man mich einen Lügner nennt. Und deshalb, finde ich, bin ich noch sehr glimpflich mit ihm umgegangen.«

»Sie hätten . . .«

»Was denn?« unterbrach er sie. Er lächelte noch immer, aber auf dem Grunde seiner Augen funkelte plötzlich Gereiztheit. »Sie können mir doch nicht vorwerfen, daß ich ihn verwundet habe! Ich hatte eben mehr Glück. Oder vielleicht bin ich auch der bessere Schütze. Was erwarten Sie denn von mir? Schön, Ihr Pjotr glaubte sich im Recht. Und was weiter? Hätte ich darauf edelmütig in die Luft schießen und mich hinterher von ihm umbringen lassen sollen? O nein, mein Herzchen, so dumm bin ich nicht. Dazu lebe ich nämlich viel zu gern. Ganz abgesehen davon, daß ich es für ehrenhafter hielt, Ihretwegen gesund und lebendig zu bleiben. Ihr Pjotr denkt nicht mehr daran, Sie zu heiraten – aber ich. Und wissen Sie was? Der Tausch, den Sie da machen, ist nicht schlecht. Sie sind viel zu schade für diesen blassen Jüngling. Ihm wäre nie etwas Besseres eingefallen, als Sie anzuschmachten, und das hätte Sie eines Tages unsterblich gelangweilt.«

»Ich bewundere Ihren Scharfblick«, sagte Katharina bissig.

»Ja, nicht wahr? Als ich Sie beide sah, wußte ich sofort, daß Sie nicht zusammenpassen. Sie haben viel zuviel Leben in sich, Temperament, Rasse. Es ist, als wollte man ein Vollblut mit einem kleinen braven Maulesel paaren. Und deshalb lieben Sie Pjotr auch nicht.«

»Doch – doch!« Es hätte nicht viel gefehlt, und sie hätte vor Wut mit den Füßen aufgestampft wie ein kleines Mädchen. »Natürlich liebe ich ihn. Ob es Ihnen nun gefällt oder nicht.«

Sie verstummte, weil er sie plötzlich an sich zog. Seine Lippen streiften über ihre Stirn, wanderten die Wangen hinunter, über ihren Hals, bis dahin, wo die runde Mosaikbrosche ihren Kleidausschnitt über der Brust zusammenhielt.

»Mein armes Schäfchen, du weißt ja noch gar nicht, was das ist – Liebe. Wie lange ist es denn her, daß man dir die Haare aufgesteckt hat? Wenn die kleinen Mädchen sechzehn werden, macht man das, nicht wahr? Ein großer Tag. Man ist plötzlich erwachsen. Und dann will man auch gleich etwas von Liebe verstehen . . .«

Als er sie losließ, war sie glühend rot geworden. Ihre Brust hob und senkte sich in heftigen Atemzügen. »Sie . . . Sie sind . . .«

Er lachte. »Ich darf doch meine Braut küssen? Hat Ihr Pjotr das nicht getan? Dann ist er noch dümmer als ich dachte. Aber schön, lassen wir das. Sie brauchen erst gar nicht die Stirn zu runzeln. Kehren wir lieber zu dem vorigen Thema zurück - unsere Ehe. Ich kann Ihnen versprechen – sie wird nicht langweilig werden. Sie haben vielleicht schon bemerkt, daß ich ein sehr unterhaltsamer Mensch bin. Nicht unbedingt bequem, weil ich vieles durchschaue und dann auch noch taktlos genug bin, es auszusprechen. Aber auf jeden Fall doch unterhaltsam. Wir werden eine Menge Spaß miteinander haben, viel ausgehen und selbst Gesellschaften geben. Ich werde Ihnen eine hübsche Troika für den Winter und eine elegante Equipage für den Sommer kaufen, vielleicht mit Füchsen davor. Oder hätten Sie lieber Grauschimmel? Außerdem werde ich Ihnen Ihre Kleider aussuchen. Nein, schütteln Sie nicht den Kopf. Ich habe einen ziemlich guten Geschmack und bin nicht knauserig. Man wird Sie überall Ihrer Eleganz wegen beneiden. Und was haben Frauen lieber, als beneidet zu werden?«

Das alles klang sehr verlockend; Katharina war ehrlich genug, es vor sich zuzugeben. Auf jeden Fall verlockender als die Aussicht, sich unter Mamas nörgelnder Obhut in Karetnaja zu vergraben. Toiletten, Bälle, Equipage und Troika . . .

Katharina Bugatow, dachte sie entsetzt. Du bist doch nicht etwa bestechlich!

Vor fünf Minuten hast du ihn noch unausstehlich gefunden. Und jetzt ...

Sie schüttelte den Kopf. »Hören Sie auf. Das ist alles Unsinn. Ich will Sie nicht heiraten. Und im Grunde wollen Sie es doch auch nicht. Sie haben ja selbst gesagt, daß Sie sich nur dazu verpflichtet fühlen, weil Sie mich kompromittiert haben. Nun, ich entbinde Sie von dieser Verpflichtung.«

»Aber damit sind Sie immer noch kompromittiert. Und mein schlechtes Gewissen wird mich nachts nicht schlafen lassen. Können Sie mir das antun?«

Seine lachenden Augen verwirrten Katharina; sie war erstaunt, wie sehr. Von dem Zorn, den sie empfunden hatte, war fast nichts mehr übrig. Er hatte eine Art, ihre Argumente in der Luft zu zerpflücken, daß sie ihr im Nachschauen nur noch lächerlich vorkamen.

Sie seufzte. »Ich begreife wirklich nicht, warum Sie so versessen auf diese Heirat sind. Sie lieben mich doch auch nicht.«

»Muß ich Ihnen jetzt auf den Knien das Gegenteil beteuern? Katharina Nikolajewna, Sie haben mich verzaubert. Ich träume jede Nacht von Ihnen. Ich flehe Sie an: Werden Sie die Meine!«

Wider Willen mußte sie lachen. »Seien Sie still. Sie sind wirklich schrecklich.«

»Stimmt«, sagte er. »Aber jetzt ganz im Ernst, meine hübsche, mandeläugige Katharina: Ich liebe dich genausowenig wie du mich. Doch ich bin mir darüber klar, daß ich eines Tages sowieso heiraten muß. Schon, um die liebe Verwandtschaft zu ärgern, die mich beerben würde, wenn ich kinderlos sterbe. Ich erwarte also von dir, daß du das verhinderst und – wie sagt man so schön – die Zierde meines Hauses wirst. –

So, und nun sei ein vernünftiges Mädchen, sag ja und gib mir den Verlobungskuß. Es bleibt dir sowieso nichts anderes übrig. Ich kenne deinen Vater. Er wird auf unserer Heirat bestehen, weil es die einzige Möglichkeit ist, deinen lädierten Ruf zu reparieren.«

Katharinas Kopf zuckte zurück. Doch Gregor hatte sie schon umschlungen. Und dann küßte er sie. Aber anders als vorhin – weder weich noch spielerisch. Es war ein harter, fordender, rücksichtsloser Kuß, mit dem er ihre Lippen öffnete.

Und von diesem Moment an sprang etwas von ihm zu ihr über. Ein Funke, der ihr Herz hämmern machte und sie sich so schwach und hilflos fühlen ließ wie eine Stoffpuppe.

»Sag ja«, murmelte er.

Sie konnte nicht sprechen. Sie nickte nur.

Und dann ließ Gregor sie los, genauso unvermittelt, wie er sie vorher umarmt hatte. An seinem schnellen Atem hörte sie, daß auch er erregt war. Aber als sie ihn ansah, merkte sie, daß er lächelte.

»Siehst du«, sagte er und tupfte sie mit dem Finger auf die Nase. »Ich habe es dir doch versprochen – langweilig wird das Leben mit mir auf keinen Fall.«

Die Nachricht ihrer Verlobung schlug wie eine Bombe in der Petersburger Gesellschaft ein. Niemand hatte damit gerechnet, und als Gregor und Katharina das erstemal gemeinsam in der Oper erschienen, stand ihre Loge unter dem Kreuzfeuer neugieriger Blicke. Katharina wäre deshalb am liebsten nach dem ersten Akt nach Hause gefahren. Doch Gregor bestand darauf, daß sie mit ihm die Loge verließ und in den Wandelgängen promenierte.

»Aber es wird ein Spießrutenlaufen werden«, sagte sie.

Er grinste. Entgegen der herrschenden Sitte, nach der sich

selbst Eheleute häufig mit Sie anredeten, duzte er sie fast ständig.

»Natürlich. Und nicht nur heute. Aber je öfter wir uns zeigen, desto schneller werden sie es satt haben, uns anzustarren. Also komm, mein Herz, sei ein mutiges Mädchen. Ich werde dich auch anhimmeln wie ein liebeskranker Kater, damit sie genug zu reden haben.«

Madame de St. Fredaine, Katharinas französische Gouvernante, die als Gardedame mitgekommen war, blieb in der Loge zurück.

Die ersten, denen Katharina und Gregor vor der Tür begegneten, waren Wolsky und die beiden Brüder Luchanow. Katharinas Miene verfinsterte sich schlagartig. Natürlich hatte sie sich zusammengereimt, daß Wolsky die Geschichte ihres Rendezvous mit Gregor herumgetratscht und damit die Lawine ins Rollen gebracht hatte.

Ihre Absicht war, grußlos an ihm vorbeizugehen, aber Gregor hielt ihren Arm fest und zwang sie, stehenzubleiben. Mit der freundlichsten Miene klopfte er den Luchanows und Wolsky auf die Schulter, nannte ihn seines Glückes Schmied und fragte, was es Neues gäbe.

Wolsky wand sich vor Verlegenheit und beteuerte, daß er durch seine mehrtägige Abwesenheit von St. Petersburg leider gar nicht auf dem laufenden sei. »Das einzige, was ich bei meiner Rückkehr erfuhr, war die überaus freudige Nachricht Ihrer Verlobung. Gestatten Sie mir, Ihnen meine aufrichtigsten Glückwünsche auszusprechen – und natürlich auch Ihnen, Katharina Nikolajewna.«

»Danke, danke«, sagte Gregor aufgeräumt und laut genug, daß es andere hören konnten. »Wir sind auch irrsinnig glücklich.«

Als er mit Katharina weiterging, grüßte er freundlich nach allen Seiten. Ein paar Damen drehten ostentativ die Köpfe weg, Anlaß für ihn, besonders dicht an ihnen vorbeizupromenieren und Katharina allerlei verliebte Komplimente zu machen.

Sie fand das Ganze äußerst beschämend und sehnte das Ende der Pause herbei.

Andererseits mußte sie widerwillig zugeben, daß Gregors Methode, dem Klatsch und der Mißbilligung die Stirn zu bieten, durchaus richtig war. Und die Nonchalance, mit der er es tat, nötigte ihr Bewunderung ab.

Allerdings dachte sie sofort wieder einschränkend, daß es ihn möglicherweise überhaupt keine Überwindung kostete. Er war ein Mensch, der im Grunde gar nichts auf die Meinung anderer gab. Ob sie hinter seinem Rücken tuschelten oder entrüstet die Köpfe schüttelten – ihm war es gleichgültig. Höchstens daß es ihn amüsierte und veranlaßte seine Glossen zu machen.

Er verfügte über einen schlagfertigen, boshaften Humor, der Katharina manchmal schockierte , letzten Endes aber doch lachen machte, weil er fast immer ins Schwarze traf.

Eines lernte Katharina sehr rasch: Es hatte wenig Sinn, Gregor etwas vorzumachen. Er durchschaute sie sofort und sagte es ihr auf den Kopf zu. Und wenn sie darüber ärgerlich war, wollte er sich vor Lachen ausschütten.

Außerdem fand er ein ungeheures Vergnügen daran, sie in Verlegenheit zu bringen.

Sie war sehr streng, beinahe puritanisch erzogen worden, die übliche Erziehung eines jungen Mädchens der höheren Gesellschaftskreise. Gouvernanten und Hauslehrer, die sie im Klavierspielen, Malen, Literatur und Tanzen unterrichtet hatten. Tage, an denen nur englisch, wieder andere, an denen nur französisch gesprochen wurde, Ausfahrten nur in Begleitung eines Dieners und als Abschluß ein zweijähriger Pensionatsaufenthalt in der Bjely Gorod von Moskau.

Wenn sie badete, mußte sie zuvor ein Hemd anziehen. Und auch abends beim Entkleiden hatte man sie gelehrt, erst das Nachthemd über den Kopf zu ziehen, bevor sie aus den Trägern des Taghemdes rutschte und es herunterstreifte. Alles Körperliche war unschicklich.

Eine Frau und ganz besonders ein junges Mädchen hatte ein engelhaft reines Wesen zu sein.

Es mußte reizende Nichtigkeiten sagen können, bei jedem Kompliment erröten und die Augen niederschlagen und hilflos und schutzbedürftig wirken.

Verstand brauchte es nicht mehr als ein Huhn, wenn es nur niedlich, weich und weiblich war.

All das war Katharina seit ihrer frühesten Jugend eingehämmert worden, und es wäre ihr nie eingefallen, dagegen zu rebellieren.

Jedenfalls nicht laut. Im geheimen hatte es oft Stunden gegeben, in denen sie sich mit aufrührerischen Zweifeln über die Richtigkeit dieser Lehren herumschlug, die ihr Mama und Madame de St. Fredaine verkündet hatten.

Irgendwie erschien ihr das alles verdreht und widerspruchsvoll.

Im Religionsunterricht hatte man sie gelehrt, daß man Gott für jede gute Gabe dankbar zu sein hatte.

Aber war Verstand zum Beispiel keine gute Gabe? Oder Tüchtigkeit? Katharina war sicher, daß sie beides besaß. Lernen hatte ihr nie Schwierigkeiten bereitet. Sie verfügte über eine rasche Auffassungsgabe, las gern und viel und war auch in praktischen Dingen durchaus nicht hilflos.

Warum also sollte sie dies verstecken? Aber genau das verlangte man von ihr. Ein Mädchen, das zeigte, daß es klug war, war ein Blaustrumpf und jedem Mann ein Greuel. Genauso wie ein schlechtes Frauenzimmer einem Mann ein Greuel war.

Aber warum gingen dann so viele zu ihnen hin? Warum hatten sie Geliebte, mit denen sie sich amüsierten, während sie daheim mustergültige, engelhafte und tugendsame Frauen besaßen?

Fragen über Fragen, die Katharina im Kopf herumgingen und über die sie mit keinem Menschen reden konnte. Ihre Mutter oder Madame de St. Fredaine wären sicherlich vor Entsetzen in Ohnmacht gefallen, wenn sie sich damit nur andeutungsweise an sie gewandt hätte. Ganz abgesehen davon, daß sich Katharina selbst viel zu sehr genierte. In diesem Punkt hatte die Erziehung ihrer Mutter Wurzeln in ihr geschlagen.

Es war sicherlich auch sehr schlecht, überhaupt über solche Dinge nachzudenken. Aber sie auch noch in aller Offenheit auszusprechen, schien unmöglich.

Gregor Medinski allerdings tat es und stürzte Katharina damit von einer Verlegenheit in die andere.

Er erklärte ihr zum Beispiel mit allem Freimut, daß er sich drei Kinder von ihr wünsche. »Am liebsten einen Jungen und zwei Mädchen. Einen Sohn muß man schon haben. Aber im Grunde mag ich kleine Mädchen lieber. Du auch?«

»Ja«, sagte sie ehrlich. Und dann erschrak sie. Wie konnte sie nur! Keine Dame sprach mit einem Mann über ein Thema wie Kinderkriegen – und schon gar nicht ein junges Mädchen. Ihre einzige Antwort auf Gregors schreckliche Ungehörigkeit hätte entsetztes Schweigen sein müssen. Oder – noch besser, kalte Verachtung, daß er so wenig Manieren besaß.

Katharina suchte beides – etwas verspätet – nachzuholen. Aber die einzige Wirkung, die sie damit erzielte, war, daß Gregor in Gelächter ausbrach. »Bitte tausendmal um Verzeihung, Katharina Nikolajewna. Ich vergaß, daß die Mutterschaft zwar das höchste Glück der Frau ist, daß man aber jeden Umstand, der damit zusammenhängt, als etwas äußerst Sündiges verschweigt. Komm, plustere dich nicht auf wie eine Henne. Diese ganze Prüderei ist Unsinn, und du weißt es.«

»Ich weiß nur, daß Sie sich geschmacklos benehmen«, erwiderte sie aufgebracht.

»Aber man heiratet doch, um Kinder zu kriegen - jedenfalls unter anderem. Warum, zum Teufel, soll man nicht darüber reden? Sag mir einen vernünftigen Grund.«

Den wußte sie allerdings auch nicht; deshalb schwieg sie verärgert. Und als Gregor sie küssen wollte, drehte sie den Kopf weg.

Ein anderes Mal kam es zu einer noch viel peinlicheren Unterhaltung – jedenfalls für sie. Schuld daran war im Grunde Olga.

Sie war nach Bekanntgabe der Verlobung sofort zu Katharina gekommen, hatte sie ganz ungeniert abgeküßt und als einen unerhörten Glückspilz bezeichnet. »Daß er dich heiratet – wer hätte das gedacht! Nun wird ja alles gut. Weißt du, er ist eine viel bessere Partie als Pjotr und schrecklich reich. Alle Welt wird dich um ihn beneiden. Aber er muß toll in dich verliebt sein, daß er um dich angehalten hat. Wie hast du das bloß angestellt?«

Katharina hatte natürlich energisch jede Möglichkeit einer Verliebtheit von seiten Gregors bestritten. »Er sagt, eines Tages müsse er sowieso heiraten – und warum nicht dann mich, nachdem ich durch ihn kompromittiert worden bin. Das hat mit Liebe überhaupt nichts zu tun.«

Aber Olga war dabei geblieben, und Katharina waren plötzlich Zweifel an der Richtigkeit ihrer Ansicht gekommen.

Vielleicht war Gregor doch in sie verliebt und wollte es nur nicht zugeben! Der Gedanke hatte etwas Aufregendes.

Und je länger sie sich damit beschäftigte, desto wahrscheinlicher erschien er ihr. Allein die Blicke, mit denen Gregor sie manchmal ansah. Oder seine Küsse . . .

Katharina beschloß, die Wahrheit herauszufinden, und behandelte Gregor am nächsten Tag mit zuckriger Liebenswürdigkeit. Vielleicht, daß er sich dann erklärte.

Oh, wie wollte sie ihn dann für seine vorherige spöttische Art bestrafen! Ganz kühl würde sie sich von ihm abwenden. »Es tut mir leid, Gregor, die Umstände zwingen mich, Sie zu heiraten. Aber lieben kann ich Sie nicht. Mein Herz gehört nach wie vor Pjotr Rodenko.«

Besonders das wollte sie ihm unter die Nase reiben, nachdem er sich bei jeder Gelegenheit über den armen Pjotr lustig gemacht hatte. Es würde Gregors Arroganz sicherlich erheblich dämpfen.

Aber Medinski machte Katharina keine Liebeserklärung, so sehr sie sich auch bemühte, ihn dazu zu veranlassen. Sie hatte ihr hübschestes Kleid angezogen und eine neue Frisur, die gerade in Mode gekommen war, ausprobiert. Ihre Zofe hatte sich fast eine Stunde geplagt, die dazu benötigten Kringellöckchen mit der Brennschere in ihr glattes Haar zu bekommen.

Und gerade über diese Locken hielt sich Gregor auf. Er erklärte rundheraus, daß sie scheußlich damit aussähe.

»Sei keine Gans, Katharina, und trag die Haare wie bisher.«

Seine Kritik ärgerte sie maßlos. Aber sie schluckte ihren Zorn herunter und flötete überaus sanft: »Oh, und ich hoffte so sehr, Ihnen zu gefallen!«

Er betrachtete sie ein paar Sekunden verblüfft. Dann kam er näher und faßte sie unters Kinn. »Nanu? Was sind denn das für Töne? So friedlich . . .«

Sie schlug die Augen nieder. »Ich – nun ja – ich fürchte, ich war nicht immer sehr höflich zu Ihnen. Es tut mir leid. Aber

Sie haben auch manchmal eine Art . . . Dabei können Sie so nett sein, wenn Sie wollen . . .«

»Findest du?«

»Ich sehe es doch. Wie Sie zum Beispiel Mama behandeln und Madame de St. Fredaine. Manchmal denke ich, Sie haben die beiden viel lieber als mich.«

»Schon möglich«, antwortete er grinsend. »Ich überlege auch schon die ganze Zeit, ob ich nicht besser Madame de St. Fredaine heirate. Sie hat eine so hübsche Hühnerbrust.«

»O Gregor, Sie sind schrecklich. Können Sie nicht einmal ernst sein?«

»Doch, aber warum?«

Sie schenkte ihm einen Blick aus halbgesenkten Wimpern. »Sehen Sie, ich habe über uns beide nachgedacht. Ziemlich lange sogar. Da wir in vier Wochen heiraten . . .«

»In drei«, verbesserte er sie. »Solange muß ich meine Sehnsucht noch bezähmen.«

Sie lehnte sich etwas gegen ihn. »Ist das nun ein Scherz? Oder haben Sie tatsächlich Sehnsucht?«

Einen Moment war es still. Sie spürte, wie er auf sie heruntersah. Jetzt, dachte sie triumphierend. Jetzt wird er mich küssen und mir sagen, daß er mich liebt.

Aber er küßte sie nicht. Er trat einen Schritt zurück und brach in Gelächter aus. Noch immer lachend ließ er sich auf das Sofa fallen. »O Katharina, das ist wirklich zu albern. Sag mir um alles, was bezweckst du mit diesem Getue?«

»Ich? Aber Gregor . . .«

Er wischte ihren Einwand mit einer Handbewegung weg. »Natürlich ist es Getue. Und du kannst mich doch nicht für so dumm halten, darauf hereinzufallen. Ich bin doch keine neunzehn mehr, mein Kind.«

Es war schrecklich. Er lachte und lachte, nannte sie eine verlogene kleine Komödiantin und brachte sie so weit, daß sie vor Zorn und Demütigung am liebsten geheult hätte.

»Sie sind gemein«, schrie sie. »Oh, Sie sind so gemein. Der Teufel soll Sie holen.«

»Siehst du«, sagte er, »das ist schon besser. So gefällst du mir – wenn du ehrlich bist. Nun bleib es auch und gib zu, daß du dir in deiner kleinen schwarzen Seele eingebildet hast, mich auf diese Weise zu einer Liebeserklärung zu bewegen. Vielleicht, um mir hinterher die kalte Schulter zu zeigen und dich auf deinen ehrenwerten, langnasigen Pjotr zu berufen . . .«

»Welch ein Unsinn!« sagte sie giftig. »Als ob mir an einer Liebeserklärung von Ihnen etwas läge!«

»Aber du hast sie erwartet. Warum eigentlich? Weil ich dich ganz gern küsse?« Er kam zu ihr und berührte ihre Schläfen mit den Lippen. Seine Stimme klang seidenweich, wie immer, wenn er sie verspotten wollte. »Nun, das tust du doch auch und liebst mich nicht. Deine schöne Seele trauert deinem Pjotr nach, aber dein Körper . . . Nein, mein Täubchen, schüttle nicht den Kopf. Vor mir brauchst du dich nicht zu verstellen. Ich habe zu viele Frauen gekannt, um das nicht zu wissen.«

»Sie . . . Sie sind ja ordinär! Gehen Sie und kommen Sie am besten überhaupt nicht wieder. Ich will Sie nicht mehr sehen.«

»Aber ich kann dich doch drei Wochen vor der Hochzeit nicht sitzenlassen! Was würden die Leute sagen und deine Mama und Madame de St. Fredaine, wo sie gerade zu der Überzeugung gelangt sind, daß ich doch nicht ganz so schlecht bin wie mein Ruf.«

Für den Rest des Nachmittags zeigte Katharina Gregor die kalte Schulter.

Kaum, daß sie das Nötigste mit ihm sprach. Aber ihn schien das nicht zu stören, höchstens zu belustigen. Je einsilbiger Katharina wurde, desto mehr redete er, allerhand amüsanten Unsinn, bei dem es sie manchmal erhebliche Mühe kostete, ihre abweisende Miene beizubehalten und nicht in Lachen auszubrechen.

Bevor er ging, erklärte Gregor, daß er am nächsten Morgen in aller Frühe für ein paar Tage nach Shitomir reisen müsse, wo er ein Landgut besaß.

»Wir sehen uns also eine Weile nicht. Ich hoffe, du wirst mich in der Zwischenzeit vermissen.«

Katharina streckte die Nase in die Luft. »Sicher nicht.«

Halb erwartete sie, daß er sie zum Abschied küssen würde. Aber er gab ihr nur einen leichten Klaps auf die Wange, und dann verschwand er.

Er kam erst eine Woche später zurück, beladen mit allerhand Geschenken für sie, ihre Mutter und sogar Madame de St. Fredaine.

Das Prunkstück darunter war ein Papagei in einem buntbemalten Käfig, der »Gregor« sagen konnte.

»Ich habe Stunden damit verbracht, es ihm beizubringen«, erklärte Medinski. »Und ich bin sehr stolz, daß es mir gelungen ist. Übrigens heißt er Pjotr.«

»So?« erwiderte Katharina gedehnt.

Gregors Augen blitzten vor Vergnügen. »Er heißt wirklich so, ich kann nichts dafür. Aber du kannst ihn natürlich umtaufen.«

»Nein«, sagte sie. »Ich finde den Namen sehr schön.«

»Gregor – Gregor!« schrie der Papagei und schlug mit den Flügeln. Er war ein prachtvolles Exemplar mit knallbuntem Gefieder und einem grünen Schopf. Er gefiel Katharina sehr.

Als der Diener den Samowar hereintrug und sich ihre Mutter an die Teezubereitung machte – ein bei ihr geheiligtes

Zeremoniell, das sie niemals jemand anderem überließ – zog Gregor Katharina in eine Fensternische. Seine Augen betrachteten sie mit lächelndem Wohlgefallen. »Ich hatte ganz vergessen, wie hübsch du bist. Oder macht das die Freude des Wiedersehens?«

»Eingebildet sind Sie gar nicht.«

Aber insgeheim freute sie sein Kompliment. Und – wenn sie ehrlich war, freute sie sich auch, daß er wieder da war.

Sie hätte es nie für möglich gehalten – aber sie hatte ihn tatsächlich vermißt – trotz all seiner ärgerlichen Eigenschaften, ihrer Wortgefechte, in denen sie fast immer die Unterlegene blieb, und seiner fatalen Art, sie in Verlegenheit zu stürzen.

Er hatte etwas an sich, dessen Wirkung sie sich nicht entziehen konnte.

Seine Boshaftigkeit war niemals ohne Humor und niemals ohne den Funken Wahrheit, dem man letzten Endes nicht widersprechen konnte. Und seine Blicke, so ungezogen sie auch waren, jagten ihr jedesmal einen kleinen, belebenden Schauer über den Rücken.

Und wie gut er aussah! Dafür war Katharina nie blind gewesen. Das scharfgeschnittene, braune Gesicht, die athletische Figur – oh, sie wußte sehr gut, daß er Eindruck auf andere Frauen machte. Es gab sicher eine Menge, die sie um ihn beneideten. Und das wiederum schmeichelte ihr.

Natürlich zankten sie sich auch weiterhin häufig. Das heißt - Katharina zankte, und Gregor lachte darüber. Und natürlich wünschte sie ihn noch ebensooft zum Teufel – aber es gab auch Stunden, in denen er ausgesprochen nett sein konnte.

Beispielsweise konnte er sich sehr ernsthaft über alle möglichen Dinge unterhalten. Über Kunst, Literatur – oder sogar Politik.

Er hatte in früheren Jahren lange Auslandsreisen unternommen und verfügte über eine umfassende Bildung. Sein Kunstverständnis war bekannt. Leute wie Tschaikowsky, der Maler Repin und Turgenjew, dessen letzter Roman »Neuland« gerade überall diskutiert wurde, gehörten zu Gregors persönlichen Bekannten, denen sein Haus offenstand und die er vermutlich, wenn es nötig war, ohne viel Wesens darum zu machen, unterstützte.

Außerdem bekleidete er einen wichtigen Posten im Reichsrat und war Adelsmarschall der Provinz Shitomir.

Er war ein liberal gesinnter Mann, der sich sehr für die Belange der Bauern einsetzte.

»Man hat sie von der Leibeigenschaft befreit«, sagte er. »Aber jetzt hilft ihnen niemand, sich in der neugewonnenen Freiheit zurechtzufinden. Sie sind wie Kinder, die lesen wollen und das Alphabet noch nicht kennen. In den meisten Fällen ist ihre Unwissenheit sogar benutzt worden, um sie zu übervorteilen. Man hat ihnen zu wenig oder schlechtes Land gegeben, mit dem sie ihre Familien nicht ernähren, hat Ablösungen verlangt, die sie nicht zahlen konnten. Nun stellen sich die Leute, die das alles verursacht haben, hin und sagen: ›Schaut her – die Bauern sind zu dumm und zu faul, um für sich selbst zu sorgen. In der Leibeigenschaft ging es ihnen besser. Sie sind wie Tiere, die die Knute im Rücken brauchen und einen Herrn über sich!‹«

Für Katharina waren das vollkommen neue Gedanken. Es galt als absolut unüblich, daß man mit Frauen über Politik und ähnliches sprach.

Alles, was sie wußte, hatte sie zufälligerweise aus den Gesprächen ihres Vaters mit seinen Bekannten aufgeschnappt. Und das stand, wie sie jetzt merkte, meist im Gegensatz zu Gregors Ansichten.

Nikolaus Bugatow war ein großer Bewunderer des verstorbenen Zaren Nikolaus I. und hing an der alten »patriarchalischen Ordnung«, wie er es nannte. Der Zar war der Zar und alleiniger, von Gott gewollter Herrscher. Alles hatte sich ihm zu beugen.

Der Wunsch nach weiteren Reformen und einer konstitutionellen Verfassung, wie er sich immer stärker in gewissen Kreisen breitmachte, stieß bei ihm auf heftiges Unverständnis.

Er empörte sich, daß man es wagte, die Person und die Handlungen des Kaisers zu kritisieren, und geriet in Entsetzen, als er von den kurz hintereinander erfolgten Attentaten des letzten Jahres erfuhr.

Aber Gregor kritisierte Alexander II. in Katharinas Gegenwart ganz offen.

Er bestritt keineswegs, daß er ein gütiger, aufrechter und wohlwollender Mann war, in seinem Rahmen sogar zu einer ganz erstaunlichen Toleranz fähig.

»Aber es fehlt ihm an Willensstärke und Weitblick! Die Reformen, mit denen er seine Regierungszeit begann, waren großartig. Doch dann ist er auf halbem Wege umgekehrt. Und das ist fast schlimmer, als hätte er sie nie eingeführt. Nimm zum Beispiel die Semstwos. Urprünglich war es eine fabelhafte Sache, die Selbstverwaltung in den einzelnen Gemeinden und Gouvernements einzuführen und dem Volk Gelegenheit zu geben, seine eigenen Vertreter zu wählen. Aber was ist daraus geworden? Man hat ihre Kompetenzen von Jahr zu Jahr verringert, so daß sie keinerlei politischen Einfluß haben. Sie haben nicht einmal mehr Geld, um die Landwirtschaft zu fördern oder das Einkommen der Bauern zu heben. Ihre einzige Aufgabe besteht darin, Straßen und Schulen zu bauen und Krankenfürsorge zu betreiben. Dabei hätten die Semstwos der erste Schritt zu einem Parlament werden können, wie es alle westlichen Länder haben.«

»Du bist also für eine Verfassung?« fragte Katharina.

Gregor nickte. »Es ist an der Zeit. Wir sind nicht mehr von Europa isoliert, und dadurch sind neue Gedanken und Einflüsse zu uns gekommen. Alles auf der Welt entwickelt sich weiter. Es wäre töricht, die Augen davor zu verschließen.«

Für Katharina waren diese Gespräche hochinteressant. Sie begann darüber nachzudenken und hatte häufig Fragen, auf die Gregor gewissenhaft einging.

Er sagte niemals: »Das verstehst du nicht, mein Kind!« oder: »Zerbrich dir doch nicht dein hübsches Köpfchen über solche Sachen«, sondern freute sich offenbar über ihr Interesse.

Und das gefiel ihr.

Sie hörte ihm gern zu, wenn er sich in Eifer redete und seine Worte mit eindrucksvollen Gesten unterstrich.

Sein Gesicht war dann straff und gespannt, ohne eine Spur von Ironie, und seine Augen bekamen ein warmes, lebendiges Feuer.

In solchen Augenblicken hatte Katharina ihn regelrecht gern.

Aber leider war er nicht immer so. Und die Stunden, in denen sie sich über ihn ärgerte, überwogen bei weitem.

Aber trotzdem lernte sie es allmählich, sich mit dem Gedanken an ihre bevorstehende Hochzeit abzufinden, ja, sogar zu befreunden.

Es war sicher nicht das schlechteste, Fürstin Medinski zu werden. Auf jeden Fall besser, als – wie Gregor einmal bemerkt hatte – in Karetnaja als alte Jungfer ein tristes Dasein zu fristen.

2. Kapitel

Moskau, fünfzehnter Dezember 1879.

Als Katharina erwachte, wußte sie zunächst nicht, wo sie war. Das fremde Zimmer lag im Dämmerlicht der zugezogenen Samtportieren. Möbel aus geschnitztem Nußbaum, rote Bezüge, goldgerahmte Spiegel. Auf dem Lehnstuhl lagen ihre Sachen, nachlässig hingeworfen. Eine Wolke von grünem Moiré, Unterröcken und Spitzen. Ein seidener Strumpf ringelte sich auf dem Boden, daneben das Korsett.

Wieso hat Marfa nicht aufgeräumt? dachte Katharina verschlafen.

Und dann fiel es ihr ein. Marfa war gar nicht da. Sie war in Petersburg zurückgeblieben. Und die neuen Zofen sollten sich erst heute vormittag vorstellen. Gregor hatte gesagt ...

Gregor!

Mit einem Ruck setzte Katharina sich hoch und blickte auf die andere Seite des Bettes.

Dort lag er, noch immer schlafend. Sein Hemd war bis zum Gürtel offen und ließ die braune Brust mit den dunklen Haaren frei. Unter dem rechten Rippenbogen zog sich eine lange rote Narbe entlang, ein Andenken aus dem türkisch-russischen Feldzug bei den Kämpfen um Plewna. Gregor hatte den ganzen Krieg mitgemacht und war für seine Verdienste mit dem St.-Georgs-Kreuz ausgezeichnet worden.

Katharina musterte ihn aufmerksam, mit fast kindlicher Neugier. Es war merkwürdig, einen schlafenden Menschen zu betrachten.

Ein Gesicht, bar jeder Verstellung. Irgendwie sah er anders aus als sonst – entspannter, jünger.

Sein kräftiger, muskulöser Arm war in ihre Richtung ausgestreckt, als hätte er sich im Schlaf zu ihr hinübertasten wollen. Der andere war unter den Kopf geschoben.

Als Gregor sich bewegte, erschrak Katherina, als wäre sie bei etwas Verbotenem ertappt worden. Sie wartete ein paar Sekunden, ob er die Augen aufschlüge. Aber als er ruhig weiterschlief, kletterte sie vorsichtig aus dem Bett.

Mit nackten Füßen ging sie quer durch das Zimmer und hob den Strumpf und das Korsett vom Boden auf. Dann ging sie weiter durch die angelehnte Tür in den Salon, der zu ihrer Hotel-Suite gehörte.

Das Feuer im Kamin brannte noch. Katharina stocherte mit dem Eisen darin herum und warf einige Scheite in die Glut.

Hinterher zog sie die Vorhänge von den Fenstern zurück. Die Scheiben waren dick vereist. Väterchen Frost meinte es gut in diesem Winter. Gestern hatte das Thermometer dreißig Grad unter Null angezeigt, und Gregor hatte halb erfroren gewirkt, als er, wie es die Sitte vorschrieb, an der Kirchentür auf sie gewartet hatte.

»Gott sei Dank, daß du pünktlich bist«, hatte er ihr zugeflüstert, und sie hatte lachen müssen.

Sie hatten in Ismailowo in der Feodor-Kirche geheiratet. Nach dem Essen hatten sie die Hochzeitsgesellschaft verlassen und waren die paar Werst nach Moskau gefahren, wo Gregor im Hotel Metropol einige Zimmer gemietet hatte.

Abends hatten sie im Adelsklub auf der Bolschaja Dmitroska diniert, bei Balalaikamusik, Kerzenlicht und Champagner.

Etwas zuviel Champagner – jedenfalls für Katharina. Als sie im Schlitten ins Hotel zurückfuhren, hatte sie einen Schwips.

Aber Gregor lachte nur darüber und klingelte nach dem Zimmerkellner, um noch eine Flasche zu bestellen. Nachdem er sie ihnen serviert hatte, blieben sie allein.

Gregor hatte die Gläser vollgegossen. »Auf Ihr Wohl, Fürstin Medinski.« Hinterher hatte er ihr die grünen, zum Kleid passenden Schuhe ausgezogen, weil sie neu waren und drückten.

Sie hatte gekichert, weil er sie, während er vor ihr kniete, an den Fußsohlen gekitzelt hatte. Und dann hatte sie ihm einen Schubs gegeben, durch den er das Gleichgewicht verlor und auf dem Teppich landete.

Als er sich wieder hochrappelte, war sie auf Strümpfen um den Tisch herum vor ihm davongelaufen. Aber er hatte sie rasch eingefangen und über das Sofa geworfen.

Atemlos vor Lachen hatte sie unter seinen Händen gezappelt, bis er angefangen hatte, sie wild und zügellos zu küssen.

Unter seinen Lippen, die wie kleine Flammen auf ihrer nackten Haut brannten, erstarb ihre Ausgelassenheit.

Sie begriff, daß sie allein waren – zum erstenmal allein als Mann und Frau – und wurde ganz starr vor Scham und Angst.

Fremd – fremd alles. Gregors Gesicht, sein Atem, der ihre Haut streifte, seine Lippen, seine Hände.

Spürte er, was in ihr vorging? Spürte er ihr Zittern, ihre Abwehr, alles, was in ihr im Kampf lag mit der Einsicht, daß sie jetzt nicht mehr sich allein gehörte, sondern auch ihm, und daß er ein Recht hatte zu allem, was er tat?

Gregor richtete sich plötzlich auf und zog ihren Kopf an seine Schulter. Katharina hörte seinen heftigen Atem, merkte, wie er ihn zur Ruhe zwang, und wagte nicht, ihn anzusprechen.

Eine Weile blieb Gregor so. Er streichelte über ihr halb aufgelöstes Haar. Und dann nahm er Katharinas Hand und legte sie auf seine Wange. Diese einfache Zärtlichkeit löste ihre Verkrampfung. Als sie den Blick hob, begegnete sie seinen Augen. Sie waren wissend und verständnisvoll. Und doch funkelte auf ihrem Grunde eine winzige Belustigung. Aber gerade das war es, was sie als vertraut empfand.

»Frierst du?« fragte er.

Sie nickte. Er legte den Arm um sie und wiegte sie wie ein Kind hin und her. Die Wärme seines Körpers umfing sie.

Es ging etwas Tröstliches davon aus – und von diesen festen Armen, die sie hielten. »Was für ängstliche Augen du hast! Willst du mir nicht vertrauen?« Es klang so gütig, wie er noch nie zu ihr gesprochen hatte, und plötzlich war alles ganz leicht gewesen.

Als Gregor sie von neuem küßte, wehrte sich Katharina nicht mehr. Sie überließ sich ihm und den Empfindungen, die er in ihr weckte. Empfindungen, die sie nie gekannt: Schwäche, Hingabe, Entzücken.

Ich bin verrückt, dachte Katharina irgendwann verschwommen. Was tue ich nur? Sie lag nackt in Gregors Armen, seinen Blicken dargeboten, und es war schön für sie. Sie fühlte keine Scham, sondern drängte sich seinen streichelnden, wissenden Händen entgegen, seinen Lippen, die ihren Körper erforschten und ihr kleine, prickelnde Schauer über den Rücken jagten.

Sie stöhnte leise und umschlang seinen Hals, damit er nicht aufhören möge, sie zu küssen. Halb unbewußt, halb von einem jäh aufbrechenden Verlangen erfüllt, begann sie, seine Zärtlichkeiten zu erwidern.

»Süße«, murmelte Gregor, »meine Süße . . .« Seine Stimme bebte, und er umfaßte Katharina fester. Sein Gesicht, vom Schein der flackernden Kerzen erhellt, war, wie sie es nie zuvor gesehen hatte – von einem solchen Verlangen erfüllt, daß sie die Augen davor schloß.

Aber auch das war schön: Daß sie fähig war, in einem Mann ein solches Verlangen zu wecken. Sie begriff, daß sie in diesem Moment eine große, köstliche Gewalt über Gregor hatte – wie er über sie, denn um nichts in der Welt hätte sie gewollt, daß er jetzt von ihr abließe.

Katharina schrie auf, als er sie mit schmerzhafter Heftigkeit nahm. Aber seine Lippen erstickten ihren Schrei, und der Schmerz wandelte sich, wurde Lust, flammende, wilde Lust, die sie davontrug.

Jetzt allerdings, im nüchternen Tageslicht, dachte Katharina mit merkwürdig zwiespältigen Gefühlen an die Ereignisse der Nacht zurück. Auf der einen Seite fühlte sie sich Gregor gegenüber so zugehörig wie nie zuvor. Das, was sie in seinen Armen empfunden hatte, zitterte noch in ihr nach. Aber gleichzeitig befiel sie eine sonderbare Scheu, sobald sie sich vorstellte, ihm jetzt wieder gegenübertreten zu müssen.

Der Spiegel über dem Kamin warf ihr Bild zurück. Das Bild einer jungen Frau mit aufgelöstem, langem Haar und sehr dunklen Augen.

Gregor hatte einmal behauptet, daß sie wie eine Tatarin aussähe. Es war eines seiner üblichen zweischneidigen Komplimente gewesen, bei denen man nie genau wußte, ob man sich geschmeichelt fühlen oder ärgern sollte.

Die Tatarenfrauen galten seit jeher als besonders schön. Aber andererseits erfreute sich ihr Volk wegen seiner häufigen Aufstände und Überfälle auf das europäische Rußland keiner großen Beliebtheit. Selbst heute noch, wo sie dem gewaltigen Zarenreich längst einverleibt und ausgesprochen friedliche Untertanen Seiner Majestät geworden waren, betrachtete man sie als Halbwilde, denen jeder Weißrusse haushoch überlegen war.

Nebenan knarrten die Dielen. Und dann stand Gregor plötzlich in der Tür. Katharina sah ihn durch den Spiegel an und drehte sich um.

Er hatte einen rotseidenen Morgenmantel übergeworfen und den Gürtel lose zusammengebunden. Mit den Händen in den Taschen kam er näher.

»Oh, guten Morgen, meine Liebe. Was für ein reizender Anblick.«

Seine Augen glitten an ihrer Gestalt entlang, die durch das dünne Spitzennachthemd kaum verhüllt war. Ihre hochangesetzten festen Brüste und der weiche Schwung ihrer Hüften zeichneten sich darunter ab.

»Guten Morgen«, sagte sie leise. Sie blieb stehen und wartete mit angehaltenem Atem.

Jetzt mußte er doch zu ihr kommen! Er mußte sie in die Arme nehmen und ihr irgend etwas sagen, das ihre Befangenheit überbrückte. Oder gar nichts sagen, sondern sie nur durch eine kleine schweigende Zärtlichkeit fühlen lassen, daß diese letzte Nacht auch ihm etwas bedeutet hatte. Mehr jedenfalls, als das Stillen einer rasch aufgeflammten Begierde.

Aber er tat weder das eine, noch das andere. Er fuhr fort, sie zu betrachten und mit den Fußspitzen zu wippen – jeder Zoll ein Mann, der prächtig geschlafen hatte, prächtiger Laune war – und Appetit auf ein gutes Frühstück verspürte.

»Bist du schon lange auf?« fragte er schließlich.

Katharina würgte ihre Enttäuschung hinunter und schüttelte den Kopf. »Nicht sehr. Ich – ja, ich werde mich anziehen.«

Als sie an ihm vorbei ins Schlafzimmer wollte, raffte sie ihr Hemd über der Brust zusammen.

Gregor lachte.

»So schamhaft? Aber Schätzchen. Dabei hast du es gar

nicht nötig, dich zu verstecken. Ich habe schon schlechter gewachsene Frauen gesehen.«

Sie biß die Zähne zusammen und antwortete nicht. Drinnen aber, im Schlafzimmer, kamen ihr Tränen der Wut.

Ich Gans, dachte sie. Was habe ich mir bloß eingebildet! Gregor hat mit vielen Frauen geschlafen. Es war überhaupt nichts Besonderes für ihn.

Von nebenan hörte sie, wie er läutete. Kurz darauf erschien Stepan, sein Kammerdiener, der mit nach Moskau gekommen war und ein Zimmer im Hotel bewohnte. Gregor trug ihm auf, das Frühstück zu bestellen.

Dann pfiff er vor sich hin.

Katharina verspürte das wilde Bedürfnis, irgend etwas auf den Boden zu werfen – eine Vase zum Beispiel, die viel Krach machte und in tausend Scherben zersplitterte.

Statt dessen mußte sie tun, als wäre auch sie bester Laune. Gregor durfte auf keinen Fall etwas von ihrer Enttäuschung merken, sonst würde er sie nur auslachen und sentimental nennen.

Er erschien in der Tür, gerade als sich Katharina damit abmühte, ihr Mieder zu schnüren. »Soll ich dir helfen?«

»Danke, ich komme schon allein zurecht.«

»Na schön. Aber zieh dir etwas Hübsches an. Wir fahren gleich nach dem Frühstück aus.«

In den kommenden Tagen kam Katharina kaum mehr dazu, an die Verärgerung ihres ersten Morgens als Fürstin Medinski zu denken. Gregor hielt sie in Atem. Er hatte versprochen, daß sie sich in der Ehe mit ihm niemals langweilen würde, und das machte er wahr. Er zeigte ihr Moskau, diese von Leben überfließende Stadt, besonders jetzt, im Winter.

In den drei kaiserlichen Theatern gab es große Ballettabende, Opern von Borodin und Mussorgskij, Schauspiele von Gogol und von Ostrowski, den man den russichen Molière nannte. In den eleganten Klubs fanden Bälle und Konzerte statt; man schlief bis in den Mittag hinein, fuhr dann im offenen Schlitten durch den Sokolniki-Park, wo jeder jeden traf, und dinierte bei Jar oder Strelna bei Zigeunermusik und französischen Tänzerinnen.

Katharina hatte geglaubt, Moskau von ihrer zweijährigen Pensionatszeit her zu kennen – aber dieses Moskau kannte sie nicht.

Eine Stadt, die überhaupt erst am Abend zu erwachen und in der sich die gesamte Lebewelt von Rußland ein Stelldichein zu geben schien.

Auch in Petersburg hatte es Theaterabende, Bälle und große Diners gegeben – aber Petersburg und Moskau, das war zweierlei.

Der Zarenhof mit seinen Beamten, Offizieren und seinem steifen Zeremoniell war weit. Man konnte so ausgelassen sein, wie man wollte. Und wenn man kein Geld mehr hatte, ging man zu den Pfandleihern, von denen es genug an der Grenze zwischen Bjely-Gorod und Kitai-Gorod gab, und lieh sich neues.

Wann man es zurückzahlte – nun, wenn es Gott gefiel, in drei Monaten oder einem halben Jahr, oder auch noch später. Es lohnte nicht, darüber nachzudenken. Die Zeit verflog fast so schnell wie die Rubelchen, die man am Spieltisch ließ. Mütterchen Moskau war fröhlich, voll schöner Frauen und glänzender Palais, in denen die Lichter erst mit dem Hellwerden ausgingen.

Was tat es, daß aus Petersburg dunkle Gerüchte drangen von neuen Verschwörungen gegen den Zaren, Verhaftungen und Massentransporten nach Sibirien? Was tat es, daß die Zarin, nachdem sie aus Livadia, dem kaiserlichen Besitz an der Krim zurückgekehrt war, kränker als zuvor schien. Es hieß, sie zeige sich nur noch ganz kurz auf offiziellen Empfängen und müsse sich dann zurückziehen.

Arme Maria Alexandrowna – gewiß. Aber sollte man deswegen in Trübsinn verfallen? Der Zar tat es ja auch nicht. Er hatte seine Katharina Dolgoruki, die hübsche junge Mätresse, die ihm bereits drei Kinder geboren hatte.

Und in Moskau tanzte man die Nächte durch.

Es genügte, wenn morgens in den vierhundertfünfzig Kirchen und fünfundzwanzig Klöstern für Ihre Majestät gebetet wurde. Gott würde auf die Gebete Seiner Diener sowieso viel eher hören als auf die Seiner unheiligen Kinder.

Für Katharina aber, die erst im Oktober in die Gesellschaft eingeführt worden war, hatte alles noch den Reiz der Neuheit.

Sie genoß es, jede Nacht auszugehen, in eleganten Toiletten, ohne Mamas wachsame Augen, nur mit Gregor, der sich über ihre Begeisterung amüsierte und niemals schalt, wenn sie ausgelassen war oder zuviel Champagner trank, oder nach einem Opernabend im Bolschoi-Theater, in dem die Patti gesungen hatte, unbedingt noch ins Château des Fleurs wollte, um die neuangekommene Tanzgruppe zu sehen.

Als junges Mädchen waren Katharina Lokale wie das Château des Fleurs verschlossen geblieben. Und wahrscheinlich fände es ihre Mutter auch jetzt noch im höchsten Grade ungehörig, sie zu besuchen. Aber Gregor hatte nichts dagegen.

Wie könnte er auch – immerhin hatte er Katharina zum erstenmal von sich aus dorthin geführt und sich über ihr naives Staunen über das Publikum und die mehr als spärlich bekleideten Tänzerinnen und Zigeunermädchen amüsiert.

Er ging auch mit ihr in den Spielklub und verzog keine Miene, als sie, nach einem anfänglichen geringen Gewinn, mehrere tausend Rubel verlor.

Katharina allerdings war vollkommen zerknirscht.

»O Gregor, es tut mir so leid. Ich weiß selbst nicht, wie es gekommen ist. Als ich das erstemal verlor, hoffte ich, den Verlust wieder wettzumachen, und setzte noch einmal. Aber ich verlor wieder. Und so ging es immer weiter. Ich konnte plötzlich nicht mehr aufhören, weil ich immer dachte, beim nächstenmal . . . Ach, es war schrecklich.«

»Schrecklich wäre, wenn ich es nicht bezahlen könnte«, sagte er. »Aber glücklicherweise habe ich noch ein paar Rubel. Ich denke, sie reichen auch noch für den Hut, der dir gestern auf dem Bolsch-Nikitskaja-Boulevard so gefiel.«

Sie gelobte, niemals wieder in ihrem Leben zu spielen, und Gregor kaufte ihr den Hut.

Er kaufte ihr noch mehr, Kleider, Schmuck, Handschuhe, französische Unterwäsche – jeden Tag schleppte er irgend etwas Neues an.

Katharina war aus reichem Hause und hatte zu keiner Zeit irgendwelche Sorgen oder Einschränkungen gekannt. Aber noch nie in ihrem Leben hatte sie so viele Sachen besessen.

Wenn sie sagte, daß er sie verwöhne, schüttelte Gregor den Kopf. »Ich gebe gern Geld aus, das ist alles. Außerdem will ich, daß du elegant bist. Oder macht es dir keinen Spaß?«

Sie hatten bald einen großen Bekanntenkreis – in Moskau schloß man schnell Freundschaften – und es war aufregend, überall in den neuen, tiefdekolletierten Kleidern aus Brokat und Samt, die über eine Turnüre drapiert waren, bewundert zu werden.

Gregor zog Katharina mit ihren Verehrern auf, aber andererseits schien er stolz zu sein, daß man ihr den Hof machte.

Als ihn Katharina einmal scherzhaft fragte, ob er denn überhaupt nicht eifersüchtig sei, winkte er ab. »Weshalb? Ich finde es schmeichelhaft, wenn andere Leute meinen Geschmack teilen. Ein Mauerblümchen hätte ich nicht geheiratet.«

Das Gespräch fand in ihrem Schlafzimmer statt. Sie waren

zu einer Soiree bei der Fürstin Trubetzkoj geladen, und Katharina hatte bereits Toilette gemacht. Sie trug ein fliederfarbenes Samtkleid, dessen in Volants geraffter Rock mit einer Unzahl kleiner Schleifchen in dunklerem Lila besetzt war.

Es war neu. Urprünglich hatte sie sich bei der Schneiderin eine weinrote Atlasrobe bestellen wollen. Aber Gregor hatte ihr zu diesem Modell geraten, und Katharina hatte gelernt, daß es klug war, seinem Geschmack zu vertrauen.

Wie klug, mußte sie an diesem Abend wieder einmal feststellen.

Farbe und Schnitt des Kleides paßten ausgezeichnet zu ihrem dunklen Typ. Außerdem hatte sich die neue Zofe, – Nastassja hieß sie, ein nettes junges Ding aus der Ukraine – als eine wahre Perle im Frisieren entpuppt. Sie hatte gar nicht erst versucht, Katharinas glattes Haar durch Brennschere oder Papillotten zu kräuseln. Vielmehr nutzte sie die reiche Fülle aus, die ihr beim Kämmen jedesmal wieder Ausrufe des Entzückens entlockte, und türmte sie auf dem Kopf zu einem kunstvoll verschlungenen Knoten, in den sie Perlenschnüre flocht. Vorn war das Haar glatt gescheitelt und über die Ohren hinuntergezogen. Es sah bezaubernd aus.

Katharina drehte sich zufrieden vor dem Spiegel und fragte, an Gregors letzte Worte anknüpfend: »Dann gefalle ich dir also?«

Er warf ihr einen unergründlichen Blick zu. »Ich denke, du weißt, daß du hübsch bist.«

Sie fand, daß es nicht sehr begeistert klang, aber als sie es ihm sagte, lachte er.

»Sei nicht so eitel. Was erwartest du von einem Ehemann?«

Ende Januar gab der Zar im Winterpalais den traditionellen Palmenball.

Gregor und Katharina gehörten zu den geladenen Gästen und kehrten eine Woche vor dem festlichen Ereignis nach Petersburg zurück.

Da sich die Kaiserin bis zum Anfang des Winters ihrer angegriffenen Gesundheit wegen in der Krim aufgehalten hatte, war Katharina noch nicht bei Hof vorgestellt worden. Das sollte auf dem Palmenball nachgeholt werden, und sie sah dieser Tatsache mit entsprechender Aufregung entgegen.

Am Ballabend selbst verbrachte sie viele Stunden mit ihrer Toilette, so daß Gregor schließlich amüsiert zur Eile mahnen mußte.

Mit der Troika fuhren sie zum Winterpalais.

Katharina hatte sehr viel über die Pracht und den unvorstellbaren Luxus dieses größten der kaiserlichen Paläste gehört – aber die Wirklichkeit überbot noch ihre Erwartungen.

Sprachlos vor Staunen schritt sie an Gregors Arm durch das Vestibül, die riesige Marmortreppe zum St.-Georgs-Saal hinauf, an deren Geländer Soldaten in der Paradeuniform ihrer Regimenter Spalier standen.

Goldbetreßte Kammerherren führten sie in den Saal, während vom Oberhofmeister ihre Namen aufgerufen wurden.

Es wimmelte von Menschen. Gregor hatte gesagt, daß üblicherweise etwa siebenhundert Personen geladen würden – aber Katharina erschienen es fast mehr. Herren in Galauniformen oder Fräcken mit breiten Ordensbändern, Damen in Balltoiletten, Höflinge, Pagen, Lakaien, die geschäftig hin und her eilten, und dazwischen Blumenarrangements von unwahrscheinlicher Größe und Farbenfreudigkeit.

Für den Palmenball wurde alles, was die kaiserlichen Gewächshäuser boten, bereitgestellt. Es war ein phantastischer Gegensatz, wenn man durch das verschneite, im Frost erstarrte Petersburg gefahren war und sich nun in dieser Üppigkeit tropischer Gewächse und Blüten wiederfand.

In den angrenzenden Sälen war für das große Souper gedeckt. Die Tische standen unter Palmen, und der Boden glich einem einzigen Blumenbeet.

»Nun?« fragte Gregor lächelnd. »Wie findest du es?«

»Es . . . es ist atemberaubend.«

»Eine hübsche Menagerie – in der Tat.«

Katharina blieb der Mund offen stehen. Inzwischen hatte sie sich zwar einigermaßen an Gregors respektlose Art gewöhnt – aber angesichts dieser Pracht fand sie sie dennoch reichlich unverschämt. Ließ er sich denn durch gar nichts beeindrucken?

Er kniff ihr ein Auge zu. »Du wirst schon noch merken, daß es eine Menagerie ist, und dort drüben stehen die Tierbändiger – friedlich vereint.«

Er deutete in eine Ecke unterhalb der Marmorgalerie, wo einige Herren in Uniformen eine Gruppe bildeten.

»Das ist Gortschakow, nicht wahr?« fragte Katharina.

»Jawohl – der Kanzler unseres Allergnädigsten Herrn. Und daneben Adlerberg. Rechts, der elegante ist Timaschew, der Innenminister, der andere Dimitri Tolstoi, Oberprokurator des Heiligen Synods – und der eigentliche ›Schwarze Mann‹ des gesamten glorreichen Ministerrates.«

Jeder der Genannten war Katharina seiner Bedeutung nach bekannt. Sie wußte, daß Alexander Adlerberg, Minister des kaiserlichen Hauses, mit dem Zaren zusammen aufgewachsen war und als sein engster Berater galt. Er hatte ungeheuren Einfluß und galt als korrupt und bestechlich. Aber der sonst so mißtrauische Monarch vertraute ihm blind.

Gortschakow war früher eine überragende Persönlichkeit gewesen. Ein Aristokrat reinsten Wassers, hochgebildet, von einer geradezu fanatischen Vaterlandsliebe beseelt. Bevor der Zar ihn als Nachfolger Nesselrodes in das Kanzleramt berief, hatte er bereits eine äußerst erfolgreiche diplomatische

Karriere hinter sich. Rußland hatte an ihm einen redlichen, unbestechlichen Wahrer seiner Interessen gehabt. Aber jetzt war er alt und senil. Die Ruine eines Mannes, den Puschkin einst in einem Gedicht als »Liebling des Schicksals« bezeichnet hatte.

»Ah, sieh an, Gregor Medinski«, riß eine Stimme Katharina aus ihren Betrachtungen. Sie wandte sich um und gewahrte einen Herrn im Frack, mit ordensgeschmückter Brust, der auf sie zukam.

Er war Mitte der Vierzig, auffallend groß, mit schütterem Haar und einem Gesicht, das früher vielleicht einmal schön gewesen sein mochte, jetzt aber von Lastern und Ausschweifungen gezeichnet war.

Gregors Stirn zog sich unmerklich zusammen. »Guten Abend, Trepin. Wieder im Lande? Wie war's in Paris?«

»Oh, wie immer. Dieselben Leute, dieselben Unterhaltungen. Nachgerade wird es langweilig. Aber als ich zurückkam, überraschte man mich mit der erstaunlichen Nachricht Ihrer Verheiratung. Seitdem brenne ich darauf, die Frau kennenzulernen, die das fertiggebracht hat.«

»Nun«, erwiderte Gregor kühl. »Hier ist sie. Meine liebe Katharina, darf ich Ihnen den Fürsten Boris Grigorjewitsch Trepin vorstellen. Wir mögen uns nicht sonderlich – also seien Sie nicht allzu freundlich zu ihm.«

Trepin lachte auf, während er sich über Katharinas Hand beugte.

»Immer noch der alte Spötter. Nun, es ist wahr, wir sind politische Gegner. Aber was Frauenschönheit betrifft, sind wir sicherlich einer Meinung.« Er maß sie mit dreisten Blicken. »Entzückend, wirklich, ganz entzückend. Mein lieber Gregor Petrowitsch, ich beglückwünsche Sie.«

»Schon gut«, sagte Gregor gelangweilt. »Stürzen Sie sich nicht in Unkosten. Ich weiß selbst, wie meine Frau aussieht. –

Ah, ich glaube, da kommen Ihre Majestäten. Gehen Sie, daß Sie einen guten Platz bekommen, Trepin, damit das Auge des Kaisers auch ganz bestimmt auf Sie fällt, während Sie Ihre Bücklinge machen. Ich werde es mir von rückwärts betrachten. Da wirkt es besonders amüsant.«

Trepin lächelte. »Man sollte meinen, Sie legen es darauf an, mich zu kränken. Wenn ich nicht wüßte, daß es nur Ihre berühmt drastische Art ist . . . Aber machmal sollten Sie doch etwas zurückhaltender sein. Es gibt Leute, die Ihre Scherze krumm nehmen könnten.«

Er verbeugte sich vor Katharina. »Meine Verehrung, Fürstin. Ich hoffe, Sie werden mir später die Freude eines Tanzes gewähren.«

Dann ging er davon, um sich in der Nähe der Eingangstür zu einer Gruppe von Hofbeamten zu gesellen.

Das auf der Estrade untergebrachte Orchester hatte mit den ersten Tönen der Nationalhymne »Boshe Zarja chranij« – Gott schütze den Zaren – begonnen, und die Anwesenden versanken in einer tiefen Verneigung.

Katharina flüsterte mit gesenktem Kopf in Gregors Richtung: »Wer ist das eigentlich, dieser Trepin? Ich habe nie von ihm gehört.«

»Ach, der Teufel soll ihn holen«, gab Gregor ebenso leise zurück. »Er sitzt genau wie ich im Reichsrat. Allerdings erst seit kurzem. Ein Kriecher, wie er im Buche steht. Aber er hat ziemlichen Einfluß. Die Dolgoruki lanciert ihn.«

Der Eintritt des Zarenpaares beendete ihr Gespräch.

Es kam, gefolgt von den Mitgliedern der kaiserlichen Familie, dem Thronfolger, den Großfürsten und Großfürstinnen, Pagen in Gala und den Hofdamen der Kaiserin. Letztere trugen russische Gewänder mit dem perlenbestickten Kokoschnik.

Durch ihren eigenen wachen Geist und die Gespräche mit

Gregor war Katharina keineswegs geneigt, blinde Anbetung für Alexander II. zu empfinden. Sie wußte, daß er, abgesehen von einem gewissen Aufschwung in den ersten Jahren seiner Regierung, ein schwacher Herrscher war, ohne besondere Eigeninitiative, kurzsichtig den Erfordernissen der Zeit gegenüber und von schlechten Beratern umgeben, denen er allzuviel freie Hand ließ.

Er war Wachs in den Händen der fast um dreißig Jahre jüngeren Katharina Dolgoruki, aber Katharina war auch bekannt, daß er als menschlich, gütig und liebenswürdig galt. Und die unbestreitbare Feierlichkeit dieses Augenblicks schnürte ihr die Kehle zu.

Als sie sich nach ihrer Reverenz wieder aufrichtete, merkte sie, daß ihr die Knie zitterten.

Das Zarenpaar eröffnete den Ball durch die traditionelle Polonaise.

Danach zog sich die Kaiserin in Begleitung einiger Hofdamen in einen etwas ruhigeren Nebenraum zurück.

Alexander II. blieb im St.-Georgs-Saal. Allerdings tanzte auch er nicht mehr, war aber ständig von Menschen umringt, die ein Wort oder einen Blick von ihm erhaschen wollten. Manchmal hatte der ihn begleitende Page Mühe, den Weg freizuhalten.

»Sie flattern um die kaiserliche Gnade wie die Motten ums Licht«, sagte Gregor spöttisch zu Katharina. »Und wenn es ihnen nicht gelingt, sich an ihn heranzumachen, halten sie sich an die Dolgoruki. Sieh nur, wie belagert sie ist. Du wolltest sie doch immer sehen. Dort steht sie.«

Die Mätresse Alexanders II. lehnte in einer Fensternische, im Gespräch mit einigen Herren. Trepin war darunter.

Sie trug wie alle Hofdamen am heutigen Abend russische Gewänder und die perlenbestickte Kokoschnik-Haube mit dem auf die Schultern fallenden Schleier.

Das Schönste an ihr mochte ihr ebenmäßiger elfenbeinfarbener Teint sein. Im übrigen wirkte sie keinesfalls mehr als durchschnittlich hübsch. Ihr Gesicht hatte einen blasierten Ausdruck.

Katharina war enttäuscht. Sie hatte sich die Frau, der der Zar, wie man wußte, beinahe täglich seitenlange Liebesbriefe schrieb und ungeheure Geldgeschenke machte, anders vorgestellt. Verführerischer zumindest.

Als sie es Gregor sagte, zuckte der die Schultern. »Sie ist jung. Vielleicht genügt das bei einem Mann über sechzig. Jedenfalls ist Alexander völlig vernarrt in sie und tut, was sie will. Das macht sie gefährlich, da sie zu allem auch noch dumm ist. Sie verwendet ihren Einfluß wahllos, um sich zu bereichern. Konzessionen über den Eisenbahnbau, Hofämter, ja, sogar Ministerposten kann man bekommen, wenn man genügend Goldrubel springen läßt.«

Er lachte unfroh. »Wahrscheinlich flüstert sie die Namen der Meistbietenden Seiner Majestät im Bett zu.«

»Stimmt es eigentlich, daß sie sogar eine Wohnung im Winterpalais hat?« fragte Katharina.

»Seit kurzem. Die Gemüter haben sich ziemlich darüber erhitzt, Gattin und Mätresse en titre unter einem Dach – das hat es in der gesamten Romanow-Dynastie noch nicht gegeben.«

»Mir tut die Zarin leid«, sagte Katharina impulsiv. »Es muß sehr demütigend für sie sein. Ich an ihrer Stelle – ich würde die Dolgoruki vergiften.«

Gregor bedachte sie mit einem amüsierten Blick.

»Wie unedelmütig. Schließlich besteht kein Zweifel daran, daß Seine Majestät sehr glücklich mit ihr ist. Und was kann einer guten Frau mehr am Herzen liegen als das Glück ihres Gatten?«

»Manchmal gehen Ihre Witze wirklich zu weit. Fast könnte

man meinen, Sie billigen solch einen Betrug.«

»Und warum nicht? Es wäre Majestätsbeleidigung, es nicht zu tun.«

»Wieso? Ich rede doch nicht von Seiner Majestät, sondern von der Dolgoruki.«

»Aber das ist dasselbe. Immerhin betrügen beide die Zarin. Also sind auch beide dafür verantwortlich.«

Katharina verzog die Lippen. »Man weiß ja, wozu solche Frauenzimmer fähig sind. Sie wird ihm den Kopf verdreht haben, bis er nicht mehr klar denken konnte. Und jetzt läßt sie ihn nicht mehr aus den Klauen.«

»Glaubst du wirklich?« fragte Gregor grinsend. »Nun, das beruhigt mich. Dann würdest du wohl auch mir keinen Vorwurf machen, falls ich eines Tages in solche ›Klauen‹ geriete? Schließlich wäre ich ja auch nur das Opfer – oder nicht?«

Katharina blickte ihn verblüfft an. »Darauf wollten Sie also hinaus!«

»Nicht unbedingt. Aber da es sich nun einmal so ergeben hat – deine Einstellung interessiert mich. Ich hatte keine Ahnung, daß du so eifersüchtig sein kannst.«

»Ich? Wieso?«

»Nun – eben hast du noch gesagt, du würdest eine Nebenbuhlerin vergiften.«

»Das ist nicht wahr. Verdrehen Sie nicht immer alles. Von uns beiden war überhaupt nicht die Rede.«

»Und ich gefiel mir schon in dem Gedanken, du liebtest mich so wahnsinnig, daß du meinetwegen einen Mord begehen könntest.«

»Sind Sie sehr enttäuscht, wenn ich nein sage?«

»Natürlich nicht. O Katharina, du bist nie so reizend, wie wenn du wütend bist. Es wäre dir also gleichgültig, wenn ich eine Geliebte hätte?«

Sie blickte ihn mit soviel Würde an, wie sie angesichts ihrer Empörung gerade noch aufbringen konnte.

»Sie erwarten doch wohl im Ernst keine Antwort auf solch eine Frage.« Gregor warf den Kopf zurück und lachte. »Verzeihung. Wahrscheinlich ist das wirklich kein Thema, das man mit seiner vor Gott und den Menschen angetrauten Gattin erörtert. Aber allmählich müßtest du dich eigentlich an meine schlechten Manieren gewöhnt haben. Im übrigen sei beruhigt. Solange ich noch so völlig im Bann deiner Reize stehe, denke ich nicht daran, mir eine Geliebte zu nehmen.«

»Wie überaus rücksichtsvoll von Ihnen. Und wenn Sie jetzt nicht sofort mit diesem ekelhaften Gerede aufhören . . .«

»Aber Herzchen, es ist ein Kompliment, das ich dir mache.«

». . .mit diesem ekelhaften Gerede aufhören«, fuhr Katharina unbeirrt fort, »lasse ich mir einen Wagen kommen und fahre nach Hause.«

»Ohne unserem allergnädigsten Herrscherpaar vorgestellt zu werden? Das bringst du nicht fertig. Soviel ich weiß, soll der feierliche Akt vor dem Souper stattfinden. Gedulde dich also bis dahin.«

Trepin beendete das unerquickliche Gespräch, indem er wieder bei ihnen auftauchte und Katharina um den nächsten Walzer bat. Sie sah Gregor an, daß er am liebsten abgelehnt hätte. Aber gerade das veranlaßte sie, Trepin besonders liebenswürdig zuzulächeln.

»Natürlich! Kommen Sie, Fürst.«

»Sie also sind die Frau«, sagte Trepin, nachdem er ein paar Walzertouren mit ihr getanzt hatte, »wegen der die Woyschenskaja einen Selbstmordversuch unternommen hat.«

Ruckartig hob Katharina den Kopf.

»Meinen Sie Galina Woyschenskaja, die Primaballerina vom Marientheater?«

»Gewiß.«

»Und die soll meinetwegen einen Selbstmordversuch . . .«

»Sie war rasend in Gregor Medinski verliebt. Allerdings hinderte sie das nicht, im letzten Sommer ins Ausland zu fahren und Gastspiele zu geben. Wahrscheinlich erwartete sie, daß Medinski ihr folgen würde. Aber das war nicht der Fall. Deshalb löste sie eines Tages überstürzt sämtliche Verträge, die sie noch in Wien und Berlin zu erfüllen hatte, und kehrte hierher zurück. Das war im November, kurz nachdem Ihre Verlobung bekanntgegeben worden war.«

»Ich verstehe«, sagte Katharina. »Und daraufhin hat sie . . .«

Trepin lächelte süffisant. »Sie hat Laudanum genommen. Aber eine Dosis, die von vornherein nicht tödlich war. Sie ist ein bißchen hysterisch, wissen Sie, und es heißt, daß sie so etwas schön öfter getan hat, um ihre Liebhaber . . . oh, pardon. Ich merke, ich rede Ungeschicklichkeiten. Hören wir besser auf davon. Es ist ja auch nicht so wichtig. Die wenigsten Männer sind Heilige, bevor sie heiraten.«

Überraschenderweise war Trepin auch während des Soupers Katharinas Tischherr. Als sie ihrer Verwunderung über diesen Zufall Ausdruck gab, warf er ihr einen vieldeutigen Blick zu.

»Zlokasow, der Oberhofmarschall, ist mir aus verschiedenen Gründen verpflichtet. Es war nicht schwer, eine kleine Umgruppierung zu erreichen, während Sie und Ihr Gatte zu Ihren Majestäten befohlen wurden.«

»So?«

Trepin lächelte selbstgefällig. »Ich hoffe, daß Sie damit zufrieden sind. Ursprünglich war Ihnen Admiral Greigh zugedacht. Aber er ist tötend langweilig, es sei denn, man erzählt ihm schlüpfrige Geschichten. Das ist die einzige Möglichkeit, ihn aus seiner Lethargie aufzurütteln. Ich dachte mir, daß solch ein Mann nicht unbedingt nach Ihrem Geschmack ist.«

Der Herr zu ihrer Linken war ein General Loris-Melikow. Mit seinem olivfarbenen Teint, der fleischigen Nase und dem schwarzgrau melierten Bart wirkte er wie ein Orientale.

Zu Beginn des Soupers hatte er Katharina höflich begrüßt, dann aber weiter keine Notiz von ihr genommen, ebensowenig wie von seiner Dame zur Linken. Schweigsam und offenbar völlig in sich gekehrt löffelte er die verschiedenen Gänge des Menüs in sich hinein.

Katharina erinnerte sich dunkel, seinen Namen schon einige Male gehört zu haben, wußte aber nicht recht, in welchem Zusammenhang.

Auch Trepin, den sie leise befragte, vermochte ihr keine erschöpfende Auskunft zu geben.

»Ich glaube, er ist Generalgouverneur von Charkow und nur zufällig hier. Ich habe ihn jedenfalls noch nie bei Hof gesehen. Vermutlich ein Armenier und ganz unwichtig.«

Das Souper zog sich in die Länge. Obwohl Trepin sich alle Mühe gab, Katharina zu unterhalten, fing sie an, sich zu langweilen.

Sie fand seine Komplimente abgeschmackt und die Blicke, mit denen er sie begleitete, noch mehr.

Gregor saß so weit von ihr entfernt, daß sie ihn nicht sehen konnte. Dicke Palmenstämme versperrten die Sicht.

Allerdings hatte Katharina auch kein sonderliches Bedürfnis, ihn zu sehen. Sie war immer noch ärgerlich, und die Sache mit der Woyschenskaja ging ihr im Kopf herum.

Das Orchester im St.-Georgs-Saal spielte jetzt Tafelmusik.

»Händel«, sagte Trepin neben ihr. »Die Zarin bevorzugt die Komponisten ihrer Heimat. – Übrigens hat sie vorhin lange mit Ihnen gesprochen. Das ist selten. Sie müssen ihr gefallen haben.«

Im Salon Peters des Großen war Katharina dem Zarenpaar vorgestellt worden, zusammen mit einigen Ehefrauen neuakkreditierter ausländischer Diplomaten. Es war wesentlich unzeremonieller vor sich gegangen, als sie erwartet hatte.

Und die Zarin, in einer weißen Brokatrobe – eine Farbe, die sie bevorzugte – mit dem roten Band des Ordens der heiligen Katharina, hatte sich tatsächlich ein paar Minuten lang sehr freundlich mit Katharina unterhalten und zum Schluß den Wunsch geäußert, sie bei einem ihrer privaten Empfänge wiederzusehen.

An dem Souper nahm sie ihrer angegriffenen Gesundheit wegen nicht mehr teil, und vermutlich stimmte, was zwar offiziell nicht bestätigt, aber unter der Hand allgemein bekannt war – nämlich, daß die Kaiserin an der Schwindsucht litt und ihre Tage gezählt waren. Fünf Geburten und das Petersburger Klima mit seinen von den Sümpfen aufsteigenden feuchten Nebeln und den mörderisch kalten Wintern hatten ihrer ohnehin zarten Konstitution den Todesstoß versetzt.

Nach dem Souper nahm der Ball seinen Fortgang.

Gregor hatte unter dem Menschengewimmel der siebenhundert Gäste einige Bekannte entdeckt. Auch welche aus der Moskauer Zeit waren darunter:

Prinzessin Trubetzkoi, die Naryschkina und der junge Prinz Wladimir Lesnikow.

Lesnikow hatte schon in Moskau zu Katharinas Anbetern gehört. Er war Anfang der Zwanzig, ein liebenswürdiger, guterzogener Junge, der sie ein bißchen an Pjotr erinnerte.

Jetzt kam ihr sein Auftauchen gerade recht, um Trepin loszuwerden, der sich mit lästiger Hartnäckigkeit an ihre Fersen geheftet hatte.

Während einer Quadrille, die sie mit Lesnikow tanzte, riß

durch eine ungeschickte Drehung ein Volant ihrer Schleppe ab. Katharina verließ den Ballsaal und fand draußen einen Lakaien, der sie in ein kleines, leeres Kabinett führte und Nadel und Faden besorgte, um den Schaden zu beheben.

Sein Anerbieten, ein Kammermädchen herzuschicken, lehnte Katherina ab und nähte den Volant mit wenigen Stichen selbst an.

Das Kabinett lag ziemlich abseits vom St.-Georgs-Saal und den übrigen Gesellschaftsräumen, und Katharina empfand die Stille und das Alleinsein nach dem vorherigen Trubel als recht angenehm.

Vor der Fensternische waren die Vorhänge zugezogen, schwere Brokatportieren mit dem eingestickten Wappen der Romanows. Katharina schlüpfte dahinter und öffnete das Fenster einen Spaltbreit. Die hereindringende Luft war eisig, aber klar. Sie tat ihr gut.

Ein paar Minuten blieb die junge Frau so stehen und kühlte ihr erhitztes Gesicht. Dann schloß sie das Fenster wieder und wollte zum St.-Georgs-Saal zurück.

Aber im selben Moment wurde die Tür des Kabinetts geöffnet.

Jemand sagte: »Bist du sicher, daß wir hier ungestört sind?«

Katharina erkannte die Stimme sofort. Sie gehörte Pjotr Rodenko.

Sehen konnte sie ihn nicht, da sie noch in der tief in das Mauerwerk eingelassenen Fensternische stand. Die Portieren davor reichten bis zum Boden und verdeckten die Sicht, auch für die Eintretenden.

Ihnen mußte das Kabinett vollkommen leer erscheinen.

Katharina versetzte Pjotrs plötzliches Auftauchen einen Schreck. Sie hatte keine Ahnung gehabt, daß er sich gleichfalls im Winterpalais befand, und die Vorstellung, ihm jetzt zum erstenmal wiederzubegegnen, war ihr unangenehm, noch dazu, wo er allem Anschein nach nicht allein war.

Er war aufbrausend. Und wenn er, wie sie fürchtete, immer noch Groll gegen sie hegte, konnte es zu einem peinlichen Auftritt kommen.

Unwillkürlich wich Katharina deshalb tiefer in die Fensternische zurück. Vielleicht war es besser, sich nicht bemerkbar zu machen, sondern zu warten, bis Pjotr das Kabinett wieder verlassen hatte.

Katharina hörte, wie die Tür geschlossen wurde. Dann antwortete jemand mit unterdrückter Stimme auf Pjotrs Frage: »Völlig ungestört. Hier kommt nie jemand her. Das habe ich beobachtet. Und jetzt sind sowieso alle im Ballsaal.«

Oh, dachte Katharina, die die Stimme trotz des Flüstertons unzweifelhaft als die einer Frau erkannt hatte. Das sieht nach einem galanten Abenteuer aus.

Aber im gleichen Moment mischte sich eine dritte Person in das Gespräch. Ein Mann mit kurzer, abgehackter Sprechweise.

»Laßt uns zur Sache kommen. Ich habe Nachricht von Sofia. Jeljabow braucht noch einmal genaue Pläne vom Erdgeschoß des Mitteltraktes, und zwar rasch. Außerdem will er wissen, wieviel Gardesoldaten im Speisesaal Dienst tun, wann die Ablösung erfolgt und wo die nächsten Posten aufgestellt sind. Die Skizze kann ich besorgen. Aber das andere ist deine Sache, Rodenko. Du bist bei der Garde. Es kann dir nicht schwerfallen, genaue Informationen zu erhalten.«

»Gewiß nicht«, antwortete Pjotr. »Und bis wann?«

»Sofia ist übermorgen nachmittag um fünf in dem Milchladen an der Kleinen Sadowaja. Anna, du weißt, wo das ist. Also ist es am besten, wenn du hingehst. Rodenko, du gibst ihr vorher den Bericht. Macht untereinander aus, wann und wo.«

»Hör mal, Iwan . . .« Das war wieder Pjotr. »Was habt ihr eigentlich vor? Wollt ihr hier im Palast etwas unternehmen?«

»Es war doch abgemacht, daß keine Fragen gestellt werden, oder? Jeder erfährt nur das, was er gerade zur Erledigung seines Auftrages wissen muß.«

»Das ist nicht wahr. Es gibt eine ganze Menge Leute, die über alles informiert werden. Aber mich behandelt ihr wie einen Laufjungen. ›Rodenko, tu dieses, Rodenko, tu jenes.‹ Mir gefällt das nicht. Ich glaube, ich habe inzwischen bewiesen, daß ihr mir Vertrauen schenken könnt.«

»Bist du aus persönlicher Eitelkeit bei uns, oder um der Sache zu dienen?« fragte der Mann, den Pjotr mit Iwan angeredet hatte.

»Um der Sache zu dienen, natürlich. Darüber braucht man doch gar nicht zu sprechen. Aber wie kann ich für etwas da sein, von dem ich nichts weiß?«

»Du kennst unsere Ziele. Damit weißt du genug. Die Ausführung im einzelnen geht dich nichts an. Ich habe schon andere deines Schlages umfallen sehen, wenn es ernst wurde. Im Grunde seid ihr doch nur Schwärmer und nicht hart genug. Eure Väter haben noch ihre Leibeigenen verprügelt, und ihr gefallt euch jetzt darin, darüber zu weinen. Ihr redet von dem ›Weg ins Volk‹ und daß der russische Muschik euer Bruder ist. Aber wer will wissen, ob das nicht nachgeplapperte Parolen sind, die sich für eure Ohren hübsch anhören, weil es mal etwas Neues ist.«

»Das ist unerhört!« Katharina hörte, wie Pjotr aufgeregt hin und her ging. »Ich lasse mir das nicht gefallen. Als Krapotkin mich vor einem Jahr zu euch brachte, habe ich nie einen Hehl daraus gemacht, daß ich voll und ganz auf eurer Seite stehe. Ich . . .«

»Krapotkin«, knurrte der andere. »Das ist auch so einer von deiner Sorte. Mit einem Fürstentitel und im kaiserlichen

Gymnasium von Zarskoje Selo erzogen. Ich kann mir nicht helfen – ich traue euch nicht. Warum seid ihr bei uns? Die Rechte, für die wir kämpfen, habt ihr doch schon. Ihr sitzt in der Regierung, ihr macht die Gesetze und bekommt alle Posten, die ihr euch wünscht. Für jemanden wie mich sieht das anders aus. Ich bin ein armer Hund, und wenn ich mich nicht selbst dafür einsetze, werde ich nie etwas zu melden haben. Deshalb bin ich bei den Narodniki. Aber du? Oder Krapotkin? Oder die anderen von euch, die ich kenne? Schöne Worte könnt ihr machen. Aber was steckt dahinter, wenn es hart auf hart geht, heh?«

»Jetzt hör aber auf, Iwan«, mischte sich die Frau, die Anna genannt wurde, ein. »Du gehst wirklich zu weit. Krapotkin ist wohl über jeden Zweifel erhaben. Und Pjotr . . .«

»Vielen Dank«, unterbrach er sie mürrisch. »Du brauchst mich nicht zu verteidigen. Das kann ich selbst. Ich möchte nur wissen, ob es bei euch noch mehr Leute gibt, die Iwans Einstellung teilen. Dann würde ich nämlich keinen Finger mehr rühren.«

»Siehst du«, sagte Iwan, »da haben wir's schon. Das Herrchen ist beleidigt, weil man ihm mal die Wahrheit gesagt hat. Das seid ihr nicht gewöhnt. Ihr denkt wunder was ihr tut, weil ihr euch zu uns herablaßt. Und dafür sollen wir euch die Hände küssen. ›Sehr wohl, Euer Exzellenz, danke, Euer Exzellenz‹ – Der Teufel soll euch holen. Wir brauchen dich nicht. Was wir tun wollen, tun wir so oder so.«

»Halt jetzt endlich deinen Mund«, zischte Anna. »Und du, Pjotr, hör nicht auf das, was er sagt. Es ist Unsinn. Sofia, Jeljabow und die anderen sind froh, daß du zu uns gehörst. Und wenn man dich auch nicht immer in alles einweiht, was geschieht . . .«

»Was er nicht weiß, kann er wenigstens nicht verraten«, sagte Iwan gehässig.

Einen Moment war es still. Dann fragte Pjotr bebend: »Du hältst mich also für einen Verräter?«

»Vielleicht! Es kommt immer auf die Umstände an. Herumlaufen und ein bißchen Revolutionär spielen, ist nichts. Aber wenn es dir eines Tages selbst an den Kragen geht? Wenn sie dich verhaften und monatelang einsperren? Oder nach Sibirien deportieren? Oder drohen, dich aufzuhängen? Wetten, daß du dann an nichts anderes mehr denkst, als deine Haut zu retten. Wetten, daß du uns dann alle ans Messer lieferst, wenn du kannst?«

»Du Hund«, sagte Pjotr. »Du elender, dreckiger Hund . . .«

An den Geräuschen hörte Katharina, daß er sich auf Iwan gestürzt haben mußte. Sie rangen miteinander, keuchten und fluchten. Ein Stuhl fiel um.

Anna schrie auf. »Iwan, Pjotr! Wollt ihr die Wachen alarmieren? Man hört euch ja bis draußen!«

Das schien die beiden zur Vernunft zu bringen. Es trat wieder Ruhe ein.

»So was«, sagte Anna. »Man sollte meinen, ihr habt überhaupt keinen Verstand. Nein, halt den Mund, Iwan. Du hast angefangen, Pjotr zu provozieren, obwohl es nicht den geringsten Anlaß dafür gibt. Er ist jetzt ein Jahr bei uns und hat alles, was man ihm aufgetragen hat, zur vollsten Zufriedenheit erledigt. Und . . . großer Gott, was ist das?«

»Was denn?« fragten die Männer wie aus einem Munde.

»Das dort . . .«

Katharina stockte der Atem. Sie dachte an nichts anderes, als daß man sie hinter dem Vorhang entdeckt hätte. Vielleicht lugte ihre Schleppe darunter hervor.

Sie hörte Schritte auf sich zukommen und erwartete, daß im nächsten Moment die Portiere zurückgeschlagen würde.

Aber dann verstummten die Schritte kurz vor ihr. Und Pjotr sagte:

»Ein Fächer. Merkwürdig. Wie kommt der hierher?«

Katharina biß sich auf die Lippen. Sie erinnerte sich, daß sie, bevor sie ans Fenster ging, ihren Fächer auf einen danebenstehenden Stuhl gelegt hatte. Und jetzt hatte Anna ihn entdeckt.

»Laßt ihn liegen«, sagte Iwan. Er stand jetzt so dicht an der Portiere, daß Katharina kaum zu atmen wagte. »Die Frau, der der Fächer gehört, muß vor uns hiergewesen sein. Wenn sie merkt, daß sie ihn vergessen hat, wird sie zurückkommen und ihn holen. Deshalb verschwinden wir besser. Man darf uns nicht zusammen sehen.«

»Schau nach, ob die Luft rein ist«, flüsterte Anna. »Wir sehen uns morgen, Pjotr, an der alten Stelle, nicht wahr?«

Es war das letzte, was Katharina hörte. Dann wurde die Tür von draußen geschlossen, und die hastigen Schritte der Drei verklangen auf dem Korridor.

»Übrigens war der ehrenwerte Pjotr Rodenko auch auf dem Ball«, sagte Gregor.

Er stand in Hemdsärmeln in der Verbindungstür zwischen seinem und Katharinas Schlafzimmer. »Hast du ihn nicht gesehen?«

Katharina zuckte zusammen.

»Nein. Wo denn?«

Gregor gähnte. »Er war Diensthabender Offizier der Garde, der Arme, und mußte zuschauen, wie wir uns amüsierten. Glücklich schien er nicht darüber. Jedenfalls machte er ein gallenbitteres Gesicht, und seine Nase war noch länger als gewöhnlich. Aber es ist natürlich auch möglich, daß das auf meinen Anblick zurückzuführen war. Dich hat er übrigens kaum aus den Augen gelassen.«

»So?«

Sie wandte sich ab und setzte sich vor den dreiteiligen Spiegel. Nastassja, die Zofe, war noch auf gewesen, als sie vor einer halben Stunde nach Hause gekommen waren. Sie hatte ihr aus den Kleidern geholfen. Dann hatte Katharina sie zu Bett geschickt.

Während sie die Nadeln aus ihrem Haar nahm und anfing es zu bürsten, kam Gregor näher.

»Er hat dich förmlich mit seinen Blicken verschlungen. Vielleicht ist er immer noch in dich verliebt. Übrigens verschwand er aus dem Ballsaal, kurz nachdem du auch hinausgegangen warst. Ich dachte schon, er sei dir nachgekommen.«

»Nein«, erwiderte Katharina kurz. »Ich sagte doch gerade, ich habe ihn gar nicht gesehen.«

Das stimmte sogar. Gesehen hatte sie ihn wirklich nicht, nur gehört. Aber sie hatte nicht die Absicht, Gregor davon zu erzählen.

Er wickelte sich eine Strähne ihres langen Haares um den Finger.

»Du warst aber ziemlich lange fort . . .«

»An meinem Kleid war etwas nicht in Ordnung. Ich mußte es nähen. Und dann habe ich mich noch ein bißchen ausgeruht.«

»Aha.«

Seine beobachtenden Augen machten sie nervös. Sie legte die Bürste auf die Marmorplatte zurück. »Soll das ein Verhör sein?«

Er lachte. »Verzeih. Natürlich nicht. Reden wir von etwas anderem. Sonst denkst du am Ende, ich sei eifersüchtig auf den ehrenwerten Pjotr, und nichts liegt mir ferner.«

»Es wäre auch höchst unpassend.«

»Meinst du, weil ich kein Recht oder keinen Grund zur Eifersucht habe?«

»Ich meine vor allem, daß es Zeit zum Schlafen ist«, sagte sie kühl und gähnte ostentativ. »Ich bin sehr müde.«

Er grinste. »Wirklich? Oder immer noch verärgert über meine unziemlichen Reden auf dem Ball. Das wäre dumm von dir. Denn ich bleibe dabei, daß ich dir ein Kompliment gemacht habe, noch dazu ein ganz ehrliches. Du bist sehr reizend, Katharina. Und ich war von Anfang an verrückt nach dir. Das ist einer der Gründe, warum ich dich geheiratet habe.«

»Ich weiß«, sagte sie stirnrunzelnd. »Du hattest die Güte, mir das schon einmal zu erklären. Du wolltest mich haben. Und weil du mich auf andere Weise nicht bekommen konntest, hast du um mich angehalten. Sehr schmeichelhaft, in der Tat. Begehrt zu werden wie ein x-beliebiges Frauenzimmer von der Straße!«

»Nicht wie ein x-beliebiges«, sagte er, küßte ihr mit übertriebener Galanterie die Hand und ging zur Tür.

Als er sie hinter sich zumachen wollte, hielt sie ihn noch einmal auf.

»Ach, übrigens, Gregor, was ich noch fragen wollte . . . Weißt du, was Narodniki sind?«

Er warf ihr einen verwunderten Blick zu. »Gewiß. Es gibt da einen Geheimbund. Narodnaja Wolna – Volkswille – heißt er. Seine Mitglieder nennen sich Narodniki. Sie verlangen eine konstitutionelle Verfassung und andere Reformen.«

»Aber das ist doch gut! Du setzt dich doch für dieselben Dinge ein.«

»Schon. Aber nicht durch Terrormaßnahmen wie die Narodniki. Damit erreichen sie nämlich das Gegenteil. Sie predigen den Umsturz und wollen den Zaren ermorden.«

»Was?«

»Immerhin sind schon zwei Attentate auf ihn verübt worden, die auf ihr Konto gehen. Aber wie kommst du darauf?«

»Oh, irgend jemand – ich weiß nicht mehr, wer – hat heute abend von den Narodniki gesprochen. Und da ich den Namen noch nie gehört habe . . . Es heißt, die Polizei würde viele verhaften, und dann würden sie hingerichtet.«

»Zum Teil, ja.«

»Und du? Was hältst du von ihnen?« fragte Katharina zögernd. »Sind es Verbrecher?«

Er zuckte die Achseln. »Ich persönlich verabscheue Gewalt, wie du weißt. Ich halte sie immer für dumm und schlecht, gleichgültig, wer sie ausübt. Väterchen Zar überzeugt seine Gegner nicht dadurch, daß er ihnen die Köpfe abschlägt. Und umgekehrt sind Bomben, Brandstiftungen und Attentate auch keine besseren Argumente. Aber Schluß damit. Du bist ganz blaß vor Müdigkeit. Geh schlafen.«

»Ja«, sagte sie leise. »Gute Nacht, Gregor.«

Pjotr Rodenko hatte eine Wohnung am Katharinenkanal. Katharina befahl dem Kutscher, einige Meter davor zu halten. Sie entlohnte ihn und wartete, bis er mit seinem Schlitten um die nächste Ecke verschwunden war.

Dann ging sie mit hochgeschlagenem Mantelkragen, den Muff vor das Gesicht gepreßt, eilig auf das Haus zu.

Pjotrs Bursche öffnete ihr.

Er erkannte sie, und sein breitflächiges Kalmückengesicht verzog sich staunend.

»Ist dein Herr zu Hause, Michail?« Katharina schob sich an ihm vorbei ins Vorzimmer. »Dann sag ihm, daß ich ihn sprechen muß. Oder nein, sag gar nichts. Wo ist er?«

Michail deutete auf eine Tür. Sie führte, wie Katharina wußte, in das Wohnzimmer.

Pjotr saß in Hemdsärmeln am Tisch und las. Er hob nicht

einmal den Kopf. »Was gibt's, Michail?«

Sie schloß die Tür hinter sich und lehnte sich dagegen.

Ihr war ziemlich flau zumute. Gestern hatte sie sich noch hinter einem Vorhang versteckt, um der Peinlichkeit eines Wiedersehens mit Pjotr zu entgehen. Und heute suchte sie ihn heimlich in seiner Wohnung auf.

Aber nach einer teilweise schlaflos verbrachten Nacht hatte sich Katherina dazu durchgerungen.

»Ich bin es, Pjotr«, sagte sie leise.

Pjotr Rodenko sprang so hastig auf, daß der Stuhl nach hinten kippte. »Sie . . .«

Katharina löste sich von der Tür.

»Ich bin nicht gern gekommen. Aber es ist wichtig. Sie müssen mich anhören.«

»Ich wüßte nicht, was die Fürstin Medinski mit mir zu besprechen hätte.«

Es klang schroff. Und die Blicke, mit denen er sie musterte, waren voll unverhohlener Abneigung. Aber Katharina ließ sich nicht davon einschüchtern. Sie kannte Pjotr. Genauso hatte er sich schon früher benommen, wenn irgend etwas eintrat, bei dem er nicht wußte, wie er sich verhalten sollte. Er war schrecklich empfindlich und hatte fortwährend Angst, man könnte Verbindlichkeit als Schwäche auslegen. Deshalb verschanzte er sich hinter hochtrabenden Worten und Gesten.

Fast hätte sie gelächelt.

»Sie werden mich doch nicht hinauswerfen wollen?«

»Es wäre mir lieber, Sie gingen von selbst. Ich irre mich doch nicht in der Annahme, daß Ihr Gatte nichts von diesem Besuch weiß?«

»Um Gottes willen, nein . . . Er darf es auch nie erfahren.«

»Dann, Madame, möchte ich wirklich, daß Sie gehen – auf der Stelle. Sie mögen einen gewissen Hang zu Heimlichkeiten haben – ich erinnere mich noch recht genau daran, aber ich nicht. Außerdem erwarte ich jemanden. Er muß jeden Moment hier sein.«

»Wer ist es denn? Anna? Iwan? Oder sogar Jeljabow . . .«

Pjotr fuhr zurück. »Was . . . wie . . .«

»Gestern auf dem Palmenball wurde ich unfreiwillig Zeuge eines Gespräches. Sie erinnern sich vielleicht – ein Fächer lag auf dem Stuhl. Es war meiner. Und ich – nun, ich stand die ganze Zeit hinter dem Vorhang und habe alles mitangehört.«

Jäh erblaßt, rang er nach Fassung. »Ich habe keine Ahnung, wovon Sie reden.«

»Seien Sie nicht kindisch, Pjotr. Dieses Versteckspielen ist sinnlos. Ich weiß alles.«

Seine Augen flackerten. »Und was wollen Sie jetzt tun? Zur Polizei gehen? Oder waren Sie schon dort?«

»Nein, aber . . .«

»Aber Sie haben es vor! Sie wollen uns anzeigen!«

Pjotr riß plötzlich die Tischschublade auf und holte eine Pistole heraus. Die Mündung zeigte auf Katharina.

»Wissen Sie, daß das genügt, um Sie umzubringen? Sie können vier oder fünf oder noch mehr Menschen vernichten. Das darf ich nicht zulassen. Es steht zuviel auf dem Spiel.«

Katharina wollte etwas sagen, schreien, zurückweichen. Aber sie stand stumm und wie angewurzelt.

»Es ist ganz einfach«, sagte Pjotr. »Die einfachste Sache der Welt. Niemand weiß, daß Sie hier sind. Nur Michail – aber der hält den Mund, wenn ich es ihm befehle. Ein Schuß – und heute nacht bringt man Sie in ein Eisloch in der Newa. Wir haben einen kalten Winter, und das Eis ist dick. Es wird Wochen dauern, bevor man Sie findet.«

Seine Worte verursachten ihr Übelkeit. Das Eis auf der Newa. Man würde sie über die zugefrorene Fläche schleifen.

Und erst im Frühjahr, wenn die Sonne kam, fand man sie. Dann tauchte sie irgendwo auf und wurde ans Ufer geschwemmt, und Gregor . . .

Seltsamerweise war der Gedanke an Gregor am schmerzhaftesten. Viel schmerzhafter als die Erkenntnis, daß ausgerechnet Pjotr sie umbringen wollte.

Gestern hatte Gregor noch gesagt, daß er sie reizend fände.

»Ich war von Anfang an verrückt nach dir, Katharina . . .«

Nun, wenn er sie wiedersah, würde sie nicht mehr hübsch sein, nicht mehr begehrenswert . . . Jemand, der wochenlang unter dem Eis der Newa trieb . . .

Ihre Übelkeit nahm zu. Und die Pistolenmündung, die auf sie zeigte, schien größer zu werden, immer größer, eine riesiges, schwarzes Loch . . .

Als Katharina aus ihrer Ohnmacht erwachte, lag sie auf einem Sofa. Jemand hielt ihr ein Glas an die Lippen und hob ihren Kopf. Es roch nach Wodka. Katharina trank ihn mechanisch in kleinen Schlucken.

Und als sie den Blick hob, schaute sie in Pjotrs Gesicht. Er war noch immer leichenblaß und hatte Schweißtropfen auf der Stirn.

»Geht es dir besser?«

Sie nickte. »Ja.« Und dann, nach einer kleinen Pause: »Du hast also nicht geschossen?«

»Nein.« Er setzte das Glas auf ein Tischchen und wandte ihr den Rücken zu. »Ich hätte es tun müssen. Aber ich konnte es nicht. Ich – ich bin zu weich, glaube ich, ich bin ein Versager. Ich kann niemanden umbringen . . .«

Das letzte klang erstickt. Er preßte die Hände vor das Gesicht. Seine Schultern zuckten.

Langsam setzte sich Katharina auf. Ihr war schwindlig.

»Sei nicht albern. Daß du es nicht konntest, ist ein Beweis, daß du kein schlechter Kerl bist. Oder glaubst du, dir wäre wohler zumute, wenn ich jetzt als Leiche hier läge?«

»Hör auf«, murmelte Pjotr. »Bitte, ich . . . ich bin sehr unglücklich.«

»Worüber?« fragte sie mit dem Anflug eines Lächelns. »Weil du mich nicht erschossen hast? Du lieber Himmel, Pjotr, du erwartest doch wohl nicht, daß ich dich darüber tröste?«

»Aber ich wollte dich wirklich töten. Und das nicht nur, damit du nicht zur Polizei gehen und uns verraten kannst. Sondern auch wegen der Dinge, die du mir angetan hast. Ich dachte, ich hätte sie vergessen, aber das ist nicht der Fall. Schon gestern, als ich dich auf dem Ball wiedergesehen habe – ich hatte Dienst und stand die ganze Zeit oben auf der Empore und beobachtete dich – da schnürte es mir die Kehle zu. Du warst so hübsch und elegant, und alle bewunderten dich. Und ich mußte daran denken, wie du mich betrogen und lächerlich gemacht hast. Du hast dich diesem Kerl an den Hals geworfen - und wenn du jetzt hundertmal mit ihm verheiratet bist, so ändert das doch nichts daran, daß du in meinen Augen eine Hure bist. Gregor Medinskis Hure – mit all deinen schönen Kleidern, deinem Schmuck und deinen Pelzen . . .«

»Bist du jetzt fertig?« fragte Katharina ruhig. »Dann hör auf, wie ein Idiot herumzurennen und zu schreien.«

Sonderbarerweise brachte sie es immer noch nicht über sich, wütend auf ihn zu sein.

Er war eben Pjotr. Der hitzköpfige, eigensinnige, leicht verletzliche Pjotr. Ein Kind, das sich weh getan hatte und deshalb auch anderen weh tun wollte.

Man mußte ihn mit Nachsicht behandeln, den dummen Kerl, der einfach eine Pistole hervorholte und auf sie schießen wollte.

»Setz dich«, sagte Katharina. »Und dann hör mir zu. Ich

war nie Gregors Geliebte. Olga war es, und als Golubkin sie beinahe bei einem Rendezvous überrascht hätte, bin ich für sie eingesprungen. Soweit ich mich erinnere, hat Gregor versucht, dir das klarzumachen. Aber du hast es ihm nicht geglaubt.«

»Nein. Ich hielt es für einen Schwindel, mit dem er alles wieder einrenken wollte. Und ich bin auch jetzt noch nicht überzeugt . . .«

Er verstummte und betrachtete sie voller Mißtrauen.

»Immerhin hast du ihn hinterher geheiratet.«

»Was blieb mir anderes übrig? Die Wahrheit konnte ich Olgas wegen nicht sagen. Und da ich nun einmal kompromittiert war und er um mich anhielt . . . Du weißt doch, wie das ist. Es war die beste Lösung.«

»Großer Gott«, sagte Pjotr leise. Er schwieg ein paar Sekunden und starrte zu Boden. Dann sprang er auf und stürzte zu ihr hin.

Katharina erschrak, als er neben ihr auf das Sofa fiel und ihre Hände mit Küssen bedeckte. Vergeblich versuchte sie sie wegzuziehen. Ein Schwall von Anklagen brach aus ihm heraus.

Er verfluchte seine Eifersucht und seinen Starrsinn und beschwor sie, ihm zu verzeihen.

»Was habe ich nur getan, ach, mein Gott. Es ist alles meine Schuld. Wenn ich mir vorstelle, daß du jetzt mit mir verheiratet sein könntest, daß wir beide . . .«

Der Rest ging in neuerlichen Küssen unter. Endlich gelang es Katharina, Pjotr von sich wegzuschieben. Sein Gefühlsausbruch war ihr unangenehm, und sie bemühte sich hastig, das Gespräch auf den eigentlichen Anlaß ihres Kommens zu lenken.

»Es hat keinen Zweck, jetzt noch darüber zu lamentieren, Pjotr. Und vielleicht ist es gut, daß alles so gekommen ist.

Denn seit ich weiß, daß du bei diesem Geheimbund bist ... Ich hätte keine ruhige Minute mehr, wenn ich mit dir verheiratet wäre.«

Ihre Worte ernüchterten ihn. Unbehaglich strich er sich das Haar aus der Stirn. »Davon verstehst du nichts. Das sind Männersachen.«

»Wieso? Es sind doch auch Frauen bei euch. Diese Anna oder diese andere, von der ihr geredet habt. Hieß sie nicht Sofia?«

»Die sind ganz anders als du. Sofia zum Beispiel hat die Organisation aufgebaut. Sie ist ein erstaunliches Mädchen, hart wie Granit und vollkommen furchtlos. Aber lassen wir das. Ich will nicht mit dir über die Narodniki sprechen. Du weißt sowieso schon zuviel.«

»Aber ich will darüber sprechen«, entgegnete Katharina lebhaft. »O Pjotr, begreifst du denn nicht, in welche Gefahr du dich begeben hast!«

»Was liegt daran? Man muß für seine Überzeugung auch etwas einsetzen können. Sieh dich doch in Rußland um. In den ersten Jahren seiner Regierung hat der Zar viel Gutes getan. Er hat die Leibeigenen befreit und die Justizreform geschaffen. Aber was folgte danach? Neue Ungerechtigkeiten und neue Ausplünderungen. Damit hat er alles wieder zunichte gemacht.«

Pjotr sprang auf und begann mit großen Schritten hin und her zu wandern. Allmählich redete er sich in Feuer.

»Unsere Bauern sind so arm, daß sie ihre Ablöse nicht bezahlen können. Sie hungern. Aber wenn sie aufmucken, kommen die Kosaken und trampeln alles nieder. Ich habe es gesehen – im Krieg, in Moskau und Petersburg, und ich habe mich geschämt. Es ist barbarisch, sage ich dir, und nur noch in Rußland möglich. Überall in Europa hat man umdenken gelernt, aber wir hinken zwei-, dreihundert Jahre nach. Wir tanzen und amüsieren uns und überlassen die Regierungsgeschäfte einer Gruppe von korrupten Beamten. Sie reden dem Zaren ein, daß alles in bester Ordnung sei. Er glaubt sich vom Volk geliebt. Und wenn er irgendwo erscheint, stehen ja auch immer ein paar Leute am Straßenrand und jubeln ihm zu. Aber was sich dahinter abspielt, davon weiß er nichts.«

»Das ist sicher alles richtig«, sagte Katharina. »Die Mißstände sind schrecklich, und man muß zweifelsohne etwas dagegen tun. Aber nicht so wie die Narodniki.«

»Wie denn?«

Sie richtete sich auf und verschränkte die Hände im Schoß.

»Ihr macht dasselbe, was ihr dem Zaren vorwerft. Ihr trampelt auch alles nieder, was nicht eurer Meinung ist. Der einzige Unterschied besteht darin, daß er mehr Macht dazu hat.«

»Aber wie kannst du so etwas sagen?«

»Ist es etwa nicht wahr? Ihr habt Menschen ermordet und Bomben geworfen. Und ihr wollt es auch weiterhin tun und behauptet, daß ihr das Recht dazu habt, weil es für eine gute Sache ist.«

»Ist es auch«, sagte Pjotr trotzig. »Aber davon verstehst du nichts.«

»Mag sein. Und du doch auch nicht, Pjotr. Du willst es nur nicht zugeben. Aber du brauchst vor mir kein Theater zu spielen. Ich kenne dich zu lange. Im Grunde kannst du keine Fliege leiden sehen.«

»Du hältst mich also für einen Schwächling?«

»Unsinn. Ich bin überzeugt, du könntest alles mögliche, wenn du wüßtest, daß es richtig ist. Aber den Zaren ermorden oder Bomben werfen, dazu kannst du nicht ja sagen.«

In seinen Augen spiegelte sich Unsicherheit. Sie sprach Dinge aus, die er selbst schon manchmal gedacht, Zweifel, mit denen er sich herumgeschlagen hatte.

Als Fürst Krapotkin, ein ehemaliger Page Alexanders II.

und schon seit einem Jahr Mitglied der Narodniki, Pjotr zum erstenmal von dem Bestehen der Organisation erzählt hatte, hatte er von Attentaten und terroristischen Anschlägen kein Wort gesagt. Er hatte von der Menschenwürde gesprochen und der Freiheit und daß man gegen das Unrecht kämpfen müsse.

Pjotr hatte das sehr beeindruckt. Impulsiv, wie er war, hatte er sich sofort den Narodniki angeschlossen.

Aber dann erfolgte im vergangenen Herbst das mißglückte Attentat auf den Zaren. Man hatte versucht, den Eisenbahnzug, mit dem er an die Krim reiste, in die Luft zu sprengen. Es war mißlungen, weil der Zug sich durch einen Defekt an der Lokomotive eine halbe Stunde verspätet hatte.

Pjotr hatte vorher nichts von diesem Anschlag gewußt und war ziemlich erschüttert gewesen.

»Der Zar ist zum Tode verurteilt«, sagte ihm Jeljabow, einer ihrer Führer, mit dem er darüber sprach.

»Wann? Von wem?«

»Bei einer Sitzung unseres Exekutivkomitees im August. Wir haben uns nach langen Debatten dafür entschlossen. Alexander wird nie nachgeben. Also muß er beseitigt werden. Wir werden die Macht ergreifen.«

Wie er weiter sagte, hatten sie bereits Pläne darüber ausgearbeitet. Pjotr erschienen sie reichlich verschwommen. Selbst, wenn es gelungen wäre, Alexander II. zu töten – wie hätten sie damit die Regierung stürzen können? Da war doch noch der Kronprinz. Er würde automatisch die Nachfolge seines Vaters antreten.

Und überhaupt – Mord? Die Vorstellung erschreckte Pjotr. Und mehr noch die Tatsache, mit welcher Rücksichtslosigkeit die Verschwörer dabei vorgingen.

Einen ganzen Eisenbahnzug hatten sie in die Luft sprengen wollen, voll mit Menschen. Lokomotivführer, Heizer,

Schaffner, Bedienstete des kaiserlichen Haushaltes, Angestellte seiner Kanzlei, alle hätten sterben müssen, um einen einzigen zu treffen.

Das erschien Pjotr unmenschlich und vor allem im krassen Gegensatz zu den Thesen der Narodniki, nach denen sie Menschenliebe und Brüderlichkeit predigten.

Jeljabow durchschaute, was in Pjotr vorging. Er fürchtete, daß der junge Mann, schwankend geworden, Verrat üben könnte. Deshalb hielt er von da an alle wesentlichen Entschlüsse vor ihm geheim.

Außerdem machte er Pjotr weis, sie hätten ihre Pläne über die Ermordung Alexanders aufgegeben. Und da in der Folgezeit sämtliche Terrorakte unterblieben, glaubte Pjotr sogar daran.

Das sagte er jetzt auch Katharina.

»Wir haben Fehler gemacht. So etwas kommt vor. Wichtig ist, daß man sie einsieht. Eine Zeitlang hielten wir es eben für die beste Lösung, den Zaren zu beseitigen. Mittlerweile ist das geändert worden. Kein Mensch redet mehr von einem Attentat.«

»Wirklich?« fragte sie ungläubig. »Und warum wollen sie dann eine Skizze vom Winterpalais? Und genaue Informationen über die Wachmannschaften? Komm, Pjotr, erzähl mir nicht solchen Unsinn. Ich habe doch euer Gespräch mitangehört. Es war der beste Beweis, daß sie wieder etwas vorhaben. Und zwar etwas so Wichtiges, daß sie nicht wagen, dir die Einzelheiten mitzuteilen.«

Er setzte eine verdrossene Miene auf. »Ach, was, das liegt nur an Iwan. Er hat etwas gegen mich und versucht, mich mit seiner verdammten Geheimnistuerei aufzubringen. Weiter steckt überhaupt nichts dahinter.«

»So? Und weshalb halten sich Iwan und Anna überhaupt im Winterpalais auf?«

»Ich ... ich weiß nicht. Sie arbeiten eben dort. Iwan ist einer unserer Verbindungsmänner. Er ist in der Tischlerei beschäftigt. Wenn er den Zaren hätte umbringen wollen, hätte er schon hundertmal Gelegenheit dazu gehabt. Er hätte ihn einfach über den Haufen zu schießen brauchen. Er hat sogar schon einmal in seinem Arbeitszimmer eine Reparatur ausgeführt. Aber nichts ist geschehen. Daraus siehst du wohl, wie harmlos alles ist.«

»Oder dein Iwan zu feige, etwas auf eigene Gefahr zu unternehmen. Als der Zug in die Luft gesprengt werden sollte, befanden sich die Attentäter ja wohl auch in sicherer Entfernung.«

Pjotr zuckte gequält mit den Schultern. »Wenn man dich so hört ... Ich weiß überhaupt nicht mehr, was ich glauben soll.«

Katharina stand auf. »Wir müssen ein neues Unglück verhüten. Es wäre Mord.«

»Du willst sie also anzeigen? Das ist auch Mord! Du weißt doch, was mit Verschwörern geschieht. Sie werden gehenkt. Aber bitte, tu's. Geh zur Polizei. Nur bilde dir nicht ein, daß du mich dabei heraushalten kannst. Ich bin kein Verräter, und ich werde auch nicht kneifen, wenn man Iwan und die anderen verhaftet. Dann stelle ich mich selbst. Denn ich gehöre zu ihnen – darüber mußt du dir klar sein.«

Katharina brach plötzlich in Tränen aus. Die nahezu schlaflose Nacht und die Aufregungen der letzten Stunden hatten sie zermürbt.

»Aber ich will doch gar niemanden anzeigen. Warum bin ich denn hergekommen? Ich will nur ... Ach, Pjotr, hör mir doch endlich einmal zu.«

Seine Heftigkeit fiel zusammen wie ein Luftballon, aus dem man die Luft herausgelassen hatte.

Reuevoll drückte er ihre Hand. Und ihre Tränen bewirkten, was ihre vorherigen Worte nicht vermocht hatten.

Er versprach, alles zu tun, was Katharina wollte.

»Nur, bitte, beruhige dich wieder. Ich kann dich nicht weinen sehen.«

»Du wirst dich von den Narodniki trennen?« fragte sie schluchzend.

»Ja . . .«

»Und du wirst diesem Jeljabow sagen, daß sie alle miteinander in Gefahr sind, verhaftet zu werden?«

»Was soll ich?«

Katharina zog ein Taschentuch aus ihrem Pompadour und putzte sich die Nase. »Das habe ich mir so überlegt. Man muß ihnen Angst machen. Dann werden sie nicht wagen, noch irgend etwas zu unternehmen. Sag Jeljabow, daß die Polizei Anna und Iwan bereits auf der Spur ist und daß die beiden schleunigst verschwinden müssen, wenn sie nicht ins Gefängnis kommen wollen.«

»Ich verstehe«, erwiderte er unbehaglich. »Aber wird man mir das glauben?«

»Warum nicht? So etwas kann doch jeden Tag passieren, und sie sind sicher darauf gefaßt. Sag einfach, du hättest es während eines Abendessens vom Polizeipräfekten persönlich erfahren.«

»Es kommt mir so erbärmlich vor. Es ist . . . wie ein Verrat.«

»Willst du lieber, daß ein Unglück geschieht? Oder daß ihnen die Polizei eines Tages wirklich auf die Spur kommt? O Pjotr, sieh es doch endlich ein. Wenn sie jetzt untertauchen, ist das vielleicht ihre Rettung. Und ich brauche mir keine Sorgen mehr um dich zu machen.«

Sie hatte schon wieder Tränen in den Augen, und das gab den Ausschlag. Als Katharina ihn eine Viertelstunde später verließ, hatte Pjotr allem zugestimmt, was sie wollte.

Er brachte sie noch die Treppe hinunter bis zur Haustür.

Katharina schlug den Mantelkragen hoch. »Wann wirst du mit Jeljabow sprechen? Heute noch?«

»Er ist im Moment nicht hier. Aber er kommt Anfang nächster Woche zurück. Dann nehme ich sofort Verbindung mit ihm auf.«

»Hoffentlich passiert bis dahin nichts.«

»Sicher nicht. Ohne Jeljabow haben sie noch nie etwas unternommen.«

»Na gut.« Sie lächelte. »Ich werde viel an dich denken müssen.«

»Können wir uns nicht wiedersehen? Ich muß dir doch Nachricht geben, wie alles abgelaufen ist. Und überhaupt . . .«

Sie blickte zu Boden. »Wir werden uns sicher wiedersehen – irgendwo auf einer Gesellschaft. In Petersburg entgeht man sich nicht, man trifft immer wieder dieselben Leute . . .«

»Und sonst?«

Ohne seine Antwort abzuwarten, schlüpfte Katharina auf die Straße.

»Sonst nichts, Pjotr. Es hat keinen Zweck.«

Das Medinskische Palais lag an der Bolschaja Newa, ein riesiger, etwas protziger Steinkasten aus der Regierungszeit Pauls I.

Gregor pflegte es als einen Alptraum von einem Haus zu bezeichnen und zu sagen, er müsse täglich mehrere Male zwei Werst von seinem Schlafplatz zu seinem Eßplatz zurücklegen.

Allerdings hatte er das Gebäude nach dem Tod seines Vaters innen völlig umgestalten lassen. Der düstere Prunk war daraus verbannt worden und hatte einer geschmackvollen

Wohnlichkeit Platz gemacht. Nur die ungemütlich großen Dimensionen konnte er natürlich nicht ändern.

Als Katharina an jenem Mittag von ihrem heimlichen Besuch bei Pjotr zurückkehrte, begegnete ihr Gregor in der riesigen Galerie, die sich um den Oberstock des Haupttraktes zog.

»Warst du aus?« fragte er und küßte ihr die Hand.

Sie nickte. »Ja, bei Olga. Wir haben Einkäufe gemacht.«

»Oh«, sagte er, »wie merkwürdig.«

»Wieso?«

»Weil . . .« Er musterte sie mit völlig ausdrucksloser Miene, » . . .weil du mit einer Mietdroschke zurückgekommen bist. Ich sah es zufällig durch das Fenster.«

»Ja, weißt du, Olga hat sich verspätet. Sie wollte rasch nach Hause. Deshalb sagte ich ihr, sie sollte nicht extra den Umweg hierher machen.«

»Sehr rücksichtsvoll von dir. Aber das bist du ja immer.«

Unsicher blickte sie zu ihm auf. »Es war vielleicht nicht ganz passend, eine Droschke zu nehmen, aber . . .«

»Aber du wolltest deiner Schwester nicht lästig fallen, ich weiß. – Übrigens habe ich den Tee im blauen Salon servieren lassen. Machst du mir die Freude deiner Gesellschaft?«

»Gern. Ich will nur rasch ablegen. Dann komme ich nach.«

Der blaue Salon lag neben der Halle. Als Katharina ihn ein paar Minuten später betrat, hatte Gregor ein zweites Gedeck für sie auflegen lassen.

Der Samowar stand auf dem Tisch.

Sie goß den Tee in die Tassen und fügte Zucker hinzu. Gregor hatte sich eine Papyrossi angezündet, rauchte und folgte ihr mit den Blicken.

Sein Schweigen machte sie nervös.

»Du bist zeitiger zurück, als ich dachte«, sagte Katharina schließlich. »Warst du nicht beim Innenminister, um irgendeinen Antrag einzubringen?«

»Doch.«

»Und – wie stellte er sich dazu?«

Gregor zuckte die Achseln und kam an den Tisch. »Ablehnend. Er drückte es ziemlich verbrämt aus – aber immerhin. Die bedauerlichen Umtriebe unter der Studentenschaft, die Seine Majestät zutiefst betrüben, die Unruhen . . . man dürfe jetzt nichts tun, was als Nachgeben ausgelegt werden könne, Strenge sei das oberste Gesetz . . . und was dergleichen Dummheiten mehr sind. Teilweise steckt auch Trepin dahinter. Er war vorher bei ihm, ich sah ihn herauskommen.«

»Aber hat er denn solchen Einfluß?«

»Die Leute, die Katharina Dolgoruki lanciert, haben alle Einfluß. Und Trepin benutzt ihn liebend gern, um mich zu ärgern. Ich glaube, ich könnte eine Steuererhöhung vorschlagen, und er würde dagegen stimmen, weil sie von mir kommt. Aber reden wir nicht mehr davon. Erzähl mir von deinen Einkäufen. Hast du etwas Hübsches erstanden?«

»Ach, weißt du«, sagte Katharina unsicher, »nur ein paar Kleinigkeiten. Parfüm, Handschuhe, einen neuen Fächer. Es wird morgen geschickt.«

»Und Olga?«

»Sie . . . sie hat sich Pelzstiefel bestellt.«

»Wie dumm von ihr. In diesem Winter wird sie sie nicht mehr tragen können. Und im nächsten – wer weiß – sind sie schon wieder unmodern.«

»Wieso? Warum sollte sie . . .«

Gregor lehnte sich in seinem Sessel zurück und schlug die Beine übereinander. »Ganz einfach, mein Kind. Weil die Prinzessin Golubkin gestern abend das Unglück hatte, über eine Türschwelle zu stolpern. Sie hat sich das Bein gebrochen. Mein verehrter Schwager berichtete es mir mit allen Anzeichen tiefster Besorgnis, als ich ihn im Ministerium traf.«

Katharina saß wie vom Blitz getroffen. Sie brachte kein Wort heraus.

»Sie haben kein Glück mit den Lügen, wie es scheint. Wollen Sie sich nicht rasch etwas anderes ausdenken? Einen Besuch bei der Schneiderin vielleicht?«

Gregors Stimme klang gelassen, fast freundlich, und Katharina fühlte sich wie eine Maus, mit der die Katze spielt, bevor sie sie frißt.

Das Schweigen dehnte sich, wurde unerträglich.

»Nun?« fragte Gregor nach einer Weile. »Keine Erklärung, wo du warst und mit wem?«

»Nein«, sagte sie erstickt. »Ich . . . es tut mir sehr leid.«

Wieder Stille.

Gregor rauchte und betrachtete seine Frau. Trotz ihres gesenkten Kopfes spürte sie seinen Blick.

Dann meinte er spöttisch, daß er sich sowieso denken könne, wo sie gewesen war. »Gestern verschwandest du gleichzeitig mit dem ehrenwerten Pjotr aus dem Ballsaal. Und heute . . .«

»Nein«, sagte Katharina rasch. »Das ist nicht wahr. Ich habe Pjotr überhaupt nicht gesehen.«

»Nicht?«

Sie stand auf. »Bitte . . . ich möchte auf mein Zimmer gehen. Mir ist nicht wohl . . .«

»Verständlich, in solch einer Lage. Aber ich bin grausam genug, dich noch festzuhalten. Ich möchte eine zweite Tasse Tee in deiner reizenden Gesellschaft trinken. Sei so gut und gieß sie mir ein.«

Ihre Hände zitterten, als sie gehorchte. Sie stellte die Tasse hin und sank auf ihren Stuhl zurück.

Gregor lachte plötzlich. »Hast du solche Angst vor mir? Für was hältst du mich? Für einen altmodischen, eifersüchtigen Ehemann? Ich dächte, wir hätten uns schon einmal über diesen Punkt unterhalten. Außerdem glaube ich nicht, daß du mich betrügst. Du hast zu viele Skrupel davor, und der ehrenwerte Pjotr auch. Er tut nur das, was ›man‹ tut. Und was ›man‹ nicht tut, unterläßt er. Zu mehr als ein paar Seufzern und heimlichen Küssen schwingt er sich nicht auf, stimmt's? Im Moment kommt dir das sicher rührend und romantisch vor. Aber ich fürchte, auf die Dauer wird es dir langweilig.«

Einen Moment war Katharina versucht, ihm die Wahrheit zu sagen. Aber dann wagte sie es nicht. Sie kannte Gregors Meinung über die Narodniki. Und die über Pjotr. Vielleicht würde er schon aus Wut, daß sie ihn zu retten versucht hatte, zur Polizei gehen . . .

»Vermutlich hast du ihm gestern auf dem Ball erzählt, wie es zu unserer Ehe gekommen ist«, fuhr Gregor fort. »Und daß du weiß wie ein Unschuldslamm warst. War es eine rührende Versöhnungsszene?«

Als Katharina immer noch nichts sagte, stand er auf und kam um den Tisch herum zu ihr. Seine Hand griff unter ihr Kinn und zwang sie, ihn anzusehen. »Antworte mir!«

»Sie . . . Sie tun mir weh.«

»Denk mal an! Hast du vielleicht gedacht, ich würde sanft mit dir umgehen? Betteln? ›Geliebte, bleib mir treu! Ich kann es nicht ertragen, wenn dein Herz einem anderen gehört! Schwöre mir, dich nie wieder mit ihm zu treffen, sonst bringe ich dich um?‹«

Er lachte. »Keine Sorge, mein Kind. Ich werde ihm kein Haar krümmen. Nicht etwa aus Rücksicht auf eure edlen Gefühle, sondern weil ich nicht daran denke, ihn zum Märtyrer zu machen. Wenn ich ihm eine Kugel durch den Kopf jage, würdest du ihm in deiner Erinnerung ein Denkmal setzen. Und das mißgönne ich ihm. Ich finde es viel angenehmer, wenn du mir gegenüber ein schlechtes Gewissen hast.«

Er ließ sie los und wandte sich ab. »Es wäre übrigens das

einzige, was ich ihm mißgönne. Sonst ... nun ja, deine schwärmerischen Gefühle kann er behalten. Ich wüßte sowieso nichts damit anzufangen. Und was deinen hübschen Körper angeht ...«

»Ich verbiete Ihnen, in solch einem Ton mit mir zu reden. Dazu haben Sie kein Recht. Ihre schmutzigen Verdächtigungen sind ...«

»Kindchen«, erwiderte er gemütlich, »doch keine Erklärungen. Erklärungen sind geschmacklos. Ich habe dir gesagt, daß ich von deiner körperlichen Treue überzeugt bin. Du würdest nie bis zum letzten gehen. Viel eher könnte passieren, daß ich ... Aber laß den Kopf nicht hängen. Betrogene Ehefrauen werden meist nur bedauert, nicht verspottet.«

»Sie ... Sie sind ...«

»Keine Szene, mein Kind«, sagte er kalt. »Vergiß nicht, ich habe auch keine gemacht. Und nun geh. Du siehst wirklich zum Umfallen aus. Wir haben Gäste zum Essen! Leg dich hin und ruh dich aus, damit du bis dahin frisch bist.«

In der Nacht ging ein Schneesturm über Petersburg nieder. Katharina hörte ihn um die Mauern des Medinskischen Palais und über die weiten Ebenen an der Newa heulen.

Es klang unheimlich, und die eisige Kälte, die der Sturm mit sich brachte, drang durch Mauerritzen und Fenster. Die Tag und Nacht brennenden Öfen vermochten nicht, sie abzuhalten.

Fröstelnd lag Katharina im Bett, die Decken um sich gestopft und das Kopfkissen über die Ohren gezogen, um das Jaulen und Pfeifen nicht mehr hören zu müssen.

Am Nachmittag hatte sie ein paar Stunden geschlafen, wie ausgehöhlt von all den Aufregungen. Jetzt konnte sie nicht schlafen. Lag es am Sturm? Oder daran, daß Gregor in dieser

Nacht nicht daheim war – zum erstenmal in ihrer Ehe?

Nach dem Katharina endlos erscheinenden Abendessen mit Borija und Lesnikow hatte er erklärt, noch ausgehen zu wollen, in einem Ton, der weder Fragen noch Widerspruch duldete. Er hatte ihr die Hand geküßt, gute Nacht gewünscht – und dann war er gegangen.

Sie aber lag wach, grübelte und horchte, ob ein Klappen der Tür und Stimmen im Hause nicht Gregors Heimkehr meldeten.

Sie mußte lange warten. Er kam erst gegen Morgen, nachdem sich der Sturm gelegt hatte und sie gerade in einen unruhigen Schlummer gefallen war. Gregors Stimme, als er unten auf der Treppe mit Stepan, dem Diener sprach, weckte sie.

Lauschend setzte sich Katharina im Bett hoch. Dann warf sie die Decken zurück und lief barfuß zu der vergoldeten, mit Putten und Amoretten verzierten Standuhr neben der Tür. Sie zeigte auf sieben.

Empörend, dachte Katharina. Er hat also die ganze Nacht außer Haus verbracht. Sie zögerte ein paar Sekunden, ehe sie die offenstehende Verbindungstür zwischen ihren beiden Schlafzimmern schloß und den Schlüssel herumdrehte.

Kurz darauf hörte sie Gregor nebenan herumpoltern und noch eine Weile mit Stepan reden. Dann zog sich der Diener zurück.

Katharina hatte sich wieder ins Bett gelegt. Sie sah Licht durch den Türspalt am Boden fallen und hörte Gregor einige Male hin und her gehen. Das Klirren von Glas verriet ihr, daß er sich aus einer ständig in seinem Schlafzimmer stehenden Karaffe noch etwas Wein einschenkte.

Anschließend nahm er seine Wanderung wieder auf. Dann mußte er die verschlossene Tür entdeckt haben. Sein Schritt verstummte davor. Er pfiff leise durch die Zähne, ehe er an der Klinke rüttelte.

Katharina beschloß, überhaupt nicht darauf zu reagieren. Sollte er denken, sie schliefe.

Draußen fing Gregor an, mit der Faust gegen die Tür zu hämmern.

»Katharina, was soll der Unsinn? Mach auf!«

Sie antwortete nichts. Aber anstatt sich damit zufriedenzugeben, pochte er nur noch fester.

»Mach auf, sag ich. Oder ich trete die Tür ein.«

Seine Stimme klang, als ob er betrunken wäre. Und dann warf er sich tatsächlich mit der vollen Wucht seines Körpers gegen das Holz. Das Schloß gab schon beim zweiten Anprall nach. Die Tür sprang auf, und Gregor stolperte ins Zimmer.

»So«, sagte er. »Da wären wir! Hast du wirklich gedacht, mich durch solche Kindereien abzuhalten, mein Täubchen?«

Sie saß im Bett, die Decke bis ans Kinn gezogen. Gregor riß sie ihr mit einem Ruck weg. »Steh auf!«

Sein Atem roch nach Wodka. Ohne Zweifel war er stark betrunken.

Als sie nicht sofort gehorchte, sondern ihn nur angstvoll anstarrte, packte er sie am Arm und zog sie aus dem Bett.

»Du wolltest mich also aussperren, meine Süße? Weshalb? Sind dir meine Umarmungen zuwider geworden? Oder hast du die Absicht, in deinem Bett nur noch von deinem langnasigen Galan zu träumen?«

»Lassen Sie mich los«, stammelte sie. »Sie sind ja betrunken.«

»Vielleicht. Aber nicht betrunken genug, um nicht genau zu wissen, was hinter deiner hübschen Stirn vorgeht. Nun siehst du, dieses Türschloß hielt mich nicht ab, zu dir zu kommen. Wahrscheinlich findest du das unfein. Ein höflicher Mann hat die Wünsche seiner Frau zu respektieren. Dein Pech, daß ich nicht so höflich bin. Die Ehe ist ein Vertrag, die jedem Partner gewisse Rechte und Pflichten einräumt. Meine Pflichten habe ich erfüllt. Und die Rechte nehme ich mir, wann immer ich will. Kapiert?«

Katharinas Angst wuchs. Durch das Nebenzimmer fiel genügend Licht, daß sie Gregors Gesichtsausdruck erkennen konnte. Er war fremd und so zornig, wie sie es noch nie an ihm gesehen hatte.

»Gregor«, sagte sie mit so viel Festigkeit in der Stimme, wie sie in ihrer Furcht gerade noch aufbringen konnte, »was ist denn nur in Sie gefahren? Was wollen Sie?«

Er grinste. »Mein Recht, teure Katharina Nikolajewna, die Sie mir vor Gott und den Menschen angetraut sind. Hat Ihnen Ihre Mutter das nicht erklärt? Das Recht des Gatten auf eine gehorsame, liebevolle Ehefrau? Nicht? Dann müssen wir es nachholen. Sehen Sie – so!«

Er zog sie noch näher an sich heran. Und dann riß er ihr mit einem brutalen Ruck das Nachthemd herunter. Der dünne Stoff ging in Fetzen.

Sie schrie auf und bemühte sich, ihre Nacktheit mit den Armen zu bedecken. Aber er lachte nur darüber. »Laß dich doch anschauen. Warum so schamhaft? Ich glaube, ich sagte dir schon einmal, daß du das nicht nötig hast. Du bist unglaublich verführerisch. Jeder Mann, der dich so sieht, muß verrückt werden.« Seine Lippen wanderten über ihren Hals, die weichen Rundungen der Schultern, die festen Brüste . . .

Nein, dachte Katharina, nicht so . . .

Mit aller Kraft stieß sie Gregor von sich und flüchtete in die entfernteste Ecke des Zimmers.

»Wag es nicht mehr, mich anzurühren! Geh! Geh sofort! Sonst . . .«

»Was sonst?« fragte er. »Willst du nach der Dienerschaft rufen? Oder so auf die Straße flüchten? Ein hübscher Gedanke, in der Tat.«

Rasch kam er ihr nach. Er faßte in ihr Haar und bog ihren

Kopf zurück. »Wenn ich dich haben wollte«, sagte er leise, mit einem gefährlichen Unterton in der Stimme, »dann hinderte mich nichts daran. Ich denke, du hast das eben begriffen. Aber beruhige dich. Ich will dich nicht mehr. Die kleine Szene eben . . .«, er lachte kurz auf und ließ sie los, »das war nur eine Dokumentation, wer hier der Stärkere ist. Bilde dir also nichts ein. Die Wahrheit ist, daß ich keine Lust mehr auf dich habe. Und vermutlich liegt das nicht einmal ausschließlich an dir.«

Er wandte sich ab und zog sich einen Stuhl heran.

»Ich gebe zu, die Sache mit Pjotr spielt eine gewisse Rolle. Nicht, daß ich eifersüchtig bin. Aber ich mag es nicht, wenn man mich anlügt. Und noch weniger mag ich, wenn sich eine Frau wie eine sentimentale Gans aufführt. Und genau das hast du getan.«

»Sie sind verrückt. Sie behaupten Dinge, von denen Sie überhaupt nichts wissen . . .«

»Hast du dich mit Pjotr Rodenko getroffen? Ja – oder nein?«

Sie senkte den Kopf, in dieser Sekunde nicht fähig, ihn anzulügen. »Doch. Aber es hatte überhaupt nichts . . .«

»Schätzchen«, sagte er kühl, »deine Ausreden interessieren mich nicht. Himmle ihn nur immerzu an, diesen jungen, unreifen Idioten. Allerdings mußt du mir dann gestatten, dich lächerlich zu finden. Das ist es nämlich. Ich finde dich lächerlich. Und deshalb habe ich auch keine Lust mehr, mit dir zu schlafen. Das wäre der eine Grund. Der andere ist, daß ich sowieso nicht sehr beständig bin. Alle Frauen langweilen mich nach einer gewissen Zeit. Weshalb solltest du die Ausnahme sein?«

Sie starrte ihn an und wußte nicht, was verletzender war – sein Betragen eben, als er ihr das Hemd vom Körper gerissen hatte, oder sein jetziger Zynismus.

Heiße Wut stieg in Katharina auf. Aber ihr war klar, daß sie ihr nicht freien Lauf lassen durfte. Er würde sie nur auslachen. Sie konnte nur eines tun: Ihm mit gleicher Münze zurückzahlen.

Katharina richtete sich auf und schüttelte das Haar zurück. Und dann ging sie, nackt wie sie war, mit provozierender Gleichgültigkeit an Gregor vorbei zum Bett.

Das zerrissene Hemd lag noch am Boden. Sie stieß es mit dem Fuß zur Seite und zog eine Decke vom Bett, um sich darin einzuwickeln.

»In einem bin ich bestimmt eine Ausnahme«, sagte sie kühl. »Es ist mir höchst egal, ob Sie mich lächerlich finden oder sich mit mir langweilen. Im Gegensatz zu Ihren Geliebten, die sogar, wie man hört, Selbstmordversuche unternommen haben, um Sie zu halten.«

Er zog die Augenbrauen hoch. »Oh, das weißt du?«

»Natürlich. Es hat mich sehr amüsiert. Wie kann eine Frau nur so dumm sein. Aber – um der Wahrheit die Ehre zu geben, hätten Sie ihr sagen sollen, daß nicht ich, wie sie vermutete, ihre glückliche Nachfolgerin war, sondern Olga. Und daß unsere Ehe eigentlich nur durch das Zusammentreffen verschiedener unglücklicher Umstände zustande kam. Vermutlich hätte das ihre Eifersucht auf mich gemildert.«

»Eine gute Idee«, erwiderte Gregor gedehnt. »Vielleicht sage ich es ihr noch . . .«

Dann stand er auf und ging zur Tür. »Ich werde das Schloß morgen reparieren lassen. Aber benutzen brauchst du es nicht mehr, ich bleibe von selbst draußen.«

3. Kapitel

Anfang Februar wurde in Petersburg der Besuch des Großherzogs Alexander von Hessen, eines Bruders der Zarin, mit seinen beiden Söhnen erwartet.

Für den Abend seiner Ankunft war im Winterpalais ein Galadiner geplant, an dem außer den Mitgliedern der kaiserlichen Familie die ersten Würdenträger und Adelsfamilien des Reichs teilnehmen sollten. Katharina und Gregor gehörten dazu.

Die offizielle Einladung war schon eine Woche vorher ergangen, aber Katharina erfuhr es erst am Nachmittag des betreffenden Tages.

»Tut mir leid«, sagte Gregor, »ich hatte total vergessen, Sie zu informieren. Aber es ist ja auch noch Zeit genug, über drei Stunden. Dummerweise muß ich jetzt schon weg. Ich habe eine Besprechung beim französischen Botschafter, anschließend bin ich auf den Bahnhof zum Empfang des Großherzogs befohlen worden. Wir fahren direkt von dort zum Winterpalais.«

»Und ich?« fragte Katharina.

Das Gespräch fand in der unteren großen Halle statt. Gregor trug bereits die Uniform eines kaiserlichen Generaladjutanten mit sämtlichen Orden und Ehrenzeichen. Die Tressen und Epauletten schimmerten im Licht der Kerzen, die wegen des dunklen Wetters den ganzen Tag brannten.

»Stepan«, rief Gregor in Richtung der Treppe. »Meinen Degen, die Handschuhe, den Mantel. Beeile dich!«

»Sofort, Euer Gnaden.« Der kleine krummbeinige Sibirjake kam eilig die Stufen herunter.

»Ja, und Sie, meine Liebe«, sagte Gregor, an Katharinas vorherige Frage anknüpfend, »Sie müssen eben allein zum Winterpalais fahren.«

»Aber womit? Mein Schlitten ist doch kaputt.«

»Richtig. Und der Schaden ist noch nicht repariert?«

»Nein.«

»Nun, dann schicke ich Ihnen eben meine Troika, sobald ich am Bahnhof bin. Ich kann mit Galitzin oder irgend jemand sonst zurückfahren.« Er rückte an seinem Portepee und ließ sich von Stepan den pelzgefütterten Offiziersmantel umlegen.

»Habe ich nichts vergessen?«

»Nein, Euer Gnaden«, meldete der Diener und lief zur Tür, um sie zu öffnen. Gregor warf ihm ein Rubelstück zu. »Hier, altes Krummbein. Trink dir einen Rausch an. Oder kauf der Nastassja ein Kopftuch.«

Stepan strahlte. »Woher wissen Euer Gnaden . . .«

Gregor kniff ihm ein Auge zu. »Daß du um die Kleine herumscharwenzelst? Merk dir eins – mir entgeht nichts. Auch nicht, daß du heimlich meinen Wodka säufst, du Halunke. Im übrigen hast du einen guten Geschmack – beim Wodka und den Weibern. Sie hat einen hübschen Hintern, die Nastassja . . .«

Er unterbrach sich, als besänne er sich erst jetzt wieder auf Katharinas Gegenwart.

»Oh pardon, ma chère . . . ich vergaß. Bitte vielmals um Verzeihung.«

Ein Handkuß, eine korrekte Verbeugung – und weg war er.

Katharina blickte die Tür an, die hinter ihm zufiel.

Dann seufzte sie auf, stieg die Treppe zu ihren eigenen Zimmern empor und klingelte nach Nastassja.

Die Zofe erschien sofort und knickste in der Tür. »Wollen Euer Gnaden jetzt die Bittsteller sehen? Sie warten schon seit einer Stunde!«

»Großer Gott, ja. Also, heute geht auch wirklich alles schief. Warum hast du es mir nicht eher gesagt? Ich habe völlig vergessen, daß heute Donnerstag ist.«

Es gehörte zu Katharinas offiziellen Pflichten, an jedem Donnerstag die Armen und Bedürftigen zu empfangen, ihre Anliegen anzuhören und Bittschriften entgegenzunehmen. Soweit es sich um amtliche Gesuche oder Anfragen um eine Stellung handelte, leitete sie sie mit einem kurzen Vermerk an Gregors Kanzlei weiter, wo er sich selbst oder Lubin, sein Referent, darum kümmerte.

Weit häufiger allerdings kamen die Armen mit Bitten um Geld. Dann konnte Katharina selbst helfen, und sie tat es mit einer Großzügigkeit, die sich anscheinend mit Windeseile in den Armenvierteln und Asylen herumsprach. Jedenfalls stellten sich die grauen, abgerissenen Elendsgestalten von Woche zu Woche zahlreicher ein, nannten sie ›Mütterchen‹, küßten ihr die Hand und erfüllten ihr Herz jedesmal von neuem mit überwältigendem Mitleid.

»Aber heute habe ich wirklich keine Zeit«, sagte Katharina. »Ich muß zu einem Galadiner ins Winterpalais. Geh hinunter, Nastassja, und sag es den Leuten. Es tut mir sehr leid. Sie sollen morgen wiederkommen. Oder warte, ich sage es ihnen selbst . . .«

Etwa fünfzig Menschen mochten in dem großen Saal neben der Bibliothek warten. Die Luft war stickig. Es roch nach menschlichen Ausdünstungen und Armut. Auf dem Boden waren Wasserlachen von geschmolzenem Schnee, den die Leute mit ihren Stiefeln hereingeschleppt hatten.

Bei Katharinas Eintritt hoben sie die Köpfe. Ein paar drängten sich ihr entgegen, Frauen mit Kindern auf den Armen und bärtige, graugesichtige Männer mit lang über die Schultern fallenden Haaren.

»Euer Exzellenz, Sie müssen mich anhören!« »Helfen Sie, Mütterchen, um Christi willen!« »Mein Mann ... meine Kinder ... wir haben seit Tagen kein Brot mehr ...«

»Ja, ja, ja«, sagte Katharina erstickt. »Natürlich. Nur – es tut mir leid, heute habe ich keine Zeit. Kommt morgen wieder. Dann will ich euch anhören. Heute bekommt ihr Essen und etwas Geld, damit ihr nicht ganz umsonst gewartet habt. Und morgen sagt ihr mir, was ihr außerdem auf dem Herzen habt.«

Donnerstag, der fünfte Februar 1880.

Im Palais Medinski wurden die Armen gespeist. Jeder bekam einen Teller Kascha, Brot, ein Stück Speck. Jeder bekam ein paar Rubelstücke. Der Haushofmeister verteilte sie. Nicht so viele, wie Katharina bestimmt hatte. Er behielt einen Teil für sich. Weshalb sollte man alles diesem schmutzigen Gesindel geben? Er hatte selbst fünf Kinder. Ein Dummkopf, wer nicht zuerst an sich dachte ...

Beim französischen Botschafter war Gregor in eine lebhafte Diskussion über die wachsende Industrialisierung in den Großstädten und der damit verbundenen Probleme verwikkelt.

Im Winterpalais lag die Zarin schwerkrank in ihrem Zimmer und schlief den unruhigen Schlummer der Fiebernden. Im Speisesaal wurde alles für das Galadiner vorbereitet. Der Zar kam mit Mylord, seinem schwarzen Setter, von einem Spaziergang zurück und begab sich in den Aufzug, der die unmittelbare Verbindung zwischen seinen Privatzimmern und denen Katharina Dolgorukis herstellte. Die Soldaten des finnischen Garderegiments wurden zum Dienst eingeteilt.

Und durch einen Seitenausgang verließ ein Mann namens Iwan Chalturin, der als Tischler in den Werkstätten des Winterpalais gearbeitet hatte, den Palast. Er begab sich in einen Milchladen an der Kleinen Sadowaja, um Jeljabow und Sofia Perowskij zu melden, daß »alles bereit sei«.

Zur gleichen Zeit stieg Katharina aus dem Bad und ließ sich von Nastassja frottieren. Die Zofe reichte ihr Wäsche und Strümpfe und schnürte ihr das Mieder. Dann warf sie ihr ein Negligé über und begann sie zu frisieren. Über einem Sessel lag das Kleid, das Katharina bei dem Galadiner tragen wollte. Schwarzer glatter Samt, der sich eng um ihre Körperformen schmiegte. Es war tiefer ausgeschnitten als ihre anderen Kleider. Sie hatte es erst gestern von der Schneiderin geliefert bekommen. Gregor kannte es noch nicht. Es schien Katharina etwas gewagt – aber gerade deshalb hatte sie sich dafür entschieden. Es gibt Kleidungsstücke, die sich Frauen nur aus Rebellion oder Kummer kaufen.

Und sie hatte Kummer. Manchmal war ihr ganz elend davon. Gregor verbrachte fast jeden Abend außer Haus. Katharina erwachte meist, wenn er zurückkehrte, in seinem Zimmer rumorte und mit Stepan sprach. Hin und wieder sang er auch. Dann war er in jedem Fall betrunken. Aber auch sonst hatte sie den Verdacht, daß er selten nüchtern schlafen ging.

Wo er wohl seine Abende verbrachte? Er sagte es Katharina nicht, und sie fragte nicht.

Überhaupt sprachen sie eigentlich nur noch Belanglosigkeiten miteinander. Nichts mehr von ihren früheren langen Unterhaltungen und nichts mehr von seinen Neckereien, die Katharina so oft geärgert, aber häufiger noch belustigt hatten.

Jetzt behandelte Gregor seine Frau mit kühler, unerschütterlicher Höflichkeit. Anfangs war sie versucht gewesen, dagegen aufzubegehren. Aber dann unterließ sie es doch, wohl wissend, nichts damit zu erreichen, außer vielleicht einem ironischen Erstaunen seinerseits.

Er war ihrer überdrüssig, und sie hatte ja selbst gesagt, daß ihr das höchst gleichgültig sei. Gregor würde sie sicherlich mit Vergnügen daran erinnern, sobald sie ihm Vorwürfe machte.

Nastassja hatte Katharinas Frisur vollendet. »Gefällt es Ihnen, Euer Gnaden?«

Folgsam betrachtete sich Katharina im Spiegel. »Ja, sehr hübsch.«

Die Zofe half ihr in das Kleid und legte ihr eine Perlenkette um. Sie gehörte zu dem Diadem, das Katharina im Haar trug. Weiteren Schmuck legte sie nicht an. Er hätte nur den raffiniert einfachen Schnitt des Kleides gestört.

»Sie werden die Allerschönste heute abend sein«, sagte Nastassja bewundernd.

»Meinst du?«

»Unbedingt. Seine Gnaden wird es nicht übersehen können. Er wird . . .« Die Zofe verstummte und wurde rot. »Verzeihung, ich rede dummes Zeug.«

Katharina warf ihr einen langen Blick zu. Natürlich wußte die Kleine, daß es zwischen ihr und Gregor nicht mehr stimmte. Es konnte ja niemandem im Haus verborgen bleiben, am allerwenigsten Nastassja.

Wie oft hatte sie erlebt, daß Gregor mit seiner Frau in ihrem Boudoir herumgealbert hatte, bis sie vor Lachen ganz schwach war. Wie oft, daß er Nastassja morgens das Frühstückstablett abnahm, um es seiner Frau selbst ans Bett zu bringen. Und wie oft hatte ihn Katharina während der Ankleidezeremonie für eine Gesellschaft hinausschicken müssen, weil er darauf bestand, ihre Haare zu bürsten oder ihr Mieder zu schnüren, und mit seinem ausgelassenen Gebaren beinahe verhindert hätte, daß sie rechtzeitig fertig wurde.

Katharina seufzte. »Du mußt dich nicht entschuldigen, Nastassja. Es war ja gut gemeint.«

Ein Klopfen an der Tür unterbrach das Gespräch. Nastassja ging nachsehen und kam nach ein paar Minuten mit der Meldung zurück, daß unten ein Schlitten vorgefahren sei, mit einem fremden Kutscher.

»Aber er hat gesagt, daß ihn Seine Gnaden geschickt habe, um Sie abzuholen.«

Katharina griff nach ihrem Fächer und den Handschuhen. »Dann muß ich gehen. Vermutlich ist etwas dazwischen gekommen, daß mein Mann die Troika selbst braucht. Gib mir meinen Mantel, Nastassja.«

Der Kutscher war ein bärtiger, alter Mann, der seine Lammfellmütze zog, als Katharina in der Auffahrt des Palais erschien. »Seine Gnaden, Fürst Medinski, hat mich geschickt.«

»Ich weiß, ich weiß«, sagte sie und stieg in den Schlitten. »Fahren wir.«

Es war noch empfindlich kalt. Katharina ließ sich in die Pelzdecken einwickeln und hielt ihren Muff vor das Gesicht, als sich das Gefährt in Bewegung setzte und ihr der Wind um die Ohren pfiff.

Deshalb bemerkte sie zunächst nicht, daß der Schlitten, nachdem er anfangs die Richtung zum Winterpalais eingeschlagen hatte, an der Kasankathedrale abbog und in entgegengesetzter Richtung weiterfuhr.

Es fiel ihr erst auf, als sie die Ismailowbrücke überquerten und in die Fontanka einbogen.

Katharina beugte sich nach vorn. »Hier geht es doch nicht zum Winterpalais.«

Der Kutscher wandte nur kurz den bärtigen Kopf. »Das hat schon seine Richtigkeit. Ich soll Sie woanders hinbringen.

Sie werden sehen, wir sind gleich da.«

In schnellem Tempo lenkte er den Schlitten in eine Seitenstraße. Schnee stiebte auf, engbrüstige, niedrige Holzhäuser flogen vorbei, nur hier und da spärlich von einer Gaslaterne erhellt.

Katharina wurde unruhig. Was hatte Gregor in dieser ärmlichen Gegend zu tun? Er hatte doch gesagt, er sei für die Begrüßung des Großherzogs zum Bahnhof befohlen worden.

Sie tippte dem Kutscher auf den Rücken.

»Halten Sie doch einen Moment an. Ich möchte wissen, wohin Sie mich bringen.«

Er drehte sich nicht einmal um. Statt dessen trieb er die Pferde zu schnellerer Gangart an. Ein paar Fußgänger sprangen erschrocken zur Seite, als er um Haaresbreite an ihnen vorbeisauste, und wurden von Schauern silbrig-glänzenden Schnees überschüttet.

Katharinas Unruhe verwandelte sich in Panik. »Anhalten!« rief sie. »Auf der Stelle!«

Sie bogen in einen freien Platz ein, und dort hielt der Schlitten tatsächlich. Jemand löste sich aus dem Schatten eines Hauses und rannte mit großen Sätzen auf sie zu.

»Katharina! Gott sei Dank! Komm ins Haus . . .«

»Pjotr«, sagte sie fassungslos.

Er legte ihr die Hand auf den Mund und zog sie aus dem Schlitten. »Keinen Namen. Warte, bis wir oben sind. Ich erkläre dir alles.«

»Unmöglich. Ich muß sofort zurückfahren. Was ist dir denn eingefallen?«

»Still«, unterbrach er sie. Er hatte eine Geldbörse hervorgezogen und warf sie dem Kutscher zu. Dann faßte er Katharina beim Arm.

»Nun komm um Gottes willen mit. Es geht um Leben und Tod . . .«

Als sie immer noch widerstrebte, zog er sie ziemlich unsanft die Stufen zum Haus hinauf.

Sie betraten einen dunklen, von einer Petroleumlampe erhellten Korridor, in dem es nach Zwiebeln und Kohlsuppe roch.

Eine Holztreppe führte nach oben. Sie knarrte jämmerlich, als sie hinaufstiegen. Am Ende stieß Pjotr eine Tür auf. Ein ärmliches Zimmer mit kahl getünchten Wänden wurde sichtbar. Ein Kohlenofen brannte. Bett, Schrank, Tisch und ein wackliger Stuhl bildeten das ganze Mobiliar. Über dem Bett hing eine Ikone.

»Wo sind wir hier?« fragte Katharina. »Pjotr, um Gottes willen, ich kann nicht bleiben. Ich muß zum Winterpalais . . .«

Er schloß die Tür und schob den Riegel vor. »Um das zu verhindern, habe ich dich herbringen lassen. Es war die einzige Möglichkeit, dich zu retten. Zu etwas anderem reichte die Zeit nicht mehr.«

»Was heißt das?«

Erst jetzt fiel ihr auf, daß er keine Uniform trug. Er war ausgesprochen schäbig angezogen. Eine abgetragene Hose, Stiefel, Bluse und eine Lammfelljacke darüber.

»Jeljabow ist heute erst zurückgekommen. Ich war vorhin bei ihm und habe ihm alles gesagt, wie wir es ausgemacht haben.«

»Und?«

Pjotr breitete in einer hilflosen Geste die Arme aus. »Ich glaube, wir waren zu naiv. Leute wie er sind es gewöhnt, von der Polizei verfolgt zu werden. Es hat ihn nicht eingeschüchtert. Sie wollen, glaube ich, nur einen Quartierwechsel vornehmen und ihre Namen ändern. Später kam dann Iwan dazu. Jeljabow nahm ihn mit ins Nebenzimmer. Dort tuschelten sie miteinander. Ihre Heimlichtuerei machte mich wütend. Deshalb rief ich ihnen zu, daß ich ginge. Aber draußen auf der Straße merkte ich, daß ich meine Mütze vergessen hatte. Als ich zurückkam, waren sie immer noch nebenan. Aber jetzt redeten sie ziemlich laut. Ich konnte alles verstehen.«

»Und?«

»Sie – sie haben etwas vor – heute abend, während des Galadiners. Iwan sagte, es träfe sich sehr günstig, da er sowieso schon alles vorbereitet hätte. Ich glaube, er hat eine Bombe . . . Der Speisesaal soll in die Luft fliegen . . .«

»Nein!« Katharina schrie auf. »Pjotr – und du sitzt hier? Du unternimmst nichts?«

»Was könnte ich tun? Es ist doch für alles zu spät. Oder ich hätte hingehen müssen und sie verraten. Und das bringe ich nicht fertig.«

»So? Du nicht – aber ich!«

Er hielt sie fest, als sie an ihm vorbei zur Tür wollte. »Katharina, sei doch vernünftig. Du bringst uns alle ins Unglück.«

»Ihr habt euch selbst hineingebracht. Geh mir aus dem Weg. Ich muß zum Winterpalais.«

»Nein, du bleibst!« Pjotr umklammerte sie und drängte sie Schritt für Schritt von der Tür weg. »Glaubst du, ich hätte nicht alles überlegt? Wir können nichts mehr verhindern. Wenn du jetzt hinfährst, kommst du gerade noch zurecht, um mit in die Luft zu fliegen.«

»Aber Gregor ist dort! Ich kann doch nicht . . .«

»Denk nicht daran. Wichtig ist, daß du hier bist. Gerettet, Katharina! Ich wußte, daß du heute abend im Winterpalais sein würdest. Der Gedanke hat mich wahnsinnig gemacht. Ich plante schon, euren Schlitten auf der Fahrt anzuhalten und dich mit Gewalt zu entführen. Aber dann sah ich Medinski, als ich von Jeljabow wegging, vor dem Haus des französischen Botschafters. Er stieg in die Troika und befahl dem Kutscher, zum Bahnhof zu fahren. Das machte alles viel einfacher. Ich kombinierte, daß du allein zu Hause warst, und schickte dir den Schlitten, um dich herzubringen.«

Sie wand sich in seinen Armen. »Du hast Gregor gesehen? Und du hast ihm nichts gesagt, keine Warnung? Du hast ihn in den Tod fahren lassen . . .«

»Was geht er mich an? Dich wollte ich retten, niemanden sonst.« Seine Umarmung wurde fester. »Ich liebe dich immer noch, Katharina. Und Medinski habe ich gehaßt. Kümmere dich nicht mehr um ihn.«

»Du bist verrückt. Laß mich sofort los!« Verzweifelt bog sie den Kopf zur Seite, als er sie küssen wollte. Seine Lippen trafen nur ihren Hals. Der Mantel glitt ihr von den Schultern.

»Wir werden zusammenbleiben«, flüsterte er heiser. »Komm, wehr dich nicht mehr. Ich weiß doch, daß du mich auch liebst. Warum sonst bist du neulich zu mir gekommen! Wir können miteinander fortgehen, irgendwohin. Sag jetzt nicht nein, Katharina. Ich bin so verrückt nach dir. Bitte, komm . . . Ich habe so lange darauf gewartet . . .«

Er drängte sie zum Bett hin. Sie spürte seine zitternden, fiebrigen Hände an ihrer Brust.

Keuchend wehrte sie sich. Und dann bekam sie endlich einen Arm frei und versetzte Pjotr eine schallende Ohrfeige.

Der Schlag ernüchterte ihn. Er ließ Katharina los und starrte sie an. Sie stieß ihn vollends zur Seite.

»Du hast wirklich den Verstand verloren! Laß mich sofort gehen, sonst schreie ich das ganze Stadtviertel zusammen. Ich muß zum Winterpalais . . .«

Sonderbarerweise erhob er keinen Einwand. Er blieb stehen und sah ihr zu, wie sie ihren Mantel vom Boden aufraffte.

»Du liebst Medinski, nicht wahr? Und nur weil er dort ist,

hast du solche wahnsinnige Angst!«

»Ja«, sagte sie, und sie war selbst erstaunt, wie selbstverständlich das plötzlich von ihren Lippen kam. Und wie blind sie die ganze Zeit über gewesen war.

Natürlich liebte sie ihn, diesen unberechenbaren, spöttischen und doch so bezaubernden Mann. Vielleicht hatte sie ihn immer geliebt, von Anfang an, und es nur nicht begriffen ...

Katharina stürzte zur Tür und zerrte an dem Riegel. Er war alt und rostig und ließ sich nur schwer zurückschieben.

Pjotr betrachtete sie. Sein Gesicht war blaß.

»Du bringst dich um, wenn du zum Winterpalais fährst, so oder so. Entweder fliegst du mit der Bombe in die Luft, oder sie werden dich verhaften und wissen wollen, woher du von dem Attentat Kenntnis hast. Und das ist fast genauso schlimm. Denn du hast ja vorher von Iwan, Anna und den Narodniki gewußt und hast es verschwiegen. Vielleicht kostet es dich nicht den Kopf, aber die russischen Gefängnisse und Sibirien – da stirbt es sich genauso gewiß. Nur langsamer ...«

Sie mühte sich immer noch mit der Tür ab. »Mein Gott, hilf mir doch. Wenn ich zu spät komme ...«

In diesem Augenblick ließ eine furchtbare Detonation die Luft erzittern. Die Zimmerwände, der Boden, alles schien zu wanken. Klirrend zersprang die Fensterscheibe, und durch die hereindringende Luft erlosch die Petroleumlampe.

Von der Straße erschollen Schreie.

»Du kommst zu spät«, sagte Pjotr in die plötzliche Dunkelheit. »Sie haben es getan. Es ist alles aus.«

Katharina wußte später nicht mehr zu sagen, wie sie auf die Straße gekommen war.

Ihre Erinnerung setzte erst wieder ein, als sie in einer Schar von aufgeregten, durcheinander schreienden Menschen auf die Ismailowbrücke zurannte.

Sie kamen von allen Seiten. Einige hatten Fackeln angezündet und trugen sie vor sich her. Ihr Schein flackerte über verstörte Gesichter. Anfangs konnte niemand genau sagen, was geschehen war. Aber dann tauchten aus der Richtung des Winterpalais die ersten Kosaken auf. Mit scharfen Kommandos trieben sie ihre Gäule zwischen die Menschen. Einige wurden von den Pferdehufen getroffen und stürzten in die mannshohen Schneeverwehungen an den Brückengeländern.

Auch Katharina hatte Mühe, sich auf den Beinen zu halten. Sie wurde ein paarmal von Pferdeleibern gestreift. Ein Kosakenhetman, der auf seinen Rappen mit der Peitsche einschlug, traf sie über dem Rücken.

Sie sank in die Knie, raffte sich aber gleich wieder auf und stolperte weiter vorwärts.

Rechts und links von ihr riefen sich die Leute die ersten Nachrichten zu, die sie von den vorüberreitenden Kosaken aufgeschnappt hatten.

»Das Winterpalais ist in die Luft gesprengt worden. Der Zar ist ermordet. Alle . . . alle sind tot!«

Nein, dachte Katharina verzweifelt. Nicht alle. Es ist nicht wahr. Einer muß leben . . .

Jemand faßte sie plötzlich am Arm. Es war Pjotr. »Ich komme mit«, sagte er, schwer nach Luft ringend. Sie nahm es kaum wahr.

Auf der Fontanka fuhren Schlitten. Menschen hingen wie Trauben daran, Offiziere, Zivilisten. Dazwischen wieder Kosaken und berittene Geheimpolizisten, an ihren dunklen Waffenröcken zu erkennen. Rufe flogen hin und her – die widersprechendsten Meldungen.

Es sickerte durch, daß Alexander am Leben sei. Die Bombe sei in den Kellerräumen explodiert. Es habe zahlreiche Tote und Verletzte gegeben. Aber die Mauern des Winterpalais hätten gehalten.

Dicht an Katharina und Pjotr raste eine Troika vorbei. Die Pferde scheuten und bäumten sich wiehernd auf. Der Lenker hatte alle Hände voll zu tun, um sie zu bändigen. Er fluchte.

Katharina entdeckte den Prinzen Lesnikow unter den Insassen. Sie schrie seinen Namen. Er wandte im Vorüberfahren den Kopf, erkannte sie und gab Befehl zum Halten.

Ein paar Meter weiter kam die Troika zum Stehen. Katharina stolperte, von Pjotr gefolgt, darauf zu.

»Zum Winterpalais, bitte. Mein Mann . . .«

Helfende Hände streckten sich ihr entgegen, hoben sie hinein. Pjotr schwang sich hinterher. Die Pferde zogen an.

Ein paar Minuten später kam der Winterpalast in Sicht. Katharina umklammerte Pjotrs Arm.

Von weitem wirkte das riesige Gebäude, das größer ist als der Louvre und die Tuilerien zusammengenommen, völlig unversehrt.

Der Platz davor war von Soldaten abgeriegelt. Sie hinderten die von überall zusammenlaufenden Menschen am Vorwärtsdringen.

Auch Lesnikows Troika mußte halten. Katharina war die erste, die sie verließ. Mit wehendem Mantel rannte sie auf einen jungen Offizier der Garde zu.

»Bitte . . . Lassen Sie mich passieren. Ich . . .«

Der Offizier legte die Hand an die Mütze. »Tut mir leid. Ich habe Befehl, niemanden durchzulassen.«

»Aber mein Mann ist im Palast. Ich muß wissen, ob er lebt. Bitte . . .«

»Ich würde Ihnen gern helfen, Madame. Aber Befehl ist Befehl . . .«

»Lassen Sie sie durch, Dimitri Michailowitsch«, sagte Pjotr hinter ihr. »Es ist die Fürstin Medinski.«

Der Gardeoffizier riß die Augen auf. »Rodenko? Sie? Beinahe hätte ich Sie nicht erkannt. Wie sehen Sie denn aus? Kommen Sie von einer Maskerade?«

Pjotr sah an seiner schäbigen Zivilkleidung hinunter. »So ungefähr. Eine Wette unter Freunden. Ich erzähle es Ihnen später. Jetzt sagen Sie mir zuerst, was eigentlich passiert ist. Auf dem Weg hierher konnte man nichts Genaues erfahren.«

»Eine Mine ist explodiert, in der Tischlerwerkstatt unter dem Speisesaal. Der ganze Saalboden ist herausgesprengt und die Mauer teilweise eingestürzt.«

»Hat . . . hat es viele Tote gegeben?«

»Sicherlich. Aber ich weiß keine Einzelheiten. Nur, daß von der kaiserlichen Familie niemand verletzt ist. Es war noch keiner von ihr im Speisesaal, weil sich die Ankunft des Großherzogs von Hessen verzögert hatte. Wie ich hörte, muß er gerade den Palast betreten haben, als die Mine hochging.«

»Und . . . und die Begleitung des Großherzogs?« fragte Katharina mit schwankender Stimme. »Mein Mann war bei der Begleitung. Was ist mit der passiert?«

Der Offizier zuckte die Schultern. »Ich weiß es nicht, Madame, es tut mir sehr leid. Aber in Gottes Namen, passieren Sie und sehen Sie selbst.«

Pjotr blieb an ihrer Seite, als sie den Palast betrat.

Es wimmelte von Menschen, Lakaien, Hofbeamten, Geheimpolizisten und Soldaten. Alles lief kopflos durcheinander.

Die Spuren des Unglücks waren überall zu sehen. Zersplitterte Scheiben und Spiegel, heruntergefallene Wandleuchter, Risse in den Mauern, umgestürzte Möbelstücke.

Katharina fragte jeden, der ihr begegnete, nach Gregor. Aber niemand konnte ihr Auskunft geben. Das Chaos war viel zu groß, als daß man Einzelheiten gewußt hätte.

Sie stiegen in den ersten Stock hinauf.

Dort hatte die Explosion am schrecklichsten gewütet. Teilweise waren Wände niedergebrochen und Decken eingestürzt.

Eilig zusammengetrommelte Hilfsmannschaften mühten sich, Verletzte und Tote unter den Trümmern hervorzuziehen. Die Luft war voll von Staub und erfüllt vom Stöhnen der Verwundeten.

Katharina kämpfte mit würgender Übelkeit. Aber sie zwang sich, jeden einzelnen von ihnen anzusehen. ob es Gregor war.

Zerfetzte Menschenleiber, blutüberkrustete Wunden, Gesichter, in die der Tod ein für alle Mal den Ausdruck namenlosen Entsetzens eingegraben hatte.

»Es sind alles Soldaten«, sagte Pjotr neben ihr. »Vom finnischen Garderegiment. Sie . . . sie hatten heute Dienst . . .«

Seine Stimme klang so, daß sie sie kaum erkannt hätte. Und dann wandte er sich ab und weinte wie ein Kind.

»Diese Schweine, diese Schweine! Wie konnten sie so etwas tun . . .«

Am Eingang zum großen Saal, wo die Explosion stattgefunden hatte, bemühte sich ein Soldat, auf den Händen kriechend, unter einer heruntergestürzten Bronzeplastik hervorzukommen.

Ihm waren beide Beine abgerissen worden. Er lag in einer riesigen Blutlache.

Sein graues, spitzes Gesicht war Pjotr zugewandt.

»Hilf, Bruder, hilf. Ich krepiere sonst . . .«

Pjotr wich zurück, blankes Grausen im Blick. Er sah aus, als würde er im nächsten Moment umfallen.

Aber dann riß er sich zusammen und kauerte sich neben den Soldaten auf dem Boden.

Schweißüberströmt mühte er sich ab, die Bronzeplastik herumzuwälzen.

Katharina faßte den Verwundeten an den Armen. Während Pjotr die Plastik zentimeterweise anhob, zog sie ihn darunter vor.

»Danke . . .«, flüsterte der arme Teufel. Dann sank sein Kopf hintenüber. Die Augen wurden glasig. Er hatte das Bewußtsein verloren.

»Er verblutet«, sagte Katharina. »Du mußt die Wunde abbinden. Warte . . .«

Sie hob ihr Kleid und begann von ihrem Unterrock lange Streifen abzureißen. »Da – nimm. Weißt du, wie man es macht?«

Pjotr nickte stumm.

Sie richtete sich auf. »Ich gehe allein weiter. Bleib du hier und sieh zu, wo du helfen kannst. Sie werden jeden brauchen.«

Als sie sich umwandte, sah sie Gregor.

Er stand inmitten all der Verwüstung an eine der Säulen gelehnt, die das Kreuzgewölbe des Korridors trugen und deren massive Konstruktion der Gewalt der Mine standgehalten hatten.

Sein Anblick machte Katharina schwach vor Erleichterung. Sie wankte auf ihn zu. »Gregor...«

Er löste sich von der Säule. »Ein hübsches Galadiner - in der Tat. Und was sehe ich, meine Liebe – ein neues Kleid? Sicherlich war es sehr elegant. Aber leider ist es völlig ruiniert. Befleckt von dem Blut unserer tapferen Helden, die sich für Seine Majestät umbringen ließen. Sie werden ein neues brauchen . . .«

»O Gregor«, sagte sie schluchzend. »Was liegt an dem

Kleid! Ich hatte solche Angst . . .«

Als sie ihn ansah, lag ihr ganzes Herz in ihren Augen.

Aber er merkte es nicht. Er schaute zu Pjotr hinüber. Sekundenlang schien sich sein braunes Gesicht zu verändern wie unter einem großen Schmerz. Dann war es wieder unbeweglich und spöttisch.

»Angst? Nicht doch, meine Liebe. Sie waren ja in guter Hut, wie mir scheint.«

Unklar schoß es ihr durch den Kopf, daß er nicht eine Sekunde Freude zeigte, sie unversehrt zu finden. Und er konnte doch noch nicht wissen, daß sie zur Zeit der Explosion gar nicht im Winterpalais gewesen war.

Hatte er nicht fürchten müssen, sie sei unter den Toten oder Verletzten?

Eine Bahre mit einem Sterbenden wurde an ihnen vorübergetragen, notdürftig mit einer Plane bedeckt. Sie rutschte bei jedem Schritt weiter herunter und gab den halbzertrümmerten, blutüberkrusteten Schädel frei. Ihr folgten andere – eine lange Reihe zusammengekrümmter, stöhnender Leiber.

Manche murmelten Gebete, andere fluchten. Ein Junge schrie nach seiner Mutter, während ein endloser Strom roten Blutes unter seiner Uniformjacke hervor zu Boden tropfte und eine nasse Spur hinterließ.

Katharina biß sich auf die Fingerknöchel, um die würgende Übelkeit zu unterdrücken, die in ihr aufstieg.

»Kein schöner Anblick, was?« sagte Gregor. »Vor allem nicht für zarte Gemüter. Aber warum sind Sie überhaupt noch hier . . .«

Sie zuckte zusammen, als habe er sie geschlagen. Aus all der Übelkeit und Schwäche stieg die Vision des nächtlichen Petersburg in ihr auf, durch das sie gerannt war, verzweifelt, mit herzbebender Angst. Wie sie sich hier über Tote und Verwundete gebeugt hatte, um nach Gregor zu suchen. Und er fragte, weshalb sie noch hier war . . .

Katharina fühlte sich plötzlich so müde wie nie in ihrem Leben. Nur müde – unfähig, noch irgend etwas anderes zu empfinden – weder Freude, noch Schmerz, noch Grauen.

»Ich will nach Hause«, murmelte sie.

Erst als Gregor sie mit sich zog, fiel ihr Pjotr ein. Sie drehte den Kopf nach ihm um. Er kniete noch immer neben dem Verwundeten und kehrte ihr den Rücken zu. Möglicherweise hatte er nicht einmal bemerkt, daß Gregor da war.

Aus all ihrer Stumpfheit drängte sich die Überlegung hervor, was nun aus Pjotr werden würde.

Ob er floh? Es wäre das klügste, was er tun könnte. Nach diesem entsetzlichen Attentat würde die Polizei ihre Untersuchungen mit doppelter Gründlichkeit durchführen. Es lag auf der Hand, daß man eines Tages dabei auch auf Pjotr stieß.

Dann sehe ich ihn also jetzt vielleicht zum letzten Mal, dachte Katharina. Aber auch das ließ sie merkwürdigerweise gleichgültig. Sie wandte sich ab und stieg hinter Gregor die Treppen hinunter.

Die Bahren mit den Toten und Verwundeten waren vor ihnen. Er deutete darauf. »Ich hoffe, meine liebe Katharina, Sie sind nicht allzu enttäuscht, daß ich nicht auch da liege?«

Ihr Kopf ruckte hoch. Ungläubig starrte sie ihn an. Er lächelte mit hochgezogenen Augenbrauen. »Nun, geben Sie die Hoffnung nicht auf. Vielleicht klappt es ein anderes Mal, so Gott will – und die Terroristen noch Sprengstoff haben.«

Pjotr Rodenko floh tatsächlich noch in derselben Nacht aus Petersburg.

Katharina erfuhr es einige Zeit später von ihrer Mutter, die es ihr mit allen Anzeichen des Entsetzens erzählte.

»Denk dir nur, Kind, er soll zu den Terroristen gehört haben. Jetzt wird er überall gesucht. Ich habe eine ganze Nacht nicht geschlafen, als ich davon hörte. Die Vorstellung, daß du ihn beinahe geheiratet hättest . . . Papa sagt auch, daß wir dem Schicksal sehr, sehr dankbar sein müssen, weil es das vereitelt hat. Aber wer hätte so etwas geahnt! Ein Offizier des Zaren mit einer so glänzenden Karriere vor sich . . . Es ist unfaßbar.«

Katharina schwieg dazu. Ihr war klar, daß sie ihr Wissen über Pjotr Rodenko und seine Beziehungen zu den Narodniki keinem Menschen preisgeben durfte, wollte sie sich nicht selbst in Gefahr bringen.

In Petersburg hatten sich die aufgestörten Gemüter noch längst nicht über das Attentat beruhigt. Gerüchte gingen um, die Anarchisten planten eine Reihe ähnlicher Anschläge auf hohe Regierungsbeamte und ihre Familien. Zahlreiche Leute verließen die Stadt und zogen sich aufs Land zurück. Und die etwa fünfzigtausend Mann starke Garnison war in ständiger Alarmbereitschaft.

Der Zar hatte mehrere außerordentliche Sitzungen des Ministerrates einberufen. Ihr Ergebnis war nach langen, kopflosen Debatten die Einsetzung einer »Obersten Kommission zur Verteidigung der sozialen Ordnung« – unter Vorsitz des Generals Loris-Melikow. Eben jenes schweigsamen, untersetzten kleinen Armeniers, der auf dem Palmenball neben Katharina gesessen hatte.

Ursprünglich sollte die Kommission nur dazu dienen, die terroristischen Umtriebe zu bekämpfen, aber Loris-Melikow, energiegeladen und voller Selbstvertrauen, das ihm die so plötzlich erwiesene kaiserliche Gnade verlieh, faßte sein Amt in ausgedehnterem Sinne auf.

Er erklärte offen, daß er die Absicht habe, die gesamte Regierung zu reorganisieren, und stieß dabei erstaunlicherweise auf keinerlei Ablehnung des bisher vor jeder Neuerung doch so zurückschreckenden Zaren.

»Es heißt, Loris-Melikow arbeite an einem Memorandum, das vorsieht, den Reichsrat in eine gesetzgebende Versammlung umzuwandeln«, sagte Gregor zu Katharina, als sie einmal darüber sprachen. »Die Hälfte der Mitglieder soll aus den Gouvernements gewählt werden. Das wäre natürlich ein gewaltiger Schritt nach vorn. Aber ich zweifle, ob er damit durchkommt. Der Zar wird seinen absolutistischen Überzeugungen nicht abschwören wollen. Jetzt ist er lediglich verschreckt. Allerdings – wenn Loris-Melikow geschickt ist, erreicht er einige andere Verbesserungen, gewinnt Zeit und kann das eigentliche große Problem später angreifen.«

»Trepin meint, daß er ein unerhört fähiger Mann ist«, erwiderte Katharina. »Ich traf ihn gestern bei der Prinzessin Jakimow, und natürlich drehte sich das Gesprächsthema hauptsächlich um Loris-Melikow und die Erwartungen, die man in ihn setzt. Man redet neuerdings in ganz Petersburg von nichts anderem.«

Gregor runzelte die Stirn. »Sieh an, Freund Trepin. Er hängt also sein Mäntelchen wieder einmal nach dem Wind. Vor vier Wochen hätte er Loris-Melikow vermutlich kaum gegrüßt.«

»Vermutlich«, pflichtete sie ihm bei und erinnerte sich an Trepins Bemerkung während des Diners auf dem Palmenball, als er Loris-Melikow zu einem vollkommen unwichtigen Menschen erklärt hatte.

Allerdings hatten das damals viele gedacht und mußten nun umlernen. Und die Bücklinge, die Loris-Melikow bei jedem Erscheinen erhielt, bewiesen, daß sie es mit demselben Eifer wie Trepin taten.

So ging der Winter zur Neige. Katharina hörte nichts von Pjotr. Weder ein Lebenszeichen, noch, daß man ihn irgendwo verhaftet hatte. Sie vermutete, daß er ins Ausland geflüchtet war. Auch die Narodniki, deren Namen sie kannte, Iwan, Anna, Jeljabow und Sofia wurden nirgendwo aufgegriffen. Sie waren nach dem Attentat untergetaucht. Natürlich wußte auch Gregor von Pjotrs Flucht. Aber er erwähnte niemals ein Wort darüber.

In den Beziehungen zwischen ihm und Katharina hatte sich nichts geändert. Er behandelte sie nach wie vor mit unerschütterlicher Höflichkeit, ging zuweilen mit ihr in Gesellschaften und im übrigen seiner Wege.

Sie nahm es hin wie etwas Unabänderliches. Er liebte sie eben nicht, und das körperliche Verlangen, das sie für kurze Zeit in ihm erweckt hatte, war erloschen. Was sollte sie dagegen tun?

Sie lebte jetzt ziemlich zurückgezogen. Da Gregor häufig außer Haus war, besuchte sie wenig Gesellschaften. Natürlich hätte sie allein hingehen können – aber dazu fehlte ihr die Lust.

Statt dessen erschien sie im Durchschnitt zweimal wöchentlich bei ihren Eltern. Nach Pjotrs Flucht hatte ihr Vater ihr ihre vermeintliche Eskapade mit Medinski und die daraus resultierende Heirat endgültig verziehen. Sie war wieder in Gnaden aufgenommen – eine Tatsache, die besonders von ihrer Mutter freudig begrüßt wurde. Im Gegensatz zu ihrem Gatten war die Gräfin Bugatow ohnehin sehr rasch mit dem neuen Schwiegersohn einverstanden gewesen. Vermutlich war sein Charme nicht ohne Wirkung auf sie geblieben. Außerdem konstatierte sie befriedigt, daß Katharina mit Gregor die weitaus bessere Partie als mit Pjotr gemacht hatte.

Im stillen hatte es die Gräfin Bugatow längst gewurmt, daß ihr Gatte das nicht einsehen wollte und sich sogar, in recht halsstarriger Weise auf seine gekränkte Familienehre pochend, geweigert hatte, den üblichen verwandtschaftlichen Verkehr mit Gregor zu pflegen.

Diesen Standpunkt hatte Nikolai Bugatow nun glücklicherweise aufgegeben. Er geruhte, im Palais Medinski zu erscheinen und das Interieur, die zahlreiche Dienerschaft, vor allem aber Gregors Champagner exquisit zu finden.

Und die Gräfin sonnte sich in der Atmosphäre allgemeiner Versöhnlichkeit. Sie war etwas prahlerisch veranlagt und genoß es mit sichtlicher Erleichterung, sich nunmehr ohne strafende Blicke ihres Gatten über Katharinas glänzende Verhältnisse, ihre Toiletten, Brillanten, die Equipage mit den prachtvollen Goldfüchsen, die sie zu Beginn des Frühjahrs bekommen hatte – und natürlich Gregors zärtliche Liebe auszulassen.

An dieser Liebe zweifelte die Gräfin keine Sekunde. Denn warum hätte der Fürst ihre Tochter sonst geheiratet? Ihrer Erfahrung nach pflegten Männer so etwas kaum zu tun, nachdem sie schon vor der Ehe erreicht hatten, was eigentlich erst in die Hochzeitsnacht gehörte.

Sei es nun, daß die Gräfin etwas zu häufig und zu laut damit geprahlt hatte, sei es, daß auch nur ganz einfach Neid dahinter steckte – jedenfalls fühlte sich eines Tages die Gräfin Smirnow – selbst Mutter dreier, leider noch unverheirateter Töchter – dazu verpflichtet, ihr ziemlich unverblümt zu erklären, daß es mit der Liebe Gregor Medinskis doch wohl nicht allzu weit her sein könne, wenn er kaum ein paar Wochen nach der Hochzeit schon anderweitige Vergnügungen suche.

Es gab einen ziemlich heftigen Wortwechsel darüber, in dessen Verlauf die Gräfin Smirnow noch einige weitere Spitzen über getrennte Schlafzimmer und nächtliche Trinkgelage in einem gewissen Hause losließ. Was die getrennten Schlafzimmer anginge, so wisse sie es aus ganz sicherer Quelle – nämlich von ihrer Köchin, die eine Cousine des Medinskischen Kammerdieners sei.

Diese Erklärung versetzte die Gräfin Bugatow in ernstliche Unruhe. An Dienstbotengerede war immer etwas dran.

Kein Mensch konnte so gut über die Geheimnisse anderer Leute orientiert sein wie das Hauspersonal.

Wenn also Lisaweta Smirnowa nicht gelogen hatte, sondern tatsächlich von ihrer Köchin über diesen schwerwiegenden Umstand in der Medinskischen Ehe unterrichtet war, so war das für eine besorgte Mutter Anlaß genug, der Sache nachzugehen.

Schon am nächsten Vormittag fuhr die etwas altmodische Kutsche der Bugatows vor dem Palais Medinski vor.

Katharina hatte gerade ihr Frühstück beendet und das Bett verlassen. Sie trug ein Negligé aus mimosengelben Chantilly-Spitzen und sah darin so bezaubernd aus, daß sich die Besorgnis der Gräfin weitgehend verflüchtigte.

Gregor Medinski müßte blind oder ein Narr sein, wenn er für den Reiz dieses Gesichtes, dieser Haut und dieses vollendet gewachsenen Körpers unempfindlich wäre.

Aber da sie nun einmal hier war, beschloß die Gräfin, auch die letzten Zweifel zu beseitigen und Katharina auszufragen.

Sie fiel dabei keineswegs mit der Tür ins Haus, sondern ging mit aller notwendigen Delikatesse vor. Dabei wurde ihr Vorhaben erleichtert, weil Katharina im Laufe ihrer Unterhaltung auf eine leichte Magenverstimmung zu sprechen kam, die ihr seit ein paar Tagen zu schaffen machte.

Woraufhin die Gräfin mit ihrem mildesten Lächeln fragte, ob dieses kleine Unwohlsein nicht eine durchaus natürliche Ursache haben könnte.

»Wie meinen Sie das, Mama?«

Die Gräfin lächelte. »Nun, immerhin bist du jetzt über drei Monate verheiratet – fast vier. Deine Schwester Olga wurde ein knappes Jahr nach unserer Hochzeit geboren.«

Katharina wurde erst rot, dann blaß.

»Ich bin überzeugt«, fuhr die Gräfin fort, »daß Gregor überaus erfreut über die Ankündigung eines solch glücklichen Ereignisses wäre. Und wir natürlich auch, mein Kind. Es macht eine Ehe erst vollkommen. Oder bist du anderer Ansicht?«

»Nein«, sagte Katharina verlegen.

»Natürlich bist du noch sehr jung, und es ist durchaus kein Anlaß zur Besorgnis, wenn nicht schon im ersten Ehejahr ... Aber vielleicht solltest du doch einmal den Arzt konsultieren. Eine Kur oder Ähnliches wirkt oft Wunder. Gregor ist sicherlich zu taktvoll, dieses Thema anzuschneiden. Aber vielleicht hat er sich auch schon Gedanken gemacht. Denn wozu heiratet ein Mann schließlich, wenn nicht, um Kinder ...«

»Mama, bitte!« Katharinas Lippen zitterten. »Hören Sie davon auf, es ist ja alles anders, als Sie denken. Gregor ...«

Der Rücken der Gräfin versteifte sich unmerklich. »Wünscht er sich etwa keine Kinder?«

»Doch ... das heißt, ich ... ich weiß es nicht, Mama. Er ...«

Katharina verstummte. Und dann hing sie plötzlich der Gräfin fassungslos schluchzend am Hals. »Ach, Mama, ich bin ja so unglücklich.«

Weiterer Fragen bedurfte es nicht mehr. Wera Bugatow hatte begriffen. Sie streichelte den Rücken ihrer Tochter und fragte sich bekümmert, was man in dieser äußerst heiklen Angelegenheit tun könne.

Sie selbst hatte wenig Erfahrung darin. Bugatow war zeit seines Lebens ein mustergültiger Ehemann gewesen. Keineswegs aufregend, aber immerhin treu. Jedenfalls nahm sie es an.

Sollte er doch einmal gewisse Ambitionen außerhalb des ehelichen Bettes gehegt haben, so mußte er unerhört taktvoll dabei vorgegangen sein, daß sie nie etwas davon gemerkt hatte. Und das, fand Wera Iwanowna, wäre auch Gregors Pflicht.

»Weißt du, wer es ist?« erkundigte sie sich, nachdem sich ihre weinende Tochter halbwegs beruhigt hatte und weiteren Fragen zugänglich war.

»Wer was ist?«

»Nun, die Frau, mit der er dich betrügt?« Es klang vielleicht etwas kraß. Aber warum sollte man noch um den heißen Brei herumreden?

»Nein. Ich . . . ich weiß nicht einmal, ob es sie gibt.«

»Aber Kind, so naiv kannst du doch nicht sein! Wenn ein Mann wie Gregor, ein gutaussehender, temperamentvoller Mann, seine Frau vernachlässigt, dann ist immer eine andere Frau im Spiel. Du mußt herausfinden, um wen es sich handelt. Ich vermute, daß das nicht schwierig ist. Da in unseren Kreisen jeder über jeden klatscht, werden es ohnehin alle wissen. Und ein Großteil wird darauf brennen, es dir zu erzählen. So sind die Menschen eben. Sie können nichts für sich behalten, am allerwenigsten Dinge, die anderen schmerzlich sind.«

»Vielleicht ist es die Woyschenskaja«, sagte Katharina zögernd. »Gregor hatte früher einmal eine Affäre mit ihr. Und ich erinnere mich einer Bemerkung, die darauf hindeutet, daß er eventuell wieder . . .«

»Finde es heraus«, entgegnete die Gräfin resolut. »Ob sie es ist oder eine andere – man muß seinen Feind kennen, um gegen ihn zu kämpfen.«

»Ach, Mama, ich fürchte . . .«

»Jetzt fang um Himmels willen nicht wieder an zu heulen. Natürlich mußt du kämpfen. Männer begehen manchmal die bedauerlichsten Irrtümer. Es ist unsere Aufgabe, sie davon abzubringen – allerdings mit allem zu Gebote stehenden Takt. Kein Mann liebt Szenen. Das macht ihn nur bockig und treibt ihn um so eher zu der anderen, die ihm immer ein liebenswürdiges Gesicht zeigt. Ich hoffe also, du warst nicht so ungeschickt und hast ihm Vorhaltungen gemacht?«

»Nein, Mama, niemals, es wäre mir viel zu peinlich.«

»Sehr gut. Aber alles erdulden, ist auch falsch.«

»Was kann ich denn tun? Ein Gefühl läßt sich nun einmal nicht erzwingen.«

Die Gräfin lächelte. »Laß dir eines gesagt sein, mein Kind: Es ist erstaunlich, was eine Frau zuwege bringt, wenn sie ein bißchen Raffinesse anwendet. Gott sei's geklagt, daß wir uns oft genug dumm stellen müssen, weil den Männern das lieber ist. Sie können sich dann so hübsch überlegen fühlen. Manchmal hat mich das sehr geärgert. Aber es hat natürlich den Vorteil, daß wir unseren Verstand desto besser im geheimen benutzen können. Und da kaum ein Mann glaubt, daß unser Horizont über Toilettenkram und Kinderwindeln hinausreicht, fallen sie prompt auf unsere kleinen Tricks herein.«

»Ach, Mama, das klingt alles recht nett. Aber Theorie und Praxis sind zweierlei. Und – verzeihen Sie – ist es nicht ein bißchen unwürdig, hinter einem Mann herzulaufen, der nichts von einem wissen will, egal mit was für Tricks.«

Die Gräfin richtete sich auf. »Es ist niemals unwürdig, um die Liebe eines Menschen zu kämpfen – sofern er es wert ist. Willst du Gregor für dich haben oder nicht? Na also. Dann merke dir eines, mein Kind. Stolz ist eine schöne Sache, aber er wärmt dich nicht in einer kalten Winternacht. Denk mal darüber nach.«

Katharina dachte darüber nach, fast den ganzen Vormittag. Und sie kam zu der Erkenntnis, daß ihre Mutter recht hatte, zumindest teilweise.

Es war töricht, zu resignieren, bevor sie nicht wenigstens den Versuch unternommen hatte, die Dinge zu ihren Gunsten zu ändern.

Mama hatte sehr weise festgestellt, daß Gregor auch nur ein Mann und deshalb schwach wie alle Männer sei.

»Die andere hat sich das zunutze gemacht und ihm den Kopf verdreht. Weshalb solltest du das nicht auch können? Vor allem darfst du dich nicht mehr zu Hause vergraben, wenn Gregor Abend für Abend fortgeht. Das ist grundfalsch. Zeig dich in Gesellschaften. Er wird es sehr bald erfahren und anfangen, sich zu fragen, ob es nicht gefährlich ist, eine so schöne junge Frau allein ausgehen zu lassen. Schaff dir Verehrer an, das kann dir doch nicht schwerfallen. Und du dokumentierst damit, daß du nicht auf Gregor angewiesen bist. Eine der besten Arten, einem Mann nachzulaufen, ist immer noch, so zu tun, als liefe man ihm weg.«

Irgendwie klang das sehr einleuchtend. Und Katharina entschloß sich, den mütterlichen Ratschlag zu befolgen.

Gregor hatte gesagt, sie langweile ihn, und ihr eine romantische Schwärmerei für Pjotr vorgeworfen. Vielleicht bildete er sich jetzt sogar ein, sie säße zu Hause, um Pjotr nachzutrauern.

Nun, sie würde ihm beweisen, daß das nicht der Fall war – und daß sie andere Männer keineswegs langweilte. Vielleicht erteilte sie Gregor wirklich eine Lektion damit. Und – wenn nicht? Was hatte sie schon zu verlieren? Schlimmstenfalls blieb alles so, wie es war.

Aber nach Mamas Meinung war das ausgeschlossen.

»Gott weiß, daß ich dich nicht dazu erzogen habe, kokett oder leichtsinnig zu sein«, hatte sie gesagt. »Und ich möchte auch heute noch lieber meinen rechten Arm verlieren, als daß du es wirklich wärst. Aber Männer sind widersprüchliche Charaktere. Sie preisen die Tugend einer Frau – und dann gehen sie hin und ruinieren sich für eine flatterhafte. Sie dürfen unser nie sicher sein. Laß Gregor ein wenig um dich zittern – und er zappelt dir wie eine Fliege im Spinnennetz.«

Letzterer Vergleich erschien Katharina zwar etwas übertrieben, jedenfalls bei einem Mann wie Gregor, der viel zu selbstbewußt und überlegen war, um jemals in irgendeinem Netz zu zappeln – aber das übrige entbehrte nicht einer gewissen Wahrheit.

Wenn sie allein an die Woyschenskaja oder ihre Schwester Olga dachte – die beiden Frauen, von denen Katharina wußte, daß sie Gregors Geliebte gewesen waren, so waren beide zwar reizende, aber ebenso leichtfertige Geschöpfe, und gerade das schien Gregor zu ihnen hingezogen zu haben.

Nun gut, dachte Katharina, des Menschen Wille ist sein Himmelreich. Wenn er solch eine Frau will, kann er sie bekommen.

Noch am selben Tag bestellte sie sich eine Loge in der Oper. Sie entsann sich ihres alten Verehrers Lesnikow und schickte ihm ein paar Zeilen, in denen sie ihn bat, sie in eine Aufführung von »La Traviata« zu begleiten.

Er erschien prompt – strahlend und allem Anschein nach genauso in sie verliebt wie in der Moskauer Zeit.

In der Pause trafen sie eine Menge Bekannte. Katharina wurde überall freudig begrüßt. Man fragte sie, weshalb sie sich so lange vor aller Welt versteckt gehalten habe.

Sie lachte und gab einer kleinen gesundheitlichen Indisposition die Schuld. »Mein Arzt hatte mir Schonung empfohlen. Aber von jetzt an wird das anders.«

»Beweisen Sie es uns«, sagte die Fürstin Saltykow, die mit ihren beiden Brüdern Nicky und Sandy erschienen war. »Ich gebe nachher ein kleines Souper. Machen Sie mir die Freude und kommen Sie mit.«

Von da an war Katharina kaum mehr abends zu Hause.

Theater- und Varietébesuche, Bälle, Diners und ähnliches lösten einander ab.

Sie bestellte sich eine Anzahl neuer Toiletten. Gleich nach ihrer Rückkehr nach Petersburg hatte Gregor ihr eine überaus großzügige Apanage zugewiesen, von der sie bisher wenig verbraucht hatte.

Jetzt schmolz ihr das Geld unter den Fingern weg. Sie kaufte absichtlich alles, was ihr gefiel, ohne jedes Zögern. Wenn sie mit ihrer Apanage nicht auskam, mochte Gregor die Rechnungen bezahlen.

Man begann, von der Extravaganz ihrer Kleidung zu sprechen.

Einige tadelten sie ganz unverblümt als pure Verschwendung, andere suchten sie zu kopieren.

Ihre eigenen Gesellschaften wurden berühmt, und an ihren Empfangsabenden drängte sich alles, was in Petersburg Rang und Namen hatte, in ihren Salons.

Anfangs war Lesnikow Katharinas ständiger Begleiter. Jedermann wußte, daß er in sie verliebt war, und er selbst machte auch gar keinen Hehl daraus.

Aber er blieb nicht der einzige. Unter den jungen Stutzern Petersburgs, die sowieso nichts anderes zu tun hatten, als die Nächte auf Bällen zu durchtanzen und den Damen den Hof zu machen, wurde es plötzlich Mode, für die schöne Fürstin Medinski zu schwärmen, von deren Ehe es hieß, daß sie nicht sehr glücklich war.

Katharina bevorzugte allerdings niemanden. Die allgemeine Bewunderung richtete ihr durch Gregors Verhalten ziemlich lädiertes Selbstbewußtsein wieder auf; im übrigen wartete sie ab, ob sich Mamas Prophezeiungen bewahrheiteten.

Anfang April kehrte Trepin von einer mehrwöchigen Reise nach Petersburg zurück.

Katharina traf ihn im Michail-Theater während der Aufführung einer vielbelachten französischen Komödie. Trepin stellte sich in der Pause in ihrer Loge ein und begrüßte sie, als habe er sie jahrelang nicht gesehen.

Nach dem Theaterbesuch überredete er sie, Lesnikow und die beiden Trubetzkojs, die sich in ihrer Begleitung befanden, noch zu einem Kabarettbesuch.

Es war eines der üblichen Nachtlokale mit rotem Plüsch, exotischen Blumen, Grotten und Liebespaaren. Das einzig Gute daran waren die Darbietungen einer englischen Gesangstruppe, die Trepin, wie er erzählte, schon im vorigen Jahr in Paris bei »Madame Hortense« gehört hatte.

Er saß neben Katharina und belegte sie für den Rest des Abends so vollständig mit Beschlag, daß Lesnikow ein verkniffenes Gesicht und wütende Augen bekam.

Trepin schien sich darüber zu amüsieren. »Ihr junger Freund möchte mich am liebsten erdolchen«, sagte er während eines Tanzes. »Ist er Ihr Geliebter?«

Katharina zuckte zusammen. »Natürlich nicht. Wie kommen Sie darauf?«

Er lächelte. »Man hört so allerlei. Aber der Junge ist auch nichts für Sie. Er ist einfach zu grün. Im übrigen sind Sie schöner denn je, Katharina Nikolajewna. Und Medinski ist der größte Narr, der in ganz Rußland herumläuft.«

Ihre Haltung versteifte sich. Es war im Grunde lächerlich, da doch alle Welt darüber Bescheid wußte – aber sie ertrug noch immer keine Andeutungen über dieses Thema. Es verletzte ihren Stolz.

»Sie wissen doch, daß er wieder mit der Woyschenskaja zusammen ist«, sagte Trepin.

Katharina nickte. »Natürlich.«

In Wirklichkeit hatte sie es nicht gewußt. Es war das einzige, worin sie die Ratschläge ihrer Mutter nicht befolgt hatte, weil sie jedem Gespräch über Gregor aus dem Wege gegangen war.

Sie zweifelte schon lange nicht mehr daran, daß er sie betrog. Aber ein unklares Gefühl hatte sie davon abgehalten, nach Einzelheiten zu forschen.

Es war ein Unterschied, ob man eine Sache ahnte, fühlte, oder ob man sie durch Dritte bestätigt bekam.

Katharina hätte gewappnet sein müssen, auch auf den Namen der Woyschenskaja, denn oft genug hatte sie selbst daran gedacht.

Aber in dem Moment, wo sie es aussprechen hörte, traf es sie dennoch wie ein Schlag.

Sie lächelte mit verkrampften Kiefern.

»Alte Liebe rostet eben nicht, Fürst Trepin.«

»Mir ist es trotzdem unverständlich. Was ist die Woyschenskaja gegen Sie? Gott, was soll ich darum herumreden, Sie müssen es ohnehin längst gemerkt haben. Seit ich Sie im Winterpalais gesehen habe, habe ich völlig den Kopf verloren. Normalerweise verbringe ich jedes Frühjahr im Kaukasus. Aber diesmal bin ich Ihretwegen hiergeblieben.«

»Nicht auch wegen General Loris-Melikow?« fragte sie mit leiser Ironie. »Man hört, er setzt Minister und Gendarmeriechefs ab und vergibt die Posten an neue Leute.«

»Jetzt spricht Gregor Medinski aus Ihnen. Aber Sie sollten mich nicht mit seinen Augen sehen. Er mag mich nicht.«

»Und Sie ihn auch nicht.«

»Im Moment sicher nicht, weil er Sie demütigt. Sie sollten es ihm mit gleicher Münze zurückzahlen.«

Da der Tanz zu Ende war, nahmen sie wieder an ihrem Tisch Platz. Katharina verlangte ein neues Glas Champagner und trank es hastig aus. Trepin füllte ihr nach.

Sie merkte, wie sie ein wenig betrunken wurde. Aber das machte nichts. Es würde sie hindern, immerfort an diese ekelhafte Woyschenskaja zu denken.

Lisa Trubetzkoj erzählte irgendeine Anekdote. Katharina lachte, weil die anderen lachten, aber sie hatte überhaupt nicht zugehört. Trepin wurde immer zudringlicher. Er rückte nahe an sie heran und flüsterte ihr Liebesgeständnisse ins Ohr, während die anderen der wieder aufgetretenen Gesangstruppe zuhörten. Seine Augen waren voller Begehrlichkeit.

Früher mußte er ein blendend aussehender Mann gewesen sein. Jetzt wirkte er verlebt, etwas schwammig. Das Haar begann sich über der Stirn zu lichten, und von den Nasenflügeln zogen sich zwei tiefe Falten abwärts. Aber es gab sicherlich immer noch Frauen, denen er gefiel.

»Ich habe Sie mir in den Kopf gesetzt«, sagte er. »Und ich bin hartnäckig. Eines Tages . . .«

Katharina trank ihren Champagner aus. »Ich möchte nach Hause.«

Die Mäntel wurden gebracht. Wladimir Lesnikow nahm den von Katharina. Er legte ihn ihr um und knöpfte den Kragen zu. »Sie sind erhitzt. Und die Aprilnächte sind kühl.«

Sie lächelte in sein junges, immer noch ärgerliches Gesicht.

»Danke.«

Er war eifersüchtig. Wie töricht von ihm. Ihr lag weder an Trepin noch an einem anderen.

Im Hinausgehen war wieder Trepin an ihrer Seite. Er preßte ihren Arm.

»Wollen Sie nicht mit mir fahren, Katharina Nikolajewna?«

Sie legte den Kopf zurück. »Sie meinen, ich soll Ihre Geliebte werden?«

»Mit nichts könnten Sie Medinski tiefer treffen. Das wissen Sie doch?«

Hinter ihr verklang die Balalaikamusik. Ein paar betrunkene Stimmen grölten den Refrain des Liedes. »Ritka buza, ritka arpa, ritka rosz . . .«

Und Katharina dachte, daß Trepin recht hatte. Mit nichts könnte sie Gregor besser treffen. Aber das war es ja nicht, was sie wollte.

»Ich will niemandes Geliebte werden, Boris Grigorjewitsch.«

Trepin seufzte. »Jetzt reden Sie wie ein Kind. Sie sind doch eine Frau? Warum wollen Sie allein bleiben?«

Die Vorfrühlingsnacht war voller Mondschein. Gaslaternen spiegelten sich in der Newa. Die Equipagen fuhren vor. Uniformierte Türsteher standen neben den Trittbrettern, um ihnen beim Einsteigen zu helfen.

Die Trubetzkojs umarmten Katharina. »Schlafen Sie gut, mein Täubchen. Wir werden uns am Freitag sehen, nicht wahr?«

Lesnikow verneigte sich steif, blaß, mit den Augen eines geprügelten Hundes. »Gute Nacht, Fürstin . . .«

Trepin küßte ihr die Hand. Er lächelte. »Ich kann warten, Katharina Nikolajewna. Es kommt nicht darauf an. Ob heute oder in ein paar Monaten – eines Tages werden Sie meine Geliebte.«

Trepin begegnete Katharina in Zukunft auf fast allen Gesellschaften. Der Himmel mochte wissen, wie er es erreichte, jedesmal gleichzeitig mit ihr eingeladen zu werden.

War sie in der Oper, erschien er unfehlbar in ihrer Loge. Fuhr sie aus, ritt er ihr auf seinem dunkelbraunen, irischen Wallach nach, war sie daheim, machte er ihr einen Besuch.

Im Grunde fand sie seine Beharrlichkeit lächerlich. Aber sie unternahm nichts dagegen – sehr zum Mißvergnügen Lesnikows, der bisher ihr bevorzugter Begleiter war.

Lesnikow war gerade zwanzig – also genau in dem Alter, in dem sich junge Männer darin gefallen, eine unglückliche Liebe zu haben und den Gegenstand dieser Liebe mit allen Attributen eines vollkommenen, überirdischen und somit unerreichbaren Wesens auszuschmücken.

Es wäre ihm nie in den Sinn gekommen, Katharina anders als mit der größten Ehrerbietung zu behandeln und mehr als ein wenig Freundlichkeit von ihr zu erwarten.

Deshalb erfüllten ihn Trepins Annäherungsversuche zunächst mit tiefer Empörung, später mit Eifersucht. Lesnikow redete sich ein, der nicht mehr ganz junge, aber immer noch attraktive Fürst bedeute Katharina etwas, und suchte in allem und jedem einen Beweis für diesen Verdacht.

Sprach sie mit Trepin über irgendeine belanglose Sache, legte Lesnikow ihren Worten sofort einen verborgenen Sinn unter, der auf ein Liebesverhältnis hindeutete.

Tanzte sie mit ihm, meinte er, sie schmiege sich fester an ihn als an jeden anderen Partner.

Lächelte sie ihm zu, fand Lesnikow es herausfordernd und verführerisch.

Natürlich entging Katharina seine Eifersucht nicht. Sie fand sie ein wenig kindisch. Aber da sie Lesnikow auf der anderen Seite recht gern und sich an seine Gesellschaft gewöhnt hatte, behandelte sie ihn weiterhin mit ihrer üblichen Freundlichkeit.

Als er aber fortfuhr, den Gekränkten zu spielen, sobald Trepin nur in ihrer Nähe auftauchte, diesem mit verletzender Schroffheit begegnete und sogar herumerzählte, er werde ihn bei der ersten sich bietenden Gelegenheit zum Duell fordern und töten, sah sie sich gezwungen, Lesnikow den Kopf zurechtzusetzen.

Sie tat es recht schonend während eines Besuches, den er ihr machte, sagte aber doch, daß ihr sein Betragen Ungelegenheiten bereite und er es ändern müsse, wenn sie weiterhin gute Freunde bleiben wollten.

»Ich hoffe, daß diese Duellgeschichte nur dummes Gerede ist. Wenn nicht, schlagen Sie sie sich schleunigst aus dem Kopf. Ich könnte solch eine unbedachte Handlung nicht verzeihen.«

Er musterte sie mit finsteren Blicken.

»Fürchten Sie für Trepin?«

»Ich will keinen Skandal. Begreifen Sie das denn nicht? Sie behandeln den Fürsten in einer Art, die einen sanftmütigeren Menschen aufbringen könnte. Mir ist das peinlich.«

Das Gespräch fand im Park des Medinskischen Palais statt. Es war Ende Mai und seit Tagen schönes Wetter. Katharina steuerte auf eine Bank hinter einer englisch gestutzten Ligusterhecke zu und klappte ihren Sonnenschirm zusammen.

»Kommen Sie, Lesnikow, setzen Sie sich. Und dann versprechen Sie mir, daß Sie sich in Zukunft vernünftiger benehmen.«

Er folgte ihrer Aufforderung, starrte aber mit mürrischem Gesichtsausdruck zu Boden.

»Ich hasse Trepin«, platzte er dann heraus. »Er ist es nicht wert, die gleiche Luft mit Ihnen zu atmen.«

Seine Überschwenglichkeit amüsierte Katharina. Sie unterdrückte ein Lächeln.

»Es ist ja sehr schmeichelhaft, daß Sie eine so hohe Meinung von mir haben. Aber trotzdem gibt es Ihnen nicht das Recht, sich wie ein gereizter Kettenhund aufzuspielen, sobald er in meiner Nähe auftaucht!«

Er riß einen kleinen Zweig aus der Hecke und begann mit wütenden Fingern die Blätter abzuzupfen.

»Wieviel muß Ihnen an diesem Menschen liegen, daß Sie sich so für ihn einsetzen.«

»Nicht mehr als an jedem anderen. Aber ich mag keinen Unfrieden.«

Der Zweig fiel zu Boden. Lesnikow wandte sich zu ihr um. »Und warum schicken Sie ihn dann nicht weg? Warum erlauben Sie ihm, mit Ihnen auszufahren, in der Oper neben Ihnen zu sitzen, mit Ihnen zu tanzen . . .«

Sie seufzte. »Lieber Himmel, Wladimir Semjonowitsch, das alles erlaube ich Ihnen schließlich auch. Was ist dabei?«

»Ich kann die Blicke nicht ertragen, mit denen er Sie ansieht. Er beleidigt Sie damit. Aber freilich, wenn es Ihnen gefällt . . .«

»Jetzt hören Sie aber auf, sonst machen Sie mich ernstlich böse. Am besten ist, Sie gehen nach Hause und kommen erst dann wieder, wenn Sie vernünftig geworden sind.«

»Wie Sie befehlen.« Er stand sofort auf und machte eine ekkige Verbeugung. Mit seinem unglücklichen, verkrampften Gesicht erinnerte er mehr denn je an Pjotr. »Vielleicht sollte ich überhaupt nicht wiederkommen. Sie würden mich sicherlich nicht vermissen.«

»Doch, Sie Kindskopf«, sagte Katharina und lächelte schon wieder. »Abgesehen von Ihren augenblicklichen Verrücktheiten kann ich Sie nämlich recht gut leiden.«

Er hob den Kopf und sah sie an. Die Sonne fiel auf ihr Haar und verlieh ihm einen bläulichen Schimmer. Das Morgenkleid aus Musselin bauschte sich um ihre Hüften.

»Es sind keine Verrücktheiten«, sagte er heftig. »Ich liebe Sie doch. Und der Gedanke, daß dieser Trepin . . .«

Seitlich von ihnen räusperte sich jemand.

Als Katharina den Kopf wandte, entdeckte sie Gregor.

»Eine reizende Idylle. Bitte tausendmal um Verzeihung, daß ich störe. Aber ich hätte etwas Dringliches mit Ihnen zu besprechen, meine Liebe. Lesnikow, Sie entschuldigen uns wohl.«

Der junge Mann war schon bei Gregors ersten Worten aufgefahren. Er hatte einen feuerroten Kopf und murmelte, daß er sich sowieso gerade verabschieden wollte.

Gregor lächelte mit hinterhältiger Freundlichkeit. »Ich dachte es mir, mein Lieber. Also, adieu.«

Während Lesnikow verschwand, zündete sich Medinski eine Papyrossi an. Dann setzte er sich neben Katharina auf die Bank.

»Mir scheint, ich habe Sie in einer Liebeserklärung unterbrochen. Hoffentlich sind Sie nicht allzu enttäuscht. Aber ich halte diesen Teil des Parks sowieso für einen ungeeigneten Ort. Man kann Sie von allen Seiten sehen. Sie sollten doch etwas Rücksicht auf die Dienerschaft nehmen.«

Katharina malte mit der Spitze ihres Sonnenschirms kleine Kreise in den Kies zu ihren Füßen. »So besorgt?«

»Ich schätze es nicht, wenn über meine Frau geklatscht wird.«

Sie warf ihm einen raschen Blick zu. »Aber was kann denn ich dafür, daß Lesnikow ein Faible für mich hat? Übrigens wissen Sie es doch auch. Sie haben mich ja schon in Moskau damit aufgezogen.«

»Er benimmt sich wie ein Narr«, erwiderte Gregor kurz. »Und ich fange an, mich zu fragen, ob Sie ihn dazu ermuntert haben.«

Ihr Herz tat ein paar rasche, harte Schläge. Es wirkt, dachte sie, es wirkt!

Sie kannte Gregor gut genug, um zu wissen, daß er diesmal ernstlich aufgebracht war, so sehr er sich auch bemühte, ruhig und überlegen zu erscheinen.

»Ermuntert?« wiederholte Katharina langsam. »Aber ich bitte Sie! Sagten Sie selbst nicht unlängst, daß an meiner Treue nicht zu zweifeln sei? Ich hätte viel zuviele Skrupel, um Sie zu betrügen.«

»Nicht jeder kennt Sie eben so genau wie ich. Und ich kann nicht dulden, daß Sie sich und mich ins Gerede bringen.«

»Du lieber Gott, was ist dabei, wenn ich mir ein bißchen den Hof machen lasse? Ich finde es ganz unterhaltsam. Lesnikow ist ein reizender Junge und . . .«

»Und Trepin auch, was?« entgegnete er sarkastisch.

Sie lachte. »Trepin betet mich an. Ich weiß, daß Sie ihn nicht leiden können. Aber was habe ich damit zu tun?«

»Wissen Sie, daß man in Petersburg schon Wetten abschließt, wer von den beiden Ihr Liebhaber wird?« fragte Gregor. »Trepin oder Lesnikow?«

Einen Moment war Katharina ehrlich betroffen. »Das ist sicherlich sehr geschmacklos. Aber was kann ich dafür?«

»Natürlich gar nichts. Außer, daß man Sie täglich mit beiden sieht. Die Sache mit Lesnikow will ich noch hingehen lassen. Aber ausgerechnet Trepin! Wissen Sie denn nicht, was er für einen Ruf hat?«

»Vermutlich einen ähnlichen wie Sie«, versetzte sie kühl. »Im übrigen weiß ich nicht, worüber Sie sich so aufregen. Solange man sich noch den Kopf zerbricht, mit wem ich Sie eines Tages betrügen könnte, weiß jeder, daß ich es bisher noch nicht getan habe. Im Gegensatz zu Ihnen. Da stand alles von Anfang an fest, und niemand brauchte eine Wette abzuschließen.«

»Was soll das heißen?«

Katharina stand auf. »Ich meine Madame Woyschenskaja. Sie war ja wohl außer Konkurrenz.«

In Gregors Gesicht zuckte kein Muskel. »Vielleicht.«

»Sie geben es also zu?«

»Daß ich hin und wieder bei ihr bin? Warum soll ich das abstreiten? Die Leute, die es Ihnen erzählen, werden mich dort gesehen haben. Galina hat das Haus häufig voller Gäste. Sie liebt Geselligkeit.«

»Und ihre alten Freunde!«

»Gewiß. Sie hat sehr viele.«

»Daran zweifle ich nicht. Und nun entschuldigen Sie mich. Mir ist gerade eingefallen, daß ich die Gästeliste für unser Gartenfest noch nicht vollständig habe. Und es wird höchste Zeit, die Einladungen zu verschicken.«

»Auch an Trepin und Lesnikow?«

»Natürlich.«

»Nun, daraus wird nichts.«

»Sie wollen mir doch nicht etwa verbieten . . .«

»Das Schicksal verbietet es Ihnen, meine Liebe. Sie gehen tristen Zeiten entgegen. Kein Gartenfest, keine Bälle, keine Diners mehr. Trepin und Lesnikow werden Ihnen höchstens noch beim Spazierenfahren begegnen.«

»Wieso?«

Gregors Gesicht wurde ernst. »Die Kaiserin ist heute morgen gestorben. Ich war zufällig im Winterpalais, als es bekanntgegeben wurde.«

Zarin Maria Alexandrowna wurde mit allem altertümlichen Pomp der kaiserlichen Begräbnisse in die Kathedrale der Peter-Paul-Festung überführt.

Die danach offiziell angeordnete Hoftrauer dauerte vierzig Tage. Viele Familien reisten in dieser Zeit aufs Land. Die Stadthäuser und Palais wurden geschlossen.

Auch die Bugatows brachen Anfang Juni auf. Sie kehrten nach Karetnaja zurück.

»Ich wäre deinetwegen gern noch geblieben«, sagte die Gräfin zu Katharina beim Abschied. »Aber Papa wollte unbedingt nach Hause.«

Anschließend fragte sie nach Gregor. »Hat sich irgend etwas geändert?«

Katharina zuckte mit den Schultern. »Ich weiß nicht – vielleicht. Er geht weniger aus. Und neulich war er wegen Lesnikow und Trepin ziemlich aufgebracht. Ich habe es Ihnen ja erzählt. Jetzt spricht er nicht mehr darüber. Aber er hat seitdem eine so sonderbare Art, mich anzuschauen, immer, wenn er denkt, ich merke es nicht. So beobachtend und ... ach, ich kann es gar nicht richtig erklären. Frage ich ihn, was los ist, lacht er nur und behauptet, ich hätte mich getäuscht.«

»Aha«, sagte die Gräfin. »Nun – vielleicht ist das ein Fortschritt. Er scheint unruhig geworden zu sein. Und sonst mußt du eben Geduld haben. Er ist ein hartnäckiger Fall ...«

Und ein völlig unverständlicher noch dazu, vollendete sie in Gedanken, während sie ihre bildschöne Tochter betrachtete.

Der Sommer kam früh in diesem Jahr und brachte große Hitze mit. Sie lastete in den Häusern und Straßen. Ein Geruch von Moder, Meersalz und Rauch hing den ganzen Tag in der Luft. Morgens kam die Sonne. Aber sie blieb nie lange, sondern verschwand wieder hinter der grau-gelben Dunstglocke des Himmels.

Katharina befand sich in nervöser Stimmung. Sie lag oft wach in den hellen Nächten und sehnte sich nach Gregor.

Spürte er es?

Sie merkte immer deutlicher, daß er sie beobachtete. Wenn sie durchs Zimmer ging, folgten ihr seine Blicke, jedesmal mit dem gleichen forschenden Ausdruck. Aber er sagte nie etwas.

Dafür erzählte ihr Trepin, daß die Woyschenskaja umgezogen sei. Sie wohne jetzt in der Nähe des Anitschkow-Palais, wo der Thronfolger residierte. Eine riesige Villa sollte es sein, fast ein Palast.

»Natürlich zahlt nicht sie die Kosten«, sagte Trepin und lächelte maliziös.

Katharina schwieg. Was sollte sie auch darauf antworten?

Trepin trat hinter sie.

Einen flüchtigen Moment spürte sie seine Lippen auf ihrem bloßen Nacken, der schmal und braun aus dem Musselinkleid aufstieg.

»Wie lange wollen Sie noch warten, Katharina Nikolajewna? Es ist so sinnlos. Und wir könnten glücklich sein . . .«

Er war zu erfahren mit Frauen, als daß sie ihn hätte zu täuschen vermögen. Er sah, daß ihr Körper aufgeblüht war, unruhig geworden. Daß er nach Liebe verlangte . . .

Katharina wich seinen Händen aus. »Ich will spazierenfahren. Begleiten Sie mich?«

»Eine Stunde hätte ich noch Zeit. Dann muß ich ins Ministerium. Loris-Melikow erwartet mich.«

Trepins Bemühungen um den General hatten sich gelohnt. Er war seit einiger Zeit einer seiner engsten Mitarbeiter. Ihm unterstand eine neugebildete Sonderabteilung des Innenministeriums, die sich in der Hauptsache mit politischen Vergehen befaßte.

Vielleicht hatte auch Katharina Dolgoruki ein wenig nachgeholfen. Seit dem Tod der Zarin war ihre Stellung einflußreicher denn je. Es gingen sogar Gerüchte um, daß der Zar beabsichtige, sie zu heiraten. Aber noch vermochte niemand so recht daran zu glauben.

Desto mehr schlug Mitte Juni die Nachricht der bereits erfolgten Eheschließung ein.

Die Trauung war unter strengster Geheimhaltung im Winterpalais vollzogen worden, sofort nach Beendigung der vierzigtägigen Hoftrauer.

Ein Dekret des Zaren verlieh seiner zweiten Gemahlin sowie deren Kindern den Titel Durchlaucht und den Familiennamen Fürst und Fürstin Jurjewskij.

In den Petersburger Salons sprach man tagelang von

nichts anderem. Die Freunde der Dolguruki, unter ihnen Trepin, trugen die Köpfe hoch. Andere mokierten sich über die rasche Heirat und fanden sie, so kurz nach dem Tod der Zarin, abgeschmackt. Aber laut wagte das niemand zu sagen. Vor allem nicht, nachdem bekannt wurde, daß der bisher allmächtige Minister und Jugendfreund Alexanders II., Alderberg, in Ungnade gefallen war, weil er gewagt hatte, allzu heftig gegen diese zweite Ehe seines Monarchen zu protestieren.

Allgemein aber zeigte man sich erleichtert über die Beendigung der Trauerzeit. Wenn »Väterchen« nicht einmal Trübsal blies, warum sollte man es selbst tun?

Es gab wieder Empfänge, Soireen – und als besonderes Vergnügen – Seefahrten auf den neuesten luxuriösen Dampfjachten, in denen die Nacht zum Tage gemacht wurde.

Lesnikow hatte Petersburg Ende Mai verlassen. Aber in der zweiten Junihälfte tauchte er wieder auf. Katharina begegnete ihm im Hause Lisa Trubetzkojs.

»Ich wollte Sie nie wiedersehen«, sagte er. Er sah unglücklich aus, schien magerer geworden, und seine Augen hatten einen unsteten, gehetzten Ausdruck.

»Dann hätten Sie auch nicht zurückkommen sollen«, erwiderte Katharina.

Sie wußte, daß sie ihn mit dieser Antwort verletzte. Aber es kam ihr plötzlich alles so lächerlich vor: Lesnikows Schwärmerei, Trepins Begehrlichkeit, die ewig gleichbleibenden Komplimente, Blicke, Handküsse. Sie hatte es satt bis zum Überdruß.

Außerdem fühlte sie sich schon seit zwei Tagen nicht wohl. Sie hustete und hatte Kopfschmerzen. Vermutlich eine Erkältung - der Himmel mochte wissen, wo sie sie sich bei dieser Hitze geholt hatte.

Als Katharina nach Hause fuhr, war es noch recht früh. Zu

früh eigentlich, um schlafen zu gehen. Aber sie hatte das Bedürfnis nach Ruhe.

Vielleicht konnte sie noch ein Buch lesen oder ein wenig mit Nastassja schwatzen. Das heißt, die Kleine würde vermutlich lieber bei Stepan sitzen. Dessen Nachstellungen hatten endlich zum erwünschten Erfolg geführt. Im nächsten Monat wollten die beiden heiraten.

»Er ist ja keine Schönheit«, hatte Nastassja freimütig erklärt, als sie es Katharina mitteilte. »Aber dafür treu. Was nützt mir ein schöner Mann, wenn ich nachher fortwährend auf ihn aufpassen muß.«

Als Katharina vor dem Medinskischen Palais die Kutsche verließ, löste sich eine Gestalt aus einem Mauervorsprung neben dem Portal und humpelte auf zwei Krücken auf sie zu.

»Erbarmen, Mütterchen. Ich bin hungrig. Eine kleine Gabe . . .«

Der Mond beschien sein bärtiges Gesicht mit tiefliegenden Augen. Der magere Körper war in einen zerrissenen Kaftan gehüllt.

Der Kutscher drängte ihn zur Seite.

»Ich werd's dir zeigen, Ihre Gnaden zu belästigen. Scher dich weg!«

»Laß ihn«, sagte Katharina. Sie nestelte ein paar Rubel aus ihrer Tasche. »Mehr habe ich nicht bei mir. Aber komm am Donnerstag wieder. Dann bekommst du mehr – auch Essen und etwas zum Anziehen.«

»Danke, Mütterchen, vielen Dank!«

Der Bettler haschte nach ihren Fingern, um sie zu küssen. Dabei spürte sie, wie er ihr etwas in die Hand drückte – ein zusammengefaltetes Stück Papier.

Mehr verblüfft als erschrocken zog sie die Hand zurück. »Was . . .« Aber dann verstummte sie, weil er ihr einen merkwürdig eindringlichen Blick zuwarf. Er preßte die Lippen aufeinander, um ihr Stillschweigen zu bedeuten.

»Gottes Segen auf Euch, Mütterchen. Gottes Segen . . .«

Damit humpelte er eilends davon.

Noch immer verwundert ging Katharina ins Haus und entfaltete den Zettel. Er war mit einer zittrigen Schrift bedeckt.

»Pjotr Rodenko hat Ihnen einmal das Leben gerettet. Jetzt ist er selbst in Gefahr. Wenn Sie ihm helfen wollen, kommen Sie an das Seitenportal am Flußufer.«

4. Kapitel

»Ich habe schon auf Sie gewartet«, sagte Nastassja, als Katharina eine halbe Stunde später ihr Boudoir betrat.

»Stepan behauptete nämlich, Ihren Wagen zu hören. Da bin ich gleich heraufgekommen. Aber als Sie nicht kamen, dachte ich, er hätte mir einen Bären aufgebunden. Jefim und Semjon sitzen nämlich bei Michail in der Stube und spielen Karten. Da wollte er mitmachen, obwohl ich ihm gesagt habe, daß er seine paar Kopeken ...«

Sie unterbrach sich, als Katharina in den Schein der Lampe trat. »Wie sehen Sie denn aus, Euer Gnaden? Ist Ihnen nicht wohl?«

»Ich habe ein wenig Kopfschmerzen«, entgegnete Katharina. Nastassja war sofort ganz Mitgefühl. »Dann gehen Sie am besten gleich zu Bett. Ich mache Ihnen einen Kräutertee, damit Sie schlafen können. Kommen Sie, Euer Gnaden.«

»Nein«, sagte Katharina. »Ich ...«

Sie verstummte und sah die Zofe zögernd an. »Du hast mich doch gern, Nastassja, nicht wahr? Und wenn ich dir etwas anvertraue ... etwas sehr Wichtiges und Gefährliches, würdest du es verraten?«

»Wie können Sie so etwas annehmen, Euer Gnaden! Wo Sie immer so gütig zu mir sind. Ich habe es heute noch zu Stepan gesagt. Stepan, habe ich gesagt ...«

»Schon gut. Ich weiß ja auch, daß ich mich auf dich verlassen kann. Aber in diesem Fall ... Kurz und gut, ich brauche deine Hilfe. Und niemand darf etwas davon wissen.«

»Ja«, sagte Nastassja verwirrt. »Aber worum handelt es sich denn, Euer Gnaden?«

»Wir müssen jemanden hier verstecken. Einen ... einen Flüchtling. Es ist ein Freund von mir, und ich kann ihn nicht im Stich lassen.«

Nastassja verstand erstaunlich schnell. Und sie vergeudete keine Zeit damit, überflüssige Fragen zu stellen.

Vielmehr schlug sie vor, Pjotr in einem der seit Jahr und Tag unbenutzten Räume von Gregors verstorbener Schwester im westlichen Trakt unterzubringen.

»Der ganze Flügel steht leer. Nur daß manchmal die Mädchen dort saubermachen. Aber sie waren erst in dieser Woche dort. Also wird es eine Weile dauern, bis sie wiederkommen.«

Katharina stimmte ihr zu. Zum erstenmal war sie froh, daß Gregor ausgegangen war. Es machte alles leichter.

Während sich Nastassja um das Herrichten des Zimmers für Pjotr kümmerte, warf sich Katharina einen dunklen Mantel und einen Schleier über und verließ das Haus heimlich über eine Hintertreppe.

Sie mußte eine gute halbe Stunde warten, ängstlich an die Hausmauer gedrückt.

Der angebliche Bettler hatte ihr erzählt, daß sich Pjotr Rodenko die ganze Zeit in Odessa aufgehalten habe – in der Hoffnung, auf einem der ausländischen Schiffe zu entkommen, die im Hafen lagen. Auf irgendeine Weise hatte er sich sogar gefälschte Papiere verschafft. Damit war es ihm gelungen, als Heizer auf einem englischen Schiff anzuheuern. Aber dann war in letzter Minute alles schiefgegangen.

Bei einer Routinekontrolle vor dem Ablegen wurde Pjotr erkannt und verhaftet. Man brachte ihn nach Petersburg, wo es ihm während des Transportes gelang, ein zweites Mal zu fliehen.

»Er ist jetzt hier«, hatte der Bettler gesagt, »in einem Asyl, nur ein paar Straßen weiter. Aber da kann er nicht bleiben. Es ist zu gefährlich.«

Die Zeit des Wartens erschien Katharina endlos. Hundert Gedanken schossen ihr durch den Kopf. Wenn die Polizei inzwischen das Asyl durchsucht hatte! Wenn Pjotr auf dem Wege hierher verhaftet worden war. Wenn . . . wenn . . .

Sie verfluchte die helle Nacht. Wie leicht konnte Pjotr auf der Straße erkannt werden.

Und dann hörte sie endlich Schritte, die auf sie zukamen.

Katharina trat aus dem Schatten der Mauer. Der angebliche Bettler war es – diesmal ohne Krücken, die er als Tarnung benutzt hatte. Er hielt Pjotr um die Schultern gefaßt und zog ihn mehr, als daß er lief.

Katharina hatte Mühe, einen Ausruf des Entsetzens zu unterdrücken. War das Pjotr? Dieses armselige Bündel Mensch, das sich vor Schwäche kaum mehr auf den Beinen halten konnte? In Lumpen, ausgemergelt, mit verfilztem Bart und Haaren, die auf die Schulter fielen.

Pjotr lächelte verzerrt, als er den Schrecken in ihren Augen gewahrte.

»Gestatten Sie – Graf Rodenko, Gardeleutnant bei den Peobraschenskij.«

Der Bettler legte ihm die Hand auf den Mund. »Bist du verrückt, Brüderchen, nicht so laut.«

Dann wandte er sich an Katharina. »Wir haben es gerade noch geschafft. Die Polizei war schon vor der Tür. Wir mußten durch die Keller flüchten.«

»Das ist Grischa«, sagte Pjotr. »Er war auch auf dem Transport. Wir sind zusammen geflohen. Ohne ihn hätte ich es nie . . .«

Er schwankte und wäre gefallen, wenn ihn Katharina nicht festgehalten hätte.

»Der Junge ist fertig«, sagte Grischa. »Alles, was er braucht, sind ein paar Stunden Schlaf und etwas zu essen. Werden Sie ihn allein hinaufbringen? Ich muß weiter.«

Katharina nickte zögernd. »Gewiß. Aber wollen Sie nicht auch . . . Sie müssen doch ebenso hungrig . . .«

»Ich will Ihnen nicht noch mehr aufhalsen. Es ist zu gefährlich. Außerdem habe ich einen Unterschlupf, ein paar Werst von hier. Da will ich noch hin. Es war nur wegen des Jungen. Er konnte nicht mehr weiter.«

»Ich gebe Ihnen wenigstens etwas Geld«, sagte sie entschlossen. »Warten Sie unten im Haus. Ich bringe nur Pjotr hinauf. Dann komme ich zurück.«

Nastassja hatte das Zimmer für Pjotr gerichtet und auch etwas zu essen besorgt. Brot, Fleisch und eine Kanne Tee standen auf dem Tisch. Eine Kerze verbreitete notdürftige Helligkeit. Die Vorhänge vor den Fenstern waren geschlossen, damit der Lichtschein nicht hinausdringen konnte.

Katharina ließ Pjotr in der Obhut der Zofe und lief dann eilig in ihre eigenen Zimmer zurück. Aus einer Schatulle raffte sie ein paar Rubelscheine zusammen. Dann fiel ihr ein, daß der Mann, der sich Grischa nannte, vielleicht auch einen Mantel brauchen könne. Seine Lumpen machten ihn nur verdächtig. Nach kurzem Zögern huschte sie in Gregors Ankleidezimmer und suchte unter den zahlreichen Kleidungsstükken einen dunklen, unauffälligen Mantel heraus. Außerdem nahm sie noch ein paar Stiefel mit. Grischa hatte nur Fußlappen getragen. Sollte Gregor die Sachen eines Tages vermissen, konnte sie ihm ruhig sagen, sie habe sie verschenkt.

Grischa wartete am Fuß der hinteren Treppe. Katharina drückte ihm die Sachen in die Hand. »Hoffentlich paßt es einigermaßen. Ziehen Sie es an. Und hier ist auch Geld.«

»Danke, Sie sind sehr freundlich«, murmelte er unsicher.

Als sie ein paar Minuten später wieder zu Pjotr hinaufkam, war er noch beim Essen. »Er ist wie ein Wolf darüber hergefallen«, flüsterte Nastassja. »So ein armer Mensch. Er muß halb verhungert sein.«

Katharina nickte. Das Mitleid schnürte ihr die Kehle zu, während sie beobachtete, wie Pjotr gierig Bissen für Bissen hinunterschlang.

»Willst du noch mehr?« fragte sie, als er endlich den geleerten Teller zurückschob.

Er schüttelte den Kopf. Seine Augen hatten immer noch den Ausdruck eines gehetzten Tieres. »Nein – danke.«

Hinterher sagte er, daß er nur diese eine Nacht bleiben wolle. »Ich muß versuchen, über die finnische Grenze zu kommen. Morgen verschwinde ich wieder.«

»Zuerst mußt du dich ausruhen«, antwortete Katharina. »Hier bist du sicher. Du kannst so lange bleiben, wie du willst.«

Er starrte mit einem stumpfen Ausdruck auf den Teppich zu seinen Füßen.

»Nur diese eine Nacht. Und auch das ist schon zuviel. Ich wollte nicht herkommen. Es war Grischas Idee, weil ich nicht mehr weiterkonnte. Ich hatte ihm mal von dir erzählt, auf dem Transport von Odessa hierher. So ein Transport ist lang. Da erzählt man alles mögliche . . .«

Als Pjotr aufstand, schwankte er vor Müdigkeit. Er mußte sich an der Stuhllehne festhalten.

»Wenn . . . wenn die Polizei nicht ins Asyl gekommen wäre, wäre ich überhaupt nicht mit Grischa hierhergegangen. Aber das ist schrecklich . . . wenn man sie plötzlich mit ihren Stiefeln hereintrampeln hört und weiß, daß es im nächsten Moment aus ist.«

»Denk nicht mehr daran«, sagte Katharina und strich ihm

über das Haar. »Es ist ja jetzt vorbei. Und ich bin froh, daß du hier bist.«

Als sie kurz darauf – Pjotr hatte sich schlafen gelegt, und Nastassja war noch einmal in die Küche gegangen, um ihr Tee zu kochen – in den Hauptflügel zurückkehrte, begegnete ihr Gregor an der Treppe zur Halle.

»Ah, guten Abend, Katharina. Sie sind noch nicht zu Bett?«

»N-nein«, erwiderte sie unsicher. Sein unvermutetes Auftauchen erschreckte sie. Sie war noch so, wie sie Pjotr auf der Straße erwartet hatte – in dem dunklen, hastig über ihre Abendtoilette geworfenen Mantel, der überhaupt nicht dazu paßte. Nicht einmal den Schleier hatte sie abgenommen.

Natürlich fiel ihm das auf. »Stepan sagte mir, Sie seien schon eine ganze Weile daheim. Aber nach Ihrem Aufzug zu urteilen . . .«

»Ich . . . ich war noch im Park. Die Luft tat mir gut.«

Sie hörte selbst, wie wenig überzeugend das klang. Wie eingelernt. Scheu wich sie Gregors Blicken aus.

»Aber jetzt bin ich wirklich müde. Ich werde sofort schlafen gehen. Gute Nacht.«

»Gute Nacht«, erwiderte er gleichgültig und trat zur Seite, um sie an sich vorbeizulassen.

Während sie erleichtert in ihrem Zimmer verschwand, hörte sie, wie Gregor die Treppe zur Halle hinunterstieg.

Nastassja brachte Katharina Tee und half ihr beim Auskleiden. Die Zofe berichtete, daß sie noch einmal nach Pjotr geschaut habe. »Aber er hat es gar nicht mehr gemerkt, Euer Gnaden. Er schläft wie ein Toter.«

Sie wechselten noch ein paar Worte miteinander, dann schickte Katharina das Mädchen schlafen, löschte das Licht und ging selbst zu Bett.

Ihre Kopfschmerzen hatten nachgelassen. Es war jetzt auch etwas kühler im Zimmer. Durch die halbgeöffnete Balkontür drang die Nachtluft. Ein leichter Wind bewegte die Vorhänge.

Trotzdem konnte Katharina nicht schlafen. Ihre überreizten Nerven ließen sie nicht zur Ruhe kommen.

Nach ein paar Minuten warf sie die Decken von sich und stand auf.

Ohne Licht zu machen, schlüpfte sie in die Pantoffeln und nahm ihren Morgenmantel vom Stuhl.

Im selben Augenblick hörte sie ein Geräusch. Ihre Zimmer gingen auf den Park hinaus. Sie lagen im ersten Stock. Der vorgebaute Balkon ruhte auf vier überlebensgroßen in Stein gehauenen Götterstatuen, die ihn stützten.

Für einen gewandten Kletterer bedeutete es kein Problem, sich an den Kanten und Vorsprüngen hochzuziehen und das Balkongitter zu erreichen.

Und genauso hörte sich das Geräusch an.

Ohne lange zu überlegen, stieß Katharina die Balkontür auf. Im selben Moment schwang sich ein Mann über die Brüstung.

Die junge Frau wollte aufschreien, aber er hatte sie schon erreicht und preßte ihr die Hand auf den Mund.

»Nicht doch! Ich bin es ja nur . . .«

»Lesnikow«, stammelte Katharina, noch immer tödlich erschrocken. »Wie kommen Sie hierher! Was wollen Sie?«

Er lachte unterdrückt. Ohne Zweifel war er stark betrunken. Das Haar hing ihm ins Gesicht, und seine Augen hatten einen glasigen Ausdruck.

»Denken Sie, ich weiß nicht, wo Ihr Schlafzimmerfenster ist? Man kann es auch außerhalb der Parkmauer sehen. Ich habe oft da gestanden und hinaufgeblickt. Verrückt, was? Wo es so einfach ist, hereinzukommen. Ich habe nur gewartet, bis Sie das Licht löschten . . .«

Ihr anfänglicher Schrecken wandelte sich in Entrüstung.

»Sie werden sofort wieder verschwinden. Oder muß ich erst die Dienerschaft alarmieren?«

»Tun Sie's doch. Dann kann ich Ihnen eine hübsche Geschichte erzählen. Von der unnahbaren Fürstin Medinski, die nachts ihre Liebhaber heimlich durch einen Hinterausgang aus dem Haus läßt, wenn der Wagen des Ehemannes vor dem Hauptportal vorfährt. Das hab' ich nämlich vor einer halben Stunde gesehen.«

Ihr wurde eiskalt. Grischa! Er konnte nur Grischa meinen. Sie hatte ihn, nachdem er den Mantel und die Stiefel angezogen hatte, noch auf die Straße begleitet und sogar gewartet, bis er um die nächste Ecke verschwunden war.

»Was für eine Unverschämtheit«, sagte Katharina. »Sie sind verrückt oder vollständig betrunken. Ich habe niemals . . .«

»Wirklich nicht? Und warum hatten Sie es dann heute so auffallend eilig, von den Trubetzkojs wegzukommen? ›Mir ist nicht wohl, ich möchte zu Bett gehen!‹ Ja freilich! Wenigstens das letztere war nicht gelogen!«

»Wenn Sie nicht sofort schweigen . . .«

»Was dann?« fragte Lesnikow. Schwankend kam er auf sie zu. »Stimmt, ich bin betrunken, aber nicht so sehr, daß ich an Halluzinationen litte. Ich habe Sie gesehen. Und den Mann auch.«

»Schreien Sie nicht so«, bat sie verzweifelt. »Um Gottes willen, wenn man Sie hört . . .«

»Den Mann auch«, wiederholte er. Seine Stimme bebte. »Er hatte einen dunklen Mantel an. Ich konnte ihn nicht erkennen. War es Trepin? Oder wer sonst?«

»Lesnikow, hören Sie auf. Das ist alles Unsinn. Sie . . .«

Er griff plötzlich nach ihr. Seine Hände packten unter ihr Haar, teilten den Stoff ihres Negligés, tasteten sich tiefer, wo eine Schleife den weiten Ausschnitt des Nachthemdes über der vollen Brust zusammenhielt.

»Mich haben Sie schlecht behandelt. Heute abend haben Sie mich nicht einmal angesehen. Und über meine Liebe haben Sie gelacht. Aber jetzt werden Sie nicht mehr lachen.«

Sie wehrte sich heftig. »Lassen Sie mich los. Sie sind ja verrückt . . .«

»Vielleicht. Verrückt nach Ihnen. Die ganze Zeit habe ich nicht gewagt, Sie anzurühren. Aber jetzt . . .«

Ihr Körper spannte sich, als Lesnikow begann, sie zu küssen. Mit den Fäusten versuchte sie, ihn wegzustoßen. Aber er war ziemlich kräftig und drängte sie gegen die Tür. Keuchend und vollkommen außer sich streichelte er ihren halbnackten Körper.

In diesem Augenblick wurde es hinter ihnen hell, Licht fiel durch die geöffnete Verbindungstür zwischen ihrem und Gregors Schlafzimmer. Er selbst stand auf der Schwelle.

Lesnikow ließ Katharina los und fuhr zurück.

Sie schrie auf, halb vor Schreck, halb aus Erleichterung. Diesen Moment benutzte Lesnikow, um zu verschwinden. Er setzte mit einem Sprung über die Balkonbrüstung. Katharina hörte ihn unten auf dem Gras aufkommen, sich wieder hochrappeln und davonrennen.

Gregor stieß Katharina zur Seite und sprang ihm nach.

Die Schritte der beiden Männer verhallten in der Nacht.

Zitternd und unfähig, einen klaren Gedanken zu fassen, beugte sich Katharina über die Brüstung. Ihr Herz hämmerte, als wolle es zerspringen.

Ein paarmal meinte sie Geräusche aus dem Park zu hören. Aber sie konnte nichts erkennen. Dann kam Gregor allein zurück. Er ging langsam, mit gesenktem Kopf und verschwand unten im Haus. Danach war Stille.

Mit weichen Knien tastete sich Katharina in ihr Zimmer zurück. Sie setzte sich eine Weile auf ihr Bett und dachte nach. Dann zündete sie mit immer noch zitternden Fingern eine Kerze an, brachte ihre Kleidung in Ordnung und verließ das Zimmer.

Die Galerie und die große Treppe lagen im Dunkeln.

Vorsichtig, die Kerzenflamme mit der Hand schützend, tastete sich Katharina Schritt für Schritt die Stufen hinunter. Auch in der Halle war es still. Aber durch einen Türspalt am Boden fiel mattes Licht. Es war die Bibliothek.

Zögernd ging Katharina darauf zu und drückte die Klinke herunter.

Gregor stand am Tisch, ein Glas in der Hand, das er gerade geleert hatte. Er kehrte ihr den Rücken zu und füllte es aus einer Karaffe ein zweites Mal nach.

Der große Kronleuchter war ausgeschaltet. Nur ein paar Kerzen brannten. Sie flackerten im Luftzug der aufgehenden Tür.

»Kommen Sie herein, Madame«, sagte Gregor, ohne den Kopf zu wenden. »Und trinken Sie einen Schluck mit. Sie werden es nötig haben.«

Katharina näherte sich langsam, mit einem Gefühl, als habe sie Bleiklumpen an den Füßen.

Er ging zum Schrank und holte ein zweites Glas, das er vollschenkte und ihr hinhielt. »Hier . . .«

Sie stellte ihre Kerze auf den Tisch und schüttelte den Kopf. »Ich will nichts trinken. Ich wollte mit Ihnen reden.«

»Nein, wirklich? Nun, meinetwegen. Es ist vielleicht etwas spät dafür – in jeder Beziehung. Aber ich bin gespannt auf Ihre Erklärung.«

Er setzte sich und stürzte das zweite Glas in einem Zug hinunter. Dann wischte er sich die Lippen ab. »Nun, Madame, ich höre.«

Katharina senkte den Kopf und blieb stumm.

Seine Finger trommelten auf die Tischplatte. »Aller Anfang ist schwer. Vielleicht sollten Sie doch erst ein Gläschen Wodka . . . das löst die Zunge. Bitte.«

Als er aufsprang und ihr das Glas an die Lippen setzen wollte, drehte sie den Kopf weg.

»Bitte nicht, ich . . .«

»Trink«, sagte er grob. »Los.«

Furchtsam nahm sie einen kleinen Schluck. Aber er hielt ihren Kopf fest und zwang sie so, den Wodka auszutrinken.

Dann erst trat Gregor von ihr zurück. Sein Gesicht war unbeweglich. Aber das vermochte nicht, Katharina zu täuschen. Sie hatte seine Augen gesehen und den kalten Funken der Wut darin . . .

Er legte die Hände auf den Rücken und begann, um sie herumzugehen – hin und her, wie ein gereizter Tiger, der seine Beute einkreist.

»Nun, Madame, wo bleibt die Beichte? Sagen Sie es doch schon. Das übliche, was man in solch einem Moment sagt. ›Verzeih mir, Gregor. Ich weiß nicht, wie es über mich kam! Ich habe den Kopf verloren. Aber ich schwöre, es war das erste und das letzte Mal!‹ «

Ihr Kopf ruckte hoch. »Was denn? Sie denken doch nicht . . .«

»Mein Kind, ich denke gar nichts. Ich habe es ja gesehen. Ich kam herauf und hörte Stimmen aus dem Schlafzimmer meiner Frau. Flüstern, unterdrücktes Stöhnen. Und als ich die Tür öffne, sehe ich Sie in den Armen Ihres Geliebten. Was gibt es da noch abzustreiten?«

Der Wodka benebelte ihr Gehirn. Aber es war nicht eigentlich unangenehm. Alles schien nur unwirklicher zu sein, die ganzen Ereignisse, dieses nächtliche Gespräch . . .

Gregor lachte plötzlich. »Du siehst wie eine Leiche aus. Hast du solche Angst? Um wen? Um dich? Oder um Lesnikow?«

»Was haben Sie mit ihm getan?«

»Was denkst du wohl? Verprügelt? Oder – umgebracht? Ein beleidigter Ehemann ist zu allem fähig. Ich glaube, man würde mich nicht einmal verurteilen.«

Er lachte wieder und blieb vor ihr stehen. »Nein, das würde man wohl nicht. Genausowenig, wie wenn ich jetzt dich umbrächte. Meine Hände um deinen hübschen Hals – und dann ein wenig zudrücken . . .«

Als er die Arme nach ihr ausstreckte, wich sie zurück. Aber er kam ihr nach, bis sie die harte Kante des Tisches im Rücken spüre und nicht mehr weiterkonnte.

»Nun?« fragte er. »Was ist jetzt? Willst du nicht betteln? Heulen – auf die Knie fallen? Die ganze Komödie, die man einem gehörnten Ehemann vorspielt? Los doch . . .«

Verworren schoß Katharina die Woyschenskaja durch den Kopf, die Abende, die sie allein verbracht hatte, die Tränen der Ohnmacht, die tausend Demütigungen, wenn ihr Trepin mit genußreichem Lächeln erzählte, wie oft Gregor bei der Tänzerin gewesen war, seine eigene Gleichgültigkeit, mit der er es zugegeben hatte . . .

»Nein«, sagte sie. »Tun Sie, was Sie wollen. Ich bettle nicht. Ich habe nichts getan. Und selbst wenn – dann wären Sie der letzte, der es mir vorhalten dürfte.«

Er packte sie an den Schultern. Sein Gesicht war dicht über ihr. Es hatte einen Ausdruck, den sie noch nie an ihm gesehen hatte.

Noch während Katharina ihn anstarrte und versuchte, diesen Ausdruck zu ergründen, ließ Gregor sie los. Er wandte sich ab und ging zum Tisch zurück, um sich sein Glas aus der Karaffe nachzuschenken. In einem Zug stürzte er es herunter. Dann zog er ein Etui aus der Tasche und zündete sich eine Papyrossi an.

»Zu Ihrer Beruhigung«, sagte er. »Ich habe Ihrem kostbaren Lesnikow kein Haar gekrümmt. Ich gebe zu – ich wollte es tun, als ich ihm nachsetzte. Ich wollte ihm mit Genuß ein paar Knochen brechen und ihn hinterher über die Parkmauer werfen. Aber dann kam er mir so lächerlich vor. Der große Liebhaber, der einfach davonläuft, wenn es brenzlig wird. Hätten Sie das von ihm erwartet? Er hätte doch zumindest den Versuch unternehmen müssen, Sie vor meiner Wut zu schützen, oder nicht?«

Er warf Katharina einen raschen Blick zu, aber sie antwortete nichts.

Seine Mundwinkel zogen sich nach unten.

»Die meisten Leute, glaube ich, haben auf Trepin gewettet. Sie werden ziemlich enttäuscht sein, wenn jetzt herauskommt, daß Lesnikow der Glückliche ist.«

»Aber ich versichere Ihnen . . .«

Gregor wischte ihren Einwand mit einer Handbewegung weg. Anscheinend begann jetzt auch bei ihm der Alkohol zu wirken.

»Wenn überhaupt, hätte auch ich auf Trepin gesetzt. Er schien mir gefährlicher. Eigentlich ganz geschickt von dir, ihn als Tarnung zu benutzen. Darf man fragen, wie lange das überhaupt schon so geht, das mit dir und Lesnikow?«

Katharina löste sich vom Tisch. »Überhaupt nicht. Ich sagte es doch bereits: Er . . . er war betrunken. Mein Himmel, Sie wissen doch, wozu Betrunkene fähig sind. Sie setzen sich irgendwelche Verrückheiten in den Kopf. Da ist er eben über den Balkon gestiegen. Ich hörte das Geräusch und ging nachsehen. Das war alles.«

»Aha! Und wie kam es, daß er dich umarmte? Ohne daß du um Hilfe geschrien hast?« Gregors Stimme triefte vor Hohn.

Und dann war er mit zwei Schritten bei ihr und packte ihren Arm. »Du wirst mir jetzt die Wahrheit sagen. Alles, verstehst du! Ohne Ausreden und ohne Beschönigungen.«

Sie fing an zu lachen, metallisch, hart, mit einem verzweifelten Unterton. Die Situation war zu irrsinnig.

Jeder verdächtigte sie heute abend, einen Geliebten zu haben. Erst Lesnikow, dann Gregor. Und keiner ließ sich davon abbringen.

Gregor starrte sie wütend an. »Was soll das Theater? Hör auf zu lachen.«

Aber sie konnte nicht aufhören. Es brach einfach aus ihr heraus, ein verzweifeltes, sinnloses, nicht enden wollendes Gelächter, das ihr die Kehle wund machte und Gregor immer mehr reizte.

Er schüttelte sie hin und her. »Verdammt, hör auf, habe ich gesagt, sonst . . .«

»Was sonst?« Ihr Kopf flog gegen seine Schulter. Er packte in ihr langes Haar und zwang sie, ihm ins Gesicht zu sehen.

»Ich will die Wahrheit wissen!«

»Ich habe sie gesagt. Lesnikow war nie mein Geliebter. Du wirst auch mit Gewalt nichts anderes aus mir herausbringen.«

Er forschte in ihrem Gesicht. Dann grinste er plötzlich. »Schön, mein Kind, ich glaube dir. Er war es nicht, noch nicht. Aber heute nacht sollte er es werden. Stimmt's? Als ich dir auf der Treppe begegnete, in diesem sonderbaren Aufzug mit Mantel und Schleier, da da hattest du ihn gerade ins Haus gelassen. Oder warum warst du über mein Auftauchen so erschrocken? Du rechnetest damit, daß ich später käme, nicht wahr?«

»Nein!«

Sein Griff wurde fester. »Lüg nicht! Du sahst wie das verkörperte schlechte Gewissen aus. Es fiel mir sofort auf. Aber trotzdem hätte ich nie gedacht, daß du es fertig bringst, in meinem Hause, unter meinem Dach . . . Auspeitschen sollte man dich dafür . . .«

Er begann, sie von neuem zu schütteln. Katharina begriff,

daß er sich bis jetzt immer noch beherrscht hatte – trotz allem. Nun nicht mehr. Er war vollkommen außer sich.

Im Grunde hätte sie das bei ihm nie für möglich gehalten. Sein ganzes Gebaren, sein scharfer, ironischer Verstand hatten sie eher glauben lassen, daß nichts auf der Welt ihn ernstlich aus der Fassung bringen könne, am allerwenigsten etwas, das sie tat.

Aber jetzt? Trotz ihrer Angst durchzuckte es Katharina plötzlich in jäher, heißer Erkenntnis:

War es möglich, daß Gregor ihr bisher nur Komödie vorgespielt hatte? Daß seine Gleichgültigkeit, die sie so oft verletzt, nicht echt gewesen war?

Wie konnte er sonst bei dem Gedanken, sie habe ihn betrügen wollen, derart außer sich geraten?

In diesem Augenblick ließ Gregor sie so abrupt los, daß sie taumelte und hinfiel. Als sie sich aufzurichten versuchte, drückte er sie wieder zurück.

»Ich hätte nicht übel Lust, dir ein wenig die Luft abzudrehen. Nur so lange, bis du keinen Atem mehr für deine verdammten Lügen hast.«

»Gregor«, sagte Katharina hastig. »Bitte . . .«

»Diesmal gibt es kein ›bitte‹ mehr. Ich habe dich lange genug gewähren lassen. Wie war das denn an jenem Abend im Winterpalais, als das Attentat passierte? Ich habe dich überall gesucht. Und dann entdeckte ich dich im trauten Verein mit Pjotr Rodenko. Und der Kutscher sagte mir, du wärest schon fortgewesen, als er kam, um dich abzuholen. Glaubst du, ich hätte mir da nicht einiges zusammengereimt? Und später, als Rodenko verschwand, tauchte Lesnikow auf. Er ist der gleiche Typ, nicht wahr? Wahrscheinlich hat dich das so angezogen. Und da kommst du her und willst mir die Woyschenskaja vorwerfen? Jetzt frage ich dich: mit welchem Recht, mein Kind?«

Als er sie hochriß, schrie Katharina auf. »Gregor, laß mich! Das ist ja alles nicht wahr! Ich schwöre es dir . . .«

»Was?« fragte er, dicht an ihrem Mund. »Was willst du mir schwören? Daß du dir Lesnikow aus dem Kopf schlägst? Und Rodenko auch? Bei Gott, das ist nicht nötig. Ich werde selbst dafür sorgen.«

Ohne daß sie sich zur Wehr setzen konnte, hob er sie auf die Arme. Er stieß die Tür zur Halle auf. Wieder schrie sie, als er mit ihr die Treppen hinaufstürmte. Sie dachte nichts anders, als daß er jetzt seine Drohung wahrmachen und sie töten würde.

Aber dann erstickte ihr Schrei unter seinen Lippen.

Er hielt sie fest gepackt. Sie spürte das harte Hämmern seines Herzens an ihrer Brust, seine Küsse, die auf ihrer Haut brannten, gierig und rücksichtslos.

Schmerz durchzuckte sie, Scham und immer noch Angst – aber gleichzeitig eine nie gekannte Lust.

Ohne daß sie es wußte und wollte, schlang Katharina die Arme um Gregors Hals und ließ sich forttragen von ihm und der Leidenschaft, die er ihr aufzwang und die nichts in ihr weckte als eine atemlose Hingabe – so gewaltig, daß Scham und Angst und Schmerz darunter ausgelöscht wurden.

Als Katharina am nächsten Morgen erwachte, schienen ihr die Ereignisse der Nacht zunächst wie ein wirrer Traum.

Sie war allein. Das Zimmer lag im Dämmerlicht der zugezogenen Vorhänge. Nicht ihr eigenes, sondern Gregors Zimmer, in das er sie hinaufgetragen hatte.

Bei dem Gedanken an ihren Mann befiel Katharina zitternde Erregung.

Ihr war klar, daß sie sich eigentlich gedemütigt fühlen müßte, voller Scham, daß er gewagt hatte, sich ihr so zu nähern. Aber sie vermochte es nicht.

Denn über allem stand die Erkenntnis, daß er sie liebte. Es war gar nicht anders möglich. Nur ein Mann, der eine Frau liebte, konnte sich so aufführen, wie er es gestern getan hatte!

Und der Himmel mochte wissen, weshalb er sie die ganze Zeit darüber hinwegzutäuschen versucht hatte.

Nur wegen Pjotr?

Katharina warf die Decken von sich und sprang aus dem Bett.

Nun, sie würde Gregor sagen, daß das Unsinn war. Er hatte keinen Grund, auf Pjotr eifersüchtig zu sein. Sie liebte nur ihn.

Pjotr – das war der Freund ihrer Kinderjahre. Sie würde nie aufhören, ihn gern zu haben – um so weniger, als er jetzt Hilfe und Mitleid brauchte. Aber was hatte das mit ihr und Gregor zu tun?

Als Katharina in ihr eigenes Schlafzimmer hinüberkam, wischte Nastassja im angrenzenden Boudoir Staub. Sie wünschte ihr einen guten Morgen und fragte, ob sie das Frühstück bringen dürfe.

Katharina nickte, plötzlich verlegen. Was mochte Nastassja denken, daß sie sie heute nicht in ihrem eigenen Bett vorgefunden hatte?

Aber dann lachte sie in sich hinein. Erstens wußte die Dienerschaft sowieso immer, was im Hause vorging. Und zweitens – wenn schon! War es etwa ein Verbrechen, morgens aus dem Schlafzimmer des eigenen Mannes zu kommen?

Katharina machte rasch Toilette und ließ sich von Nastassja das Frühstück servieren. Die Zofe berichtete, daß sie auch schon bei Pjotr hereingeschaut, ihn aber noch in festem Schlaf vorgefunden habe.

»Sobald ich kann, bringe ich ihm etwas zu essen. Er wird sicher wieder hungrig sein, wenn er erwacht.«

»Sicher«, sagte Katharina und rührte in ihrer Schokolade. »Und – Seine Gnaden? Weißt du, ob er noch daheim ist?«

»Nein. Er ist schon vor zwei Stunden weggefahren!«

Katharinas erste Reaktion war Enttäuschung. Sie hatte fest damit gerechnet, Gregor, wenn sie herunterkäme, noch vorzufinden. Aber dann überlegte sie, daß er vielleicht in wichtigen Angelegenheiten unterwegs war und es sich auch ihretwegen ganz günstig traf, ihn nicht im Hause zu haben. Sie hatte viele Dinge zu erledigen.

Das erste Problem war Pjotr – das zweite Lesnikow.

Eine unklare Furcht hielt Katharina noch immer davon ab, Gregor in alles einzuweihen.

Sie wußte nicht recht, wie er auf ihre Eigenmächtigkeit, Pjotr hier zu verstecken, reagieren würde. Vielleicht konnte sie es ihm später einmal erzählen, wenn Pjotr längst fort und in Sicherheit war. Im Moment schien es jedenfalls zu riskant.

Sie hatte die Sache allein begonnen und wollte sie auch allein zu Ende führen.

Zuallererst mußte sie für Pjotr Geld besorgen, je mehr, desto besser.

Ihre eigene Apanage für diesen Monat war fast aufgebraucht. Und Gregor unter einem Vorwand um Geld zu bitten, schien Katharina unmöglich – also blieb eigentlich nur noch der Weg, etwas von ihrem Schmuck zu versetzen.

Später konnte sie ihn ja nach und nach wieder einlösen.

Die meisten Pfandleiher wohnten in den Gassen hinter dem Morskaja-Boulevard.

Katharina hatte zwar noch nie einen von ihnen aufgesucht und verspürte ein leises Widerstreben bei dem Gedanken daran – aber trotzdem oder gerade deshalb entschied sie sich, die leidige Angelegenheit gleich hinter sich zu bringen.

Viel mehr Kopfschmerzen bereitete ihr die Sache mit Lesnikow.

Gregor würde den nächtlichen Zwischenfall sicherlich nicht auf sich beruhen lassen. Und was würde geschehen, wenn ihm Lesnikow die Geschichte ihres angeblichen Liebhabers, den sie zu nächtlicher Stunde auf die Straße hinausgelassen hatte, auftischte.

Nastassja, der sich Katharina schließlich anvertraute, war hellauf entsetzt.

»Da gibt es nur eine Möglichkeit, Euer Gnaden. Sie müssen mit dem Prinzen sprechen. Und zwar sofort, ohne den geringsten Aufschub!«

»Unmöglich«, protestierte Katharina. »Ich will ihn nicht mehr sehen, nach allem, was er sich heute nacht erlaubt hat. Und überhaupt – was soll ich ihm sagen?«

Nastassja überlegte angestrengt. »Warten Sie ... Abzustreiten gibt es nichts mehr. Er hat Sie ja mit dem Mann gesehen. Aber warum kann es nicht ein Verwandter gewesen sein?«

»Den ich heimlich durch eine Hintertür aus dem Haus lasse, während der Wagen meines Mannes vor dem Portal vorfährt. Das glaubt Lesnikow nie!«

»Warum nicht? Sagen Sie einfach, es handle sich um einen Vetter von Ihnen, den Seine Gnaden nicht leiden kann und dem er nach einem Streit das Haus verboten hat. Er kommt Sie eben noch heimlich besuchen.«

»Aber doch nicht zu nachtschlafender Zeit!«

Nastassja nagte an ihrer Unterlippe. »Ich gebe zu, das ist ungewöhnlich. Aber wiederum nicht so ungewöhnlich, als daß es nicht passieren könnte. Gesetzt den Fall, der bewußte Vetter ist leichtsinnig und in irgendeine dunkle Geschichte verwickelt. Spielschulden, gefälschte Wechsel, weiß der Kuckuck, was solche jungen Leute alles auf dem Kerbholz haben. Sie haben ihm schon ein paarmal heimlich aus der Klemme geholfen. Und deswegen ist er gestern abend auch gekommen. Er wollte Geld, und Sie haben es ihm gegeben.«

»Du hast eine blühende Phantasie«, sagte Katharina. »Aber alles in allem klingt die Geschichte ziemlich logisch.«

»Und ob! Hinterher haben Sie nichts weiter zu tun, als Lesnikow zu beschwören, Ihrem Gatten nichts davon zu verraten, weil Sie sonst die größten Schwierigkeiten bekommen. Er wird es Ihnen ohne weiteres versprechen, um so mehr, als er sich über sein eigenes Betragen in Grund und Boden schämen muß.«

»Also schön!« Katharina seufzte. Der Gedanke, Lesnikow aufzusuchen, war zwar abscheulich, aber wirklich die einzige Möglichkeit, um noch mehr Unheil zu verhüten. »Gib mir meinen Hut, Nastassja. Und sag dem Kutscher, daß er anspannen soll. Ich fahre sofort los.«

Als sie gegen Mittag nach Hause zurückkehrte, war Gregor immer noch nicht da. Nur Nastassja erwartete sie und fragte, was es mit Lesnikow gegeben habe.

Katharina ließ sich müde in einen Sessel fallen. »Ich habe ihm alles gesagt, wie du mir geraten hast. Gott sei Dank hat er es geglaubt und wird den Mund halten. Er war . . .«

Der Rest ihrer Antwort wurde von einem Hustenanfall erstickt. Sie preßte das Taschentuch vor den Mund. Der Schweiß brach ihr aus. Danach war sie ganz erschöpft.

Nastassja fühlte ihr die Stirn. »Sie sind ja krank, Euer Gnaden. Sie haben Fieber.«

»Ach was, ich bin etwas erkältet. Das ist alles.«

Später ging Katharina zu Pjotr.

Er war aufgestanden und wirkte wesentlich erholter als gestern. Nastassja hatte ihm Waschzeug und ein Rasiermesser besorgt. Damit hatte er sich den Bart gestutzt und die Haare geschnitten.

Trotzdem drückte sein Anblick Katharina das Herz ab. Im hellen Tageslicht fiel es noch viel mehr auf, wie mager er geworden war. Die Haut spannte sich wie Pergament über den Wangenknochen. Und während er mit ihr sprach, entdeckte sie, daß ihm zwei Vorderzähne fehlten.

»Ja«, sagte er gleichmütig, als er ihren erschrockenen Blick gewahrte. »Sie gehen mit den Gefangenen nicht sehr sanft um, schon gar nicht mit den politischen.«

Über den Tisch hinweg griff sie nach seiner Hand. »Ach, Pjotr . . .«

Er blieb eine Weile still sitzen. Dann stand er auf und ging zum Fenster.

»Heute nacht verschwinde ich wieder.«

»Aber warum denn? Hier bist du doch sicher.«

»Es ist deinetwegen zu gefährlich. Im Grunde hätte ich nicht einmal für eine Nacht herkommen dürfen.«

»Unsinn. Was soll mir schon passieren? Kein Mensch vermutet dich hier, Pjotr. Bitte, bleib wenigstens noch ein paar Tage, bis du dich besser erholt hast.«

Draußen auf dem Korridor wurden Schritte laut. Eine Männerstimme sagte irgend etwas. Ein Mädchen kicherte.

Pjotr reagierte sofort und duckte sich hinter die hohe Lehne des Kanapees, während Katharina mit schreckgeweiteten Augen zur Tür huschte. Unvorsichtigerweise hatte sie bei ihrem Eintritt nicht einmal hinter sich abgeschlossen.

»Bleib doch stehen, Njuscha«, sagte der Mann draußen auf dem Korridor. Katharina erkannte die Stimme eines Dieners.

Das Mädchen lachte wieder. Es mußte sich direkt vor Pjotrs Zimmer befinden. »Nein – du bist mir zu frech. Außerdem . . . wenn jemand kommt!«

Dann quietschte es auf. »Sergej – nicht! Laß mich los!«

»Aber, aber! Ich tue dir doch nichts. Komm, sei nicht albern. Wir sind hier ganz ungestört.«

Njuscha seufzte. Aber es klang durchaus zärtlich. »Du bist schrecklich, Sergej.«

Danach war eine Weile Stille. Bis der Diener drängend fragte: »Njuscha, Täubchen wollen wir nicht in eines dieser Zimmer gehen? Du weißt doch, hier kommt nie ein Mensch her. Und ich . . .«

In diesem Augenblick riß Katharina die Tür auf. Während sie sie sofort wieder hinter sich ins Schloß zog, fuhr das Pärchen auseinander. Das Mädchen bekam einen feuerroten Kopf und suchte eilig, seine aufgeknöpfte Bluse zu schließen.

»Hin und wieder kommt hier eben doch ein Mensch her«, sagte Katharina in strengem Ton. »Sergej – ich möchte so etwas nicht noch einmal erleben. Und du, du bist doch die Gärtnerstochter? Was hast du hier überhaupt zu suchen?«

Das Mädchen, ein niedliches, junges Ding mit straffen braunen Zöpfen, fing an zu heulen. «Euer Gnaden, bitte, verzeihen Sie uns. Und sagen Sie bloß meinem Vater nichts. Er schlägt mich sonst tot.«

»Na schön«, sagte Katharina und zog ihre Hand zurück, die die Kleine mit ein paar tränenfeuchten Küssen bedeckt hatte. »Ausnahmsweise habe ich nichts gesehen. Aber nun verschwindet endlich.«

Sie wartete, bis die beiden eilig über den Korridor davonrannten. Dann kehrte sie zu Pjotr zurück.

Er tauchte hinter dem Kanapee auf.

»Siehst du jetzt ein, daß ich weg muß – je eher, desto besser.«

Sie warf ihm einen hilflosen Blick zu. »Es war meine Schuld. Ich hätte die Tür abschließen müssen. Aber wenn wir in Zukunft vorsichtiger sind . . .«

»Nichts da. Ich gehe heute abend. Vielleicht bin ich morgen schon in der Gegend von Wolchow. Jetzt im Sommer sind immer viele Bauern unterwegs. Die nehmen einen schon mal ein Stück mit.«

»Unsinn! Du kannst dir eine Telega mieten. Also, ich bin wirklich zu dumm. Das Wichtigste vergesse ich. Ich habe dir doch Geld mitgebracht. Und Kleider bekommst du auch noch. Nastassja besorgt sie nachher in der Stadt und bringt sie dir.«

Er fuhr zurück, als sie das Bündel Scheine aus ihrer Kleidertasche zog und auf den Tisch legte. »Aber das sind ja mehrere tausend Rubel.«

»Ja – und? Die brauchst du auch, wenn alles gutgehen soll!«

»Nein«, wehrte er finster ab. »Geld nehme ich nicht an.«

»Aber es ist mein Geld. Ich habe etwas Schmuck dafür versetzt. Oh, bitte Pjotr, sei jetzt nicht halsstarrig. Ich will nicht, daß du Not leidest.«

»Aber ich kann von dir kein Geld nehmen. Verstehst du das nicht?«

»Nein! Du würdest mir im umgekehrten Fall doch auch welches geben.«

»Das ist etwas anderes. Du bist eine Frau und . . .«

Er verstummte und wandte sich ab.

»Du hast schon so viel für mich getan. Und ich habe dir immer nur Aufregungen gebracht, Kummer und Schwierigkeiten. Im Grunde müßtest du doch mehr als genug von mir haben. Wenn ich allein daran denke, wie ich mich bei unserem letzten Zusammensein aufgeführt habe . . .«

»Du warst ein bißchen verrückt damals. Es war eine ungute Zeit. Aber immerhin hast du mir das Leben gerettet.«

»Ach, das war doch nichts.«

»Für mich schon. Und jetzt sei endlich vernünftig und nimm das Geld. Mir zuliebe, Pjotr. Denkst du, ich könnte ruhig sein, wenn ich weiß, daß du hungrig und durstig bist?

Daß du zu Fuß läufst, kein Bett zum Schlafen hast und nichts zum Anziehen?«

Er nahm ihre Hand und legte sie ein paar Sekunden gegen seine Wange. »Ach, Katharina . . .«

Und dann - nach einer Weile: »Jetzt bin ich doch froh, daß ich dich noch einmal getroffen habe.«

»Ich auch«, sagte sie unter Tränen. Sie dachte an ihre Kindheit. Die Schlittenpartien im Winter, Pjotr auf dem Kutschbock. »Paß auf, Katharina, du bist die Prinzessin. Und ich habe dich entführt.« Gemeinsame Ausritte im Sommer: »Du mußt keine Angst haben. Ich bringe dir das Springen bei. Komm, nehmen wir diese Koppel.« Manchmal fingen sie Fische im Fluß und brieten sie heimlich auf offenem Feuer. Und Pjotr erzählte ihr Geschichten, die er sich selbst ausgedacht hatte. Phantastische Abenteuer, die von einem zum anderen Male fortgesetzt wurden.

Später sah sie ihn seltener. Er kam auf die Kadettenschule und nur noch in den Ferien nach Karetnaja zu Besuch, ein schüchterner, langaufgeschossener Junge, der ihr die ersten verliebten Blicke zuwarf. Er las viel und konnte Puschkins ganzen »Onegin« auswendig. Manchmal zitierten sie abwechselnd einzelne Passagen. Und dann hatten sie sich miteinander verlobt. Pjotr war so stolz gewesen und so rührend zärtlich . . .

Katharinas Tränen flossen heftiger. »Wir werden uns wiedersehen – irgendwann. Du schaffst es bestimmt, dich bis Frankreich durchzuschlagen. Und dann . . . es reisen neuerdings so viele Russen nach Paris. Warum nicht auch ich?«

»Ja, warum nicht«, sagte er. Aber es klang nicht überzeugt. »Hör jetzt auf zu weinen, Liebes. Es führt zu nichts. Und schließlich habe ich mir mein Unglück selbst eingebrockt. Du lieber Gott, wenn ich daran denke, was ich für ein unverantwortlicher Idiot war. Dich wollte ich in dieses Leben mit hineinziehen. Meine einzige Entschuldigung ist nur, daß ich mir nicht vorstellen konnte, wie so etwas in Wirklichkeit aussieht. Aber trotzdem . . .«

Er löste sich von ihr und ging zu seinem Stuhl zurück. Schweigend starrte er ein paar Sekunden auf die geschnitzte Lehne mit dem Medinskischen Wappen.

»Nun, glücklicherweise ist es nicht dahin gekommen. Du hast Gregor Medinski geheiratet, und ich bin froh darüber.«

»Pjotr . . .« sagte sie.

Er lächelte ein wenig mühsam. »Du bist erstaunt, daß ich das ausspreche? Aber ich bin wirklich froh, deinetwegen. Was mich betrifft . . . nun ja, da hat sich nicht viel geändert. Ich liebe dich immer noch. Aber ich bin, glaube ich, ein besserer Verlierer geworden.«

Gregor kam erst am Abend, lange nach Einbruch der Dunkelheit, nach Hause.

Katharina, die fast den ganzen Nachmittag – von neuerlichen Kopfschmerzen geplagt – in ihrem Zimmer verbracht und auf ihn gewartet hatte, sprang wie elektrisiert hoch, als sie seinen Schritt auf dem Korridor hörte. Er sprach mit seinem Diener und schickte ihn mit einem Auftrag weg.

Dann klappte seine Zimmertür.

Katharina erwartete, daß Gregor als nächstes bei ihr anklopfen und hereinkommen würde. Aber nichts dergleichen geschah.

Etwa eine halbe Stunde verging, während der er ein paarmal in seinem Zimmer auf- und ablief, Schubladen öffnete und Stühle rückte.

Dann klingelte er nach Stepan und befahl ihm, ihm beim Umkleiden zu helfen.

Ganz matt vor Enttäuschung sank Katharina auf ein Sofa.

Wollte er etwa wieder ausgehen? Ohne überhaupt ein einziges Wort mit ihr gesprochen zu haben? Das war doch nicht möglich!

Schließlich hielt sie es nicht mehr aus. Sie lief hinüber zur Galerie. Durch die großen Fenster konnte man auf die Straße sehen. Sie wollte wissen, ob Gregors Wagen davorstand. Als sie sich hinausbeugte, erkannte sie die beiden Schimmel.

Langsam trat Katharina zurück.

Auf dem Weg zu ihrem Zimmer kam ihr Gregor entgegen, im Frack, den Mantel nachlässig um die Schultern geworfen. Den Zylinder hielt er in der Hand.

Er grüßte Katharina mit einer Verbeugung und wollte an ihr vorbei. »Gregor . . .«, sagte sie leise.

»Ja? Was gibt's?«

»Sie . . . Sie gehen aus?«

»Wie Sie sehen. Und Sie? Die Einladungen sind doch nicht etwa knapp geworden?«

Ihre Hände sanken herunter. »Nein«, hörte sie sich sagen. »Ich dachte nur . . . ich wollte . . .«

»Nun?« Sein Gesicht war kühl und glatt. Ihr fröstelte plötzlich. Schweigend sah sie ihn an.

»Ah«, sagte er gedehnt. »Ich verstehe. Sie erwarten meine Entschuldigung wegen gestern abend. Na ja . . . ich bin wohl etwas zu weit gegangen. Aber wie Sie zweifellos bemerkt haben, war ich stark betrunken. Und Ihr Anblick im Negligé – etwas ungewohnt geworden in letzter Zeit . . . Trotzdem, es wird nicht wieder vorkommen.«

Das Blut stieg ihr in den Kopf. Einen Moment lang verspürte sie das wilde Bedürfnis, ihn zu schlagen. Aber er hatte sich schon abgewandt. »Gute Nacht. Sie entschuldigen mich jetzt bitte. Ich bin in Eile.«

Im Davongehen setzte er schwungvoll seinen Zylinder auf.

Ihr Zimmer war so, wie sie es verlassen hatte. Alle Lampen brannten. Das Licht tat Katharina weh.

Sie begann, eine nach der anderen auszulöschen. Und mit jeder Lampe löschte sie eine Illusion aus.

Sie hatte sich alles nur eingebildet. Gregor liebte sie nicht. Er würde sie niemals lieben. Betrunken war er gewesen und hatte sich an ihr gesättigt wie an einem Frauenzimmer von der Straße . . .

Und auch seine vorherige Wut war nur Trunkenheit gewesen. Viele Männer neigten in diesem Zustand zu Gewalttätigkeiten.

Katharina ließ nur einen Wandleuchter brennen und setzte sich ans Fenster. Ihre Wangen glühten. Aber trotzdem war ihr kalt.

Draußen klopfte es. Es war Nastassja, die einem Brief brachte.

»Er ist fort, Euer Gnaden!«

»Wer?«

»Nun ›er‹. Der junge Herr. Ich brachte ihm die neuen Sachen. Während er sich umzog, mußte ich ihm etwas zum Schreiben besorgen. Er sagte, er wollte fort und Ihnen ein paar Zeilen hinterlassen. Anschließend ließ er sich von mir den Hinterausgang zeigen.«

Der Brief war kurz – nur ein paar Worte.

»Ich will uns den Abschied ersparen. Gott schütze dich, Katharina. Pjotr.«

Katharina hätte gern geweint. Oder für Pjotr gebetet. Er hatte es sicher nötig. Aber wie konnte man mit einem so kalten Herzen beten?

»Hat . . . hat er sonst noch etwas gesagt?«

»Nicht viel. Er wollte sich eine Telega mieten, aber nicht hier. Erst auf der nächsten oder übernächsten Poststation. Er meinte, das sei sicherer.«

Katharina stand auf. »Ja, dann kannst du sein Zimmer in Ordnung bringen. Und seine alten Kleider verbrennen. Es darf nichts zurückbleiben. Aber paß auf, daß dich niemand sieht.«

Nastassja war schon nach ein paar Minuten zurück. »Euer Gnaden, Fürst Trepin ist soeben vorgefahren. Er läßt fragen, ob Sie ihn empfangen . . .«

Trepin? Nun ja, warum nicht? Im Augenblick schien alles besser, als allein zu sein.

Der Fürst wartete unten in der Bibliothek. Er erzählte irgend etwas von einem Gala-Abend im Marientheater, der in der nächsten Woche stattfinden sollte.

»Seine Majestät wird auch erscheinen. Und die Fürstin Jurjewski.« Seine Stimme rauschte an Katharinas Ohr vorbei

Sie hatte Mühe, sich zu konzentrieren. Aber da fuhr Trepin fort: »Es wird ›Scheherezade‹ gegeben. Die Woyschenskaja tanzt.«

Ihr Kopf ruckte hoch. »Ach!« Und dann, in einem plötzlichen Entschluß: »Ich möchte sie sehen. Ich meine, nicht auf der Bühne, sondern privat, heute abend. Glauben Sie, daß sie daheim ist?«

»Ich glaube es nicht nur, ich weiß es. Zufällig hörte ich im Adelsklub, daß sie heute abend ein Souper gibt. Sie hat Geburtstag.«

Katharina stand auf. »Dann möchte ich hinfahren. Hätten Sie die Güte, mich zu begleiten?«

Trepin beobachtete sie scharf. »Ich begleite Sie überallhin, selbst in die Hölle, wenn Sie mich darum bitten. Aber ich fürchte, Sie erweisen sich damit einen schlechten Dienst. Ihr Gatte . . .«

»Wird ebenfalls dort sein. Aber damit rechne ich ja gerade.«

»Ich verstehe«, sagte Trepin. Er lächelte dünn.

Das Haus der Woyschenskaja war hell erleuchtet. Zigeunermusik klang bis auf die Straße.

Trepin schien hier kein Unbekannter zu sein. Jedenfalls stellte der Diener, der ihnen öffnete, keine Fragen, sondern nahm ihnen die Mäntel ab.

»Sie werden viele Bekannte treffen«, sagte Trepin, während sie die Freitreppe hinaufstiegen. »In unseren Kreisen mokiert man sich über die Halbwelt. Aber heimlich mischt man sich darunter.«

Er öffnete eine Tür. Katharina sah einen ovalen Salon. Rote Seidentapeten, Spiegel, Teppiche, in denen jeder Schritt lautlos wurde.

Es war das, was sie erwartet hatte, die Dekoration für eine französische Komödie, aus einem verstaubten Theaterfundus entnommen.

Nur die Hauptakteure fehlten – Gregor und die Woyschenskaja. Sie waren nirgends zu entdecken, statt dessen etwa zwanzig andere Personen. Junge Frauen, durchweg recht hübsch, aber geschminkt und übertrieben herausgeputzt, dazwischen – wie Trepin prophezeit hatte – Herren ihres Bekanntenkreises.

Die beiden Luchanows, Wolsky, Nicky Sandykow, Fürst Naryschkin, junge Offiziere. Betretene Blicke, als man Katharina erkannte. Nicky Sandykow hatte sich als erster einigermaßen gefaßt. Er küßte ihr die Hand. »Fürstin, welche Überraschung.«

»Ja, nicht wahr?« Sie lachte, aber mit bösen Augen. »Lassen Sie sich nicht stören, meine Herren. Ich bin nur auf einen Sprung vorbeigekommen.«

Naryschkin murmelte etwas von Diskretion. Sie musterte sein alterndes Raubvogelgesicht.

»Für Sie – oder für mich?«

Alle Welt wußte, daß seine Frau ihn mit Eifersuchtsszenen verfolgte – begründet, wie es schien. Er hatte eine üppige Rothaarige am Arm, die in einem fort kicherte und ihn mit albernen Kosenamen belegte. Fast alle waren stark betrunken.

»Kommen Sie«, sagte Trepin. In einem Nebenzimmer spielte eine Zigeunerkapelle. Einige Paare tanzten eng umschlungen und küßten sich ganz ungeniert.

Auch hier nichts von Gregor und der Woyschenskaja.

Ein Mädchen in schwarz-weißer Zofenkleidung bot ihnen Champagner mit Wodka an. Trepin nahm zwei Gläser vom Tablett und reichte eines davon Katharina.

»Trinken Sie.«

Ihr Körper brannte wie Feuer. Sie leerte das Glas in durstigen Zügen und bat um ein zweites.

»Fürst Medinski ist doch hier?« fragte sie das Mädchen. Das nickte.

»Gewiß. Soll ich ihn suchen?«

»O nein«, sagte Katharina. »Ich werde ihn selbst finden. Es ist eine Überraschung, verstehen Sie?«

Im nächsten Salon wurde gespielt. Zigarrenqualm und Parfümgeruch hing in der Luft. Im übernächsten schreckte ein dürftig bekleidetes Pärchen von einem Kanapee auf. Die Frau quietschte erschrocken.

Trepin warf Katharina einen schrägen Blick zu und brachte sie in den Tanzsaal zurück.

»Wollen Sie nicht doch lieber nach Hause fahren, Katharina Nikolajewna?«

»Nein.«

»Sie sind eine tapfere Frau.« Er küßte ihr die Hand. In seinen Augen las sie, wie sehr er im Grunde dies alles genoß. Sie hier – und Gregor vermutlich mit der Woyschenskaja verschwunden.

Trepin besorgte ihr ein drittes Glas Champagner mit Wodka. «Trinken Sie, meine Liebe . . .« Wahrscheinlich hoffte er, sie noch heute nacht zu seiner Geliebten zu machen.

Und dann plötzlich stand die Woyschenskaja im Raum. Sie trug eine blaue, mit Pailletten bestickte Abendtoilette, genau in der Farbe ihrer Augen. Die braunen Haare waren zu einem griechischen Knoten zusammengerafft. Einige Locken fielen auf den Nacken.

Hinter ihr erschienen Gregor und noch ein Mann, den Katharina nicht kannte. Sie nahm ihn auch kaum wahr. Das volle Champagnerglas in der Hand, ging sie auf die Tänzerin zu.

»Guten Abend«, sagte Katharina laut. »Ich sehe, Madame, Sie wissen, wer ich bin. Also erübrigt sich die Vorstellung.«

»Katharina!« Gregor kam nach vorn und wollte ihren Arm ergreifen. »Was zum Teufel . . .«

Er brach ab und entdeckte Trepin, der sich im Hintergrund gehalten hatte. Mit zwei Schritten war er bei ihm.

»Das haben Sie eingefädelt, was? Sie haben sie hergebracht?«

»Allerdings. Aber es war der Wunsch der Fürstin . . .«

Die Paare hatten schon vorher aufgehört zu tanzen. Sie wichen mit neugierigen Augen zurück und bildeten einen Halbkreis um Katharina, die Woyschenskaja, Gregor und Trepin.

»Stimmt«, sagte Katharina. Sie sah Gregor nur wie durch einen Schleier. »Ich wollte das Milieu kennenlernen, in dem Sie Ihre Abende verbringen. Das Haus, von dem man sich erzählt, daß Sie es bezahlt haben, und die Frau, die . . .«

»Fürstin«, sagte die Woyschenskaja hinter ihr. Sie trat einen Schritt näher. Die blauen Pailletten glitzerten im Licht. Es tat Katharinas Augen weh.

»Die Ihre Hure ist«, vollendete sie. »Madame, wie ich höre, haben Sie heute Geburtstag. Darf ich Ihnen dazu gratulieren?«

Sie hob das Glas und schüttete es der Woyschenskaja ins Gesicht.

Es mußte ziemlich viel Wodka darin gewesen sein.

Katharina hörte das Schreien der Tänzerin noch, als sie die Treppe hinunterlief.

In der Nacht stieg das Fieber. Schüttelfröste wechselten mit glühender Hitze ab. Katharina begriff, daß das mehr als eine harmlose Erkältung war. Sie war ernstlich krank. Ihr Kopf schmerzte zum Zerspringen, und ihr Mund war so trocken, daß sie fortwährend aufstand, um Wasser zu trinken.

Gregor war kurz nach ihr heimgekommen und hatte versucht, noch mit ihr zu sprechen. Aber sie hatte sich geweigert.

»Lassen Sie mich in Ruhe. Ich will nichts hören. Was gibt es jetzt noch zu sagen?«

In der ersten Morgendämmerung endlich fiel sie in einen unruhigen Schlummer. Fieberträume suchten sie heim, durch die Pjotr, Gregor und die Woyschenskaja geisterten.

Einmal meinte sie, Geräusche im Haus zu hören. Flüsternde Stimmen aus Gregors Zimmer, Türenklappen, Pferdegetrappel und Räderrollen von der Straße, jenseits der Parkmauer.

Aber die Konturen zwischen Traum und Wirklichkeit hatten sich verwischt.

Katharina war nicht sicher, ob sie sich nicht alles bloß einbildete.

Als sie kurz darauf wieder einmal erwachte und, von Durst geplagt, aufstand, hatte sie nichts mehr zu trinken im Zimmer. Sie läutete nach Nastassja. Aber die Zofe kam nicht, so daß sich Katharina schließlich ihren Morgenmantel überwarf und selbst auf den Weg zur Küche machte.

Das Fieber schien ein wenig gesunken. Sie konnte wieder klarer denken. Allerdings fühlte sie sich immer noch sterbensmatt. Jeder Schritt über die langen, steinernen Korridore bedeutete eine Anstrengung.

Während einer erschöpften Atempause an der Treppe, die zu den Wirtschaftsräumen hinunterführte, hörte sie Stimmen.

Sie ging ihnen nach und gelangte zu dem rechter Hand liegenden Saal, in dem sich sonst jeden Donnerstag die Armen einzufinden pflegten.

Als Katharina die Tür öffnete, bot sich ihr ein beklemmendes Bild.

Ein Großteil der Dienerschaft war in dem vom ersten Morgenlicht erhellten Raum versammelt und kniete am Boden. Allen voran eine verhutzelte, schwarzgekleidete Gestalt: Agafia Tichonowna, Gregors ehemalige Kinderfrau. Sie war weit über achtzig und fast blind. Katharina hatte sie in der Zeit ihrer Ehe höchstens zehnmal zu Gesicht bekommen, da die Alte ganz für sich in ihrer Mansardenwohnung lebte und sie kaum noch verließ.

Gregor besuchte sie hin und wieder. Anfangs hatte sich Katharina ihm angeschlossen. Aber die alte Frau hatte sie jedesmal mit einer merkwürdigen Unfreundlichkeit behandelt, so daß sie es bald wieder unterließ.

»Erbarme dich deines Knechtes, o Herr«, betete Agafia in dem Singsang ihrer zittrigen Greisenstimme. »Halte deine schützenden Hände über ihn, daß ihm kein Übel geschehe. Wir bitten dich, erhöre uns.«

»Erhöre uns«, fiel der Chor der Dienerschaft ein.

Auch Nastassja und Stepan waren darunter. Sie knieten in der letzten Reihe nebeneinander.

Katharina rutschte die schwere Saaltür aus der Hand. Mit einem Knall fiel sie zu. Die Köpfe flogen zu ihr herum.

»Was ... geht hier vor?« fragte Katharina. Das Düstere, Beklemmende, das von den knienden Gestalten und ihren murmelnden Stimmen ausging, streifte sie wie ein kalter Hauch. »Was ist passiert?«

Nastassja sprang auf. »Ach, Euer Gnaden, Sie sollten es doch gar nicht erfahren. Jedenfalls nicht, ehe alles vorüber ist. Der Fürst ... wir haben solche Angst um ihn. Und Agafia hat uns zusammengeholt, um für ihn zu beten. Er ist vor einer halben Stunde weggefahren, weil ... Ach, ich mag es gar nicht sagen.«

»Er hat ein Duell«, sagte Stepan an ihrer Stelle. »Aber nicht irgendso eine Formsache, wo sie in die Luft schießen oder ein bißchen mit den Degen herumfuchteln. Auf schwere Säbel, bis zur Kampfunfähigkeit. Seine Gnaden hat die Bedingungen selbst gestellt.«

Katharina hielt sich an Nastassja fest. »Mit wem? Mit Trepin?«

»Nein. Mit dem Prinzen Lesnikow. Man sagt, er ist einer der besten Säbelfechter, die es gibt.«

Katharina nickte und erinnerte sich, einmal selbst mit ihm darüber gesprochen zu haben. Es war ein Steckenpferd von ihm. Lesnikow hielt sich einen eigenen Trainer und focht täglich ein paar Übungsgänge.

Zitternd wandte sich Katharina ab und lief die Treppe hinauf. Sie erreichte ihr Zimmer, warf die Tür hinter sich zu und fiel in einen Sessel. Ihre Nerven waren wie zu straff gespannte Saiten, die bei der geringsten Kleinigkeit zerspringen mußten.

Nastassja war ihr nachgekommen. Sie hielt Katharinas flatternde Hände. »Beruhigen Sie sich doch, Euer Gnaden. Man weiß ja noch nichts. Vielleicht geht alles gut. Und vielleicht ist Lesnikow vernünftig. Wir müssen abwarten und hoffen.«

»Warum hat er das bloß getan, Nastassja! Ich hatte ihm doch alles erklärt . . . mit Lesnikow. Und er sagte, er hätte ihn laufen lassen, weil er ihm so lächerlich vorkam. Ich hätte nie geglaubt, daß er trotzdem . . .«

»Ja, aber das war doch, bevor er Sie in Lesnikows Wohnung gehen sah.«

»Was?«

»Natürlich, Sie wissen es ja noch gar nicht. Als Sie gestern vormittag zu Lesnikow fuhren, hat Seine Gnaden Sie gesehen. Der Kutscher hat es uns erzählt. Prinz Lesnikow muß in der Nähe des Landwirtschaftsministeriums wohnen, nicht wahr?«

»Ja, das stimmt.«

»Nun, und Seine Gnaden hatte dort zu tun. Er ließ den Wagen vor der Tür warten, weil es nicht lange dauerte. Wie der Kutscher erzählte, ist er auch gleich wieder herausgekommen! ›Und jetzt nach Hause, Jefim', hat er gesagt. Aber dann hat er ihn nach ein paar Metern wieder anhalten lassen. Das muß vor Lesnikows Wohnung gewesen sein. Jefim sagte, Sie wären gerade über die Straße gekommen und in das Haus gegangen. Hinterher hat ihn Seine Gnaden mit dem Wagen nach Hause geschickt. Er selbst hat sich gegenüber in ein Haustor gestellt. Das hat Jefim im Davonfahren noch gesehen. Wahrscheinlich hat Seine Gnaden gewartet, bis Sie wieder herauskamen, um dann Lesnikow zum Duell zu fordern.«

Deshalb war Gregor also den ganzen Tag nicht nach Hause gekommen, dachte Katharina. Und deshalb hatte er sie am Abend wie Eis behandelt. Er glaubte, sie wäre bei Lesnikow gewesen, um ihr gestörtes nächtliches Rendezvous nachzuholen.

Und Lesnikow hatte nichts aufklären können. Er hatte ihr sein Wort gegeben, zu schweigen. Außerdem war es fraglich, ob Gregor überhaupt mit ihm gesprochen hatte. Soweit sich Katharina entsann, wurden Duellforderungen durch die Sekundanten überbracht.

»Nastassja, wenn . . . wenn ihm etwas passiert, bin ich daran schuld.«

Als Katharina aufsprang, drehte sich das ganze Zimmer um sie. Sie hielt sich an der Stuhllehne fest. Nastassja wollte sie zu Bett bringen. Aber Katharina schüttelte ihre Hände ab und lief auf die Galerie hinaus. Dort blieb sie, auf das Geländer gestützt, stehen und starrte unverwandt in die Halle hinunter.

»Ich warte hier. Laß mich in Ruhe.«

Und dann – endlich – Räderrollen. Ein Wagen hielt. Schritte, Stimmen ertönten.

Katharinas Herzschlag setzte aus.

Dr. Obramow war der erste, der durch die Tür kam. Dann folgten Borija und Prinz Jakimow in schwarzen Mänteln, die Zylinder auf dem Kopf. Der Arzt und die Sekundanten. Aber wo war Gregor?

Katharina lief ihnen die Treppe hinunter entgegen. »Mein Mann . . .«

Jakimow wies zur Tür. »Da ist er.«

Gregor hatte einen blutigen Verband um den rechten Arm.

»Ein Säbelhieb«, sagte Dr. Obramow. »Es hat ziemlich stark geblutet. Aber es ist nichts Gefährliches. Eine glatte Fleischwunde.«

Die Erleichterung war wie eine Woge, die Katharina überrollte. Sie hatte keine Kraft mehr, sich dagegenzustemmen. Blindlings faßte sie nach dem Treppenpfosten, verfehlte ihn und stürzte die letzten Stufen hinunter.

Als man sie in ihr Zimmer hinaufbrachte, war sie bewußtlos. Später ging die Bewußtlosigkeit in Fieberdelirien über.

Dr. Obramow, der Katharina untersuchte, fand keine beruhigenden Worte für Gregor.

»Typhus. Und zwar in einer ziemlich schweren Form.«

Als er ging, versprach er, sofort Medikamente und eine Krankenschwester für die Pflege zu schicken. Er selbst wollte später noch einmal vorbeischauen.

Am Abend delirierte Katharina immer noch. Sie schrie, schnatterte vor Kälte, warf die Decken von sich, weil Hitze sie zu versengen drohte, wimmerte wie ein Kind. Die Krankenschwester, eine stämmige, grauhaarige Person, Glafira mit Namen, hatte Mühe, sie im Bett festzuhalten.

Katharinas Körper war jetzt mit unzähligen kleinen roten Flecken übersät, die Bestätigung für Dr. Obramows Diagnose.

Sein spitznasiges Gnomengesicht wurde undurchdringlich, als Gregor ihn nach einer neuerlichen Untersuchung über ihren Zustand befragte.

»Lebensgefahr? Nun, ich will nicht hoffen. Sie ist jung. Allerdings, bei der Schwere der Erkrankung muß man auf alles gefaßt sein.«

»Dann tun Sie doch etwas!« schrie Gregor. »Verdammt, Doktor, Sie können sie doch nicht einfach so liegen lassen.«

»Ich tue, was ich kann«, sagte Obramow hilfslos.

Er sagte es jeden Tag. Aber das Fieber wollte nicht fallen. Nur hin und wieder für eine halbe Stunde oder auch mehr, wenn man Katharina nach seiner Verordnung in ein kaltes Bad legte. Danach stieg es mit doppelter Gewalt an.

Sie erbrach alles, was man ihr zu essen gab. Nicht einmal Wasser behielt sie bei sich, verlangte aber ständig danach.

Gregor verließ in dieser Zeit niemals das Haus.

Seine Verletzung verheilte ohne Komplikationen. Dr. Obramow hatte ihm empfohlen, Katharinas Zimmer wegen der Ansteckungsgefahr nicht zu betreten. Aber er hielt sich nicht daran. Er kam zwanzigmal am Tag. Anfangs fragte er Schwester Glafira noch nach Katharinas Befinden.

»Ist es heute besser? Kann sie essen? Ist das Fieber gesunken?«

Später fragte er nicht mehr. Er sah ja, daß es nicht besser wurde.

In den kurzen Momenten klaren Bewußtseins begriff Katharina, daß sie todkrank war. »Ich muß sterben, nicht wahr?«

»Nein – natürlich nicht. Bleiben Sie ruhig. Still, still . . .«

Eine fremde Stimme. Ein fremdes Gesicht, das sich über sie beugte. Man hob sie aus demBett. Sie hatte unerträgliche Schmerzen, schrie auf. »Ich will nicht sterben . . .«

Dann wieder Benommenheit, Fieber. Alles schien verzerrt, klein oder riesig groß. »Warum ist es dunkel? Macht doch das Licht an.«

Aber die Helligkeit tat den Augen weh. Vielleicht wurde sie blind? Als Strafe, weil sie der Woyschenskaja Wodka in die Augen . . .

Katharina wimmerte. »Gregor . . . Gregor soll kommen.«

Aber Gregor kam nicht. Er wollte ja nichts von ihr wissen. Vielleicht wartete er, daß sie starb.

Es lag am Fieber, daß sie sich einbildete, seine Stimme zu hören. »Ich bin ja da, mein Herz. Hab' keine Angst.«

»Ich liebe dich, Gregor. Ich liebe dich so . . .«

Seine Lippen, die ihre Hände küßten. »Ich liebe dich auch, mein Herz.«

Auch das mußten Fieberphantasien sein. Aber es war schön. Katharina begann zu sprechen, flüsternd, abgerissen, mit vom Fieber aufgeplatzten Lippen. Diesem imaginären Gregor, der ihre Hände hielt, konnte sie alles sagen.

»Die Sache mit Pjotr, weißt du, er hat mir so leid getan. Deshalb habe ich ihn hier versteckt. Aber Lesnikow hatte Grischa gesehen. Und Nastassja meinte, wenn er es herumerzählt . . . Sie hatte Angst. Deshalb bin ich noch einmal zu Lesnikow gegangen. Es war alles ganz anders, als du dachtest. Verstehst du, Gregor?«

»Ja, mein Herz.«

»Nein. Du hast nie etwas verstanden. Du dachtest immer, daß ich Pjotr . . . aber es ist nicht wahr! Hörst du? Ich habe ihm nur helfen wollen.«

Sie redete und redete, verwirrtes, oft nur halb verständliches Gemurmel, von Schluchzern unterbrochen. Pjotr, die Narodniki, das belauschte Gespräch auf dem Palmenball, die Explosion im Winterpalais.

Ihre Zimmertür klappte. Katharina hörte flüsternde Stimmen:

»Sie phantasiert wieder. Aber legen Sie sich ruhig ein paar Stunden schlafen, Schwester. Ich bleibe bei ihr.«

»Geh nicht fort, Gregor.«

»Nein . . .«

Er legte ihr kalte Tücher auf die Stirn. Katharina schüttelte sie ab. Die Kälte machte sie frieren. So wie damals, als sie durch den Schnee zum Winterpalais gelaufen war.

Gregors Stimme versank. Winter war es. Sie rannte über die Newa-Brücke. Sie schrie und schlug um sich. Irgend jemand hielt sie fest.

»Laß mich los, Pjotr. Du hast gewußt, daß sie etwas vorhatten. Warum hast du es nicht verhindert?«

Dann kamen die Kosaken. Sie schossen und johlten. Allen voran die Woyschenskaja. Sie trug ihr blaues Abendkleid mit den Pailletten und eine Kosakenmütze auf dem Kopf. Ihre Peitsche sauste auf Katharina nieder. »Schneller«, rief sie, »schneller!«

Der verwundete Soldat im Winterpalais, den Katharina mit Pjotr unter der Bronzeskulptur hervorgezogen hatte, trug Gregors Züge, und er hatte keine Beine mehr. Pjotr schluchzte, aber Gregor lachte. »Schlimm für dich, daß ich noch lebe. Aber gib die Hoffnung nicht auf. Vielleicht klappt es beim nächsten Mal.«

Er lachte und lachte, während Katharina sich verzweifelt bemühte, den blutigen Beinstumpf zu verbinden.

Und dann war plötzlich Trepin da. Er zog sie mit sich. »Lassen Sie ihn. Er ist es nicht wert. Ich liebe Sie, Katharina Nikolajewna. Und ich habe jetzt lange genug gewartet.«

Wieder schrie sie auf. Aber Trepin hielt ihr den Mund zu. Er erstickte sie mit seinen Händen. Sie bekam keine Luft mehr. Es wurde dunkel . . .

Dr. Obramow kam am Nachmittag. Er brachte noch zwei Kollegen mit. Gregor hatte darauf bestanden. Katharina war noch immer bewußtlos.

Die drei Ärzte untersuchten sie und tauschten flüsternd ihre Meinungen aus. Hinterher sprachen sie mit Gregor.

»Es ist die Krisis. Man muß abwarten. Sie ist jung.«

Jung! Als ob nicht auch junge Menschen stürben.

»Vielleicht sollte man ihre Eltern benachrichtigen«, sagte Dr. Obramow vorsichtig.

Gregor bedeckte das Gesicht mit den Händen.

Am Abend kam die Pflegerin wieder, um die Nachtwache zu übernehmen.

Sie schickte Gregor mit sanfter Gewalt aus dem Zimmer.

»Gehen Sie ein wenig an die Luft. Und dann versuchen Sie zu schlafen. Es hat keinen Zweck, wenn Sie sich jetzt auch krank machen.«

Gregor ließ Nastassja rufen. Katharinas Fieberreden hatten ihm zu denken gegeben. Was davon war Phantasie und was Wahrheit? Er wollte es wissen.

Nastassja war viel zu verstört, um ihm mit Ausreden oder Lügen zu kommen. Sie gestand alles ein.

An diesem Abend betrank er sich. Stepan mußte ihn zu Bett bringen. Gregor hatte eine Woche lang jede Nacht höchstens ein paar Stunden geschlafen und kaum gegessen.

Aber diesmal schlief er wie ein Stein bis in die frühen Morgenstunden.

Er erwachte, weil er plötzlich von irgendwoher ein Schluchzen vernahm.

Es war Nastassja, die draußen auf dem Korridor an der Wand neben Katharinas Zimmer lehnte und fassungslos vor sich hinweinte.

Sie erschrak, als Gregor vor ihr auftauchte, kalkweiß im Gesicht, nur einen Hausmantel übergeworfen, und kaum fähig, seine Frage herauszubringen.

»Ist sie . . . tot?«

Nastassja schüttelte den Kopf. »Nein – o nein. Es geht ihr besser, Euer Gnaden. Die Schwester hat es eben gesagt. Ich heule ja nur, weil ich so froh bin.«

Als er die Klinke von Katharinas Zimmertür herunterdrückte, wurde sie von innen geöffnet.

Schwester Glafira stand im Rahmen und legte den Finger auf die Lippen. Dann zog sie die Tür sehr vorsichtig wieder hinter sich ins Schloß und kam nach draußen.

»Es geht der Fürstin tatsächlich besser. Das Fieber ist gesunken. Und vorhin war sie ein paar Minuten bei klarem Verstand.«

Gregor stand und starrte sie wie ein zum Tode Verurteilter an, den man in letzter Minute begnadigt hat.

»Kann . . . ich zu ihr?«

»Im Moment schläft sie. Aber wenn Sie sie nicht wecken und sich ganz ruhig verhalten – meinetwegen.«

Von der Galerie her näherten sich eilige Schritte. Stepan kam gelaufen. »Euer Gnaden, Euer Gnaden . . .«

Nastassja fuhr wütend auf ihn los. »Still, du Esel. Was fällt dir ein, solchen Lärm zu machen.« Er schob sie beiseite. Sein rundes Bauerngesicht war krebsrot vor Aufregung.

»Polizei, Euer Gnaden! Fürst Trepin hat sie mitgebracht. Sie durchsuchen den Palast.«

Zwei uniformierte Geheimpolizisten nahmen Gregor schon an der Treppe in Empfang. Sie begleiteten ihn in die Bibliothek, wo Trepin wartete – Triumph in den Augen und ein hinterhältiges Lächeln um die Lippen. »Es tut mir leid, Sie zu belästigen, Fürst Medinski. Um so mehr, als Sie mir bei unserem letzten Zusammentreffen Ihr Haus verboten. Aber heute bin ich aus dienstlichem Anlaß hier – gewissermaßen gezwungen. Wie Sie wissen, untersteht mir die Sonderabteilung des Innenministeriums.«

»Ganz recht«, erwiderte Gregor kalt. »Das ›Dritte Büro‹ hat man aufgelöst. Ihre Abteilung tritt die Nachfolge an. Das Kind hat nur einen anderen Namen bekommen. Die Schmutzarbeit ist die gleiche geblieben.«

»Ich würde es als Reinigungsarbeit bezeichnen. Wir säubern unser Land von subversiven Elementen, Verrätern, Feinden unseres allergnädigsten Herrscherhauses.«

»Ah – und was führt Sie in dieser Eigenschaft zu mir?«

»Wir haben den Hinweis bekommen, daß Sie zwei entflohene Sträflinge beherbergen. Einen gewissen Pjotr Rodenko, ehemals Offizier Seiner Majestät, und einen Studenten namens Grischa Bakunitsch. Beide unterhielten nachweislich Verbindung zu einer Terrororganisation und sollten wegen Hochverrates angeklagt werden.«

Gregors Gesicht blieb unbewegt. »Pech für Sie. Ihre Spürhunde haben Ihnen falsche Informationen geliefert. Sie sind nicht hier.«

»Mag sein. Aber sie waren hier. Das ist erwiesen. Die Meldung kommt von dem Besitzer eines Nachtasyls, in dem die beiden Gesuchten vorher Unterschlupf gefunden hatten. Sie verschwanden während einer routinemäßigen Polizeikontrolle. Dem Besitzer fiel das auf. Er stellte auf eigene Faust Recherchen an und erfuhr von einem Mitinsassen, daß Grischa Bakunitsch Rodenko kurz zuvor die Mitteilung gemacht habe, man erwarte sie im Palais Medinski.«

»Ach – warum nicht gleich im Winterpalais!«

»Ihre Ironie ist unangebracht. Wir haben beide Zeugen eingehend vernommen. Besonders den, der die heimliche Unterhaltung der beiden Sträflinge belauscht hat. Er lag auf dem Bett neben Rodenko und schwört, die Worte ›Palais Medinski‹ ohne jeden Zweifel verstanden zu haben.«

»Lächerlich. Ich kenne keinen Bakunitsch. Und Rodenko . . .«

»Stand früher in einer recht engen Beziehung zu Ihrer Gattin, die Sie auseinandergebracht haben.« Trepin lächelte immer freundlicher. »Auch das wissen wir. Vielleicht haben Sie ihm gerade deshalb geholfen. Der Wunsch, eine alte Schuld zu begleichen . . .«

»Etwas Besseres fällt Ihnen wohl nicht ein . . .«

»Doch. Gerade im Moment. Mag sein, daß man Sie wirklich fälschlich verdächtigt und daß die Fürstin ohne Ihr Wissen . . .«

Gregor verfärbte sich. »Trepin«, sagte er mit zusammengebissenen Zähnen, »lassen Sie meine Frau aus dem Spiel. Sie hat nichts damit zu tun.«

»Woher wissen Sie das so genau?«

»Weil sie todkrank ist.«

»Ich hörte mit Bedauern davon. Aber als Rodenko und Bakunitsch verschwanden, war sie noch gesund. Sie könnte sie also sehr wohl versteckt haben. Je länger ich darüber nachdenke, desto wahrscheinlicher scheint es mir. Wo ist sie jetzt?«

»Das geht Sie nichts an.«

Trepin tat, als hätte er Gregors Antwort nicht gehört. »Vermutlich in ihrem Zimmer. Irgend jemand wird mir den Weg dahin zeigen können.«

»Trepin!« Gregor sah aus, als wolle er sich im nächsten Moment auf den Fürsten stürzen. »Das lassen Sie bleiben. Ich erlaube es nicht. Eher . . .«

Trepin lachte. »Was – eher? Sie vergessen, daß die Polizei im Haus ist. Dies ist kein Privatbesuch. Ich bin gekommen, um jemanden zu verhaften. Sie – oder Ihre Gattin haben Rodenko und Bakunitsch hier versteckt. Und da Sie nichts damit zu tun haben wollen, bleibt nur . . .«

»Sie würden meine Frau . . . obwohl sie krank ist . . .«

»Es wäre meine Pflicht. Natürlich bekäme sie jede ärztliche Betreuung.«

»Sie würde nicht einmal den Transport überleben.«

»Und?« fragte Trepin brutal. »Was regt Sie das so auf? Sie ist doch nicht Madame Woyschenskaja.«

Die beiden Polizisten, die Gregor hinunterbegleitet hatten, kräftige, baumlange Kerle, waren in der Bibliothek geblieben. Als Gregor Trepin ansprang, rissen sie ihn zurück.

Es gab ein kurzes Handgemenge, bei dem die kaum verheilte Säbelwunde wieder aufriß. Trotzdem wehrte sich Gregor wie ein Rasender, bis auf einen Ruf Trepins zwei weitere Polizisten von der Halle hereingestürmten und ihn überwältigten.

»Nun«, sagte Trepin, als Gregor, von den Polizistenfäusten heruntergedrückt, vor ihm auf dem Boden kniete. »Wollen Sie mich immer noch umbringen?«

Gregor schwieg. Die aufgerissene Wunde schmerzte. Das Blut hinterließ große, dunkle Flecke auf dem Teppich.

Trepin wandte sich zur Tür.

»Ich werde eine Bahre für die Fürstin Medinski kommen lassen, damit der Transport nicht so beschwerlich ist.«

»Nicht nötig«, sagte Gregor. »Sie haben gewonnen, Trepin. Ich erkläre, den flüchtigen Pjotr Rodenko bei mir aufgenommen und versteckt gehalten zu haben. Von Bakunitsch weiß ich allerdings nichts weiter, als daß er ihn hergebracht hat und gleich wieder verschwunden ist.«

Trepin lächelte. »Ich wußte, daß Sie nachgeben würden. Im Ernst habe ich auch nie daran gedacht, Katharina Nikolajewna ein Haar zu krümmen. Ich wollte nur Ihr Geständnis.«

»Jetzt haben Sie es«, sagte Gregor.

»Ja, jetzt habe ich es.« Trepin kam auf ihn zu. Seine Augen glühten vor Triumph. »Gregor Petrowitsch Medinski – im Namen des Zaren – Sie sind verhaftet.«

Vier Wochen später wurde Gregor nach Sibirien deportiert.

Der Zar selbst hatte die Verbannung verfügt. Deshalb gab es auch keine Verhandlung. Trepin hatte Alexander den Fall unterbreitet und darauf hingewiesen, daß ein Prozeß in der gegenwärtigen Lage einen schlechten Eindruck machen würde.

»Verrat in den eigenen Reihen, Majestät! Bedenken Sie die Wirkung auf unsere Feinde. Medinski entstammt einem unserer ältesten Fürstenhäuser, ist Mitglied des Reichsrates, kaiserlicher Generaladjutant – und unterstützt Mitglieder der Terroristen. Die Blamage ist unausdenkbar. Man muß sie vermeiden, damit unsere Stärke nach außen hin unangetastet erscheint.«

Der Zar beugte sich seinen Argumenten. Als Oberster Richter des Reiches hatte er das Recht, in gewissen Fällen die Gerichte auszuschalten und ein selbständiges Urteil zu verhängen. Davon machte er jetzt Gebrauch.

In den frühen Morgenstunden des 3. September 1880 verließ Gregor Petersburg. Da er kein verurteilter Sträfling, sondern lediglich ein Verbannter war, blieb es ihm erspart, mit den üblichen Gefangenentransporten zu reisen. Sechs Wachsoldaten begleiteten ihn, um ihn in Krasnojarsk, dem Ort seiner Verbannung, dem Gouverneur zu übergeben.

Die lange Reise über den Ural bis nach Mittelsibirien, an die Ufer des Jenissej, begann. Teilweise mit dem Zug, später mit gemieteten Postkutschen oder zu Pferde.

In Perm, der letzten Poststation auf europäischem Boden, stieß Stepan zu ihnen.

Gregor glaubte seinen Augen nicht zu trauen, als er während einer Rast in der verräucherten Wirtshausstube den stämmigen, kleinen Sibirjaken in die Tür treten sah.

Er ging einfach auf Gregor zu, zerknautschte seine Lammfellmütze zwischen den Fingern und sagte mit einer vor Aufregung ganz kehligen Stimme: »Da bin ich, Euer Gnaden. Euer Gnaden mögen verzeihen, daß ich nicht eher kam. Aber ich erfuhr zu spät, daß Sie St. Petersburg bereits verlassen hatten.«

»Was soll das heißen? Du willst doch nicht etwa . . .«

»Ich gehe selbstverständlich mit Euer Gnaden.«

Gregor würgte es im Hals. »Du bist verrückt, Stepan. Was, zum Teufel, ist dir eingefallen? Weißt du, was es heißt, in der Verbannung zu leben?«

»Gewiß. Wenn man nicht gerade in ein Straflager kommt, was ja bei Euer Gnaden nicht der Fall ist, ist es gar nicht so schlimm, wie die meisten Leute annehmen. Schließlich gibt es ganze Familien, die ihre Männer oder Väter freiwillig dorthin begleiten.«

»Aber . . . nein, Stepan! Du hast einfach den Verstand verloren. Ich befehle dir, sofort nach Petersburg zurückzukehren.«

Stepan grinste von einem Ohr zum anderen. »Euer Gnaden werden es vielleicht nicht wissen – aber ich bin in der Nähe von Krasnojarsk zu Hause. Ich wollte schon immer mal wieder dahin. Wer soll es mir verbieten? Ich bin ein freier Mann und kann machen, was ich will. Außerdem – was können Euer Gnaden schon ohne mich anfangen? Erinnern Sie sich noch während des Türkenkrieges, als ich bei den Kämpfen um Plewna fünfzehn Tage von Euer Gnaden abgeschnitten war?«

»Ich erinnere mich!«

»Euer Gnaden mögen verzeihen, aber Sie hatten die schlechtgeputztesten Waffen der ganzen kaiserlichen Armee. Es war eine Schande.«

»Aber Nastassja, Stepan! Ihr wolltet doch . . .«

Stepans Grinsen wurde etwas mühsam. »Wahrscheinlich wird sie fürchterlich heulen. Ich hab' ihr nämlich gar nichts gesagt. Wissen Sie, Euer Gnaden . . . Weibertränen, das ist so eine Sache für sich. Davor laufe ich weg. Aber ich hab' Jefim, dem Kutscher, Bescheid gesagt. Er soll ihr erklären, warum ich fort bin. Damit sie nicht denkt, ich habe mich nur vor der Hochzeit drücken wollen. Vielleicht versteht sie es sogar. Ich hab' ihr auch sagen lassen, daß sie nachkommen kann, wenn sie will. Aber ich glaube, sie wird lieber bei der Fürstin bleiben.«

»Du verdammtes, altes Krummbein«, sagte Gregor. Es klang, als stecke ihm ein Knebel im Hals.

Stepan scharrte mit den Füßen. »Sehen Sie, Euer Gnaden, das hat mir gefehlt. Ich weiß nicht, wieso, aber ich bin nur ein halber Mensch, wenn ich nicht jeden Tag ein paarmal altes Krummbein genannt werde. Machen Sie was dagegen.«

Gregor wandte den Kopf ab. Es dauerte eine Weile, ehe er seine nächste Frage stellte. »Wie . . . wie geht es meiner Frau?«

»Je nun . . .« Der Diener zuckte unbehaglich die Schultern. »Wie soll's ihr schon gehen – nach so einer Krankheit und soviel Kummer! Sie ist blaß und dünn. Aber sie kann schon jeden Tag ein paar Stunden aufstehen. Wenn sie reisefähig ist, will sie zu ihren Eltern, erstmal jedenfalls. Nachher muß sie ja wohl nach Petersburg zurück.«

»Wieso – muß?«

Stepans Gesicht wurde immer unglücklicher. »Sie ... sie ist an den Hof befohlen worden. Zur Fürstin Jurjewski. Ich kenne mich ja in solchen Sachen nicht so so genau aus. Aber Nastassja sagt, weil die Jurjewski zwar die Gemahlin unseres Kaisers, aber nicht die Zarin ist, hat sie kein Recht, einen eigenen Hofstaat zu halten. Inoffiziell tut sie's aber doch. Deshalb hat Väterchen Zar neuerdings eine ganze Menge Damen an den Hof berufen. Und Nastassja sagt, da müßte man einfach gehorchen – ob man will oder nicht.«

Gregor dachte an Trepin. Zweifelsohne steckte er dahinter. In Karetnaja war Katharina außerhalb seiner Reichweite. Aber im Winterpalais, Zarskoje Selo oder Peterhof ...

Es hatte Trepin vermutlich nur ein Wort an die Fürstin Jurjewski gekostet.

Die Wachsoldaten, die einen Tisch weiter gesessen und sich den Bauch mit Kascha und Tee vollgeschlagen hatten, standen polternd auf. Ihr Anführer kam zu Gregor. »Wir müssen weiter.«

Gregor hielt ihm unaufgefordert die Hände hin. Während der Rast hatte man ihm die Fesseln abgenommen. Aber es war Vorschrift, daß er sie unterwegs trug.

Stepan beobachtete es mit empörten Augen. »Sag mal, du Hurensohn, was denkst du dir eigentlich dabei? Fesselst hier Seine Exzellenz wie einen Schwerverbrecher! Soll ich dir mal eigenhändig in deinen dummen Kopf bläuen, wie man einen Fürsten Medinski behandelt?«

»Heh?« sagte der Soldat verblüfft. Wie die anderen fünf war er im Grunde genommen ein netter Kerl. Es war ihnen aufgetragen worden, Gregor nach Krasnojarsk zu bringen und dafür zu sorgen, daß er nicht entkam. Darüber hinaus behandelten sie ihn nicht schlecht, zumal er die ganze Reise bis hierher still und in sich gekehrt gewesen war und keinerlei Schwierigkeiten gemacht hatte. »Wer bist du denn, daß du solch einen Ton anschlägst?«

Stepan reckte sich auf seinen krummen Beinen. »Du wirst mich schon noch kennenlernen bis Krasnojarsk. Ich fahre nämlich mit euch. Oder hast du etwas dagegen?«

Der Soldat kratzte sich am Schädel. »Das ist gegen die Vorschrift. Oder hast du eine Genehmigung?«

»Mal sehen!« Wie hingezaubert erschien in Stepans Hand ein Geldbeutel. Er warf ihn dem Soldaten zu.

»Ist das eine Genehmigung, Brüderchen?«

Der Soldat zögerte. Dann steckte er das Geld ein. Zum Teufel mit allen Vorschriften. Petersburg war weit. Hinter dem Ural begann Asien. Mag sein, daß der gewaltige Arm von Väterchen Zar auch bis dahin reichte. Aber gewiß nicht mehr bis in die Tasche des Wachsoldaten Petja Grigorin aus einem kleinen Dorf im Gouvernement Twer.

»Dawai, dawai. Gehen wir, Brüderchen.«

5. Kapitel

Karetnaja. Die Lindenallee, über die sich der blaßblaue Oktoberhimmel spannte. Die Baumstämme waren kahl. Die Mägde hatten sie geschält, um die Dächer zu decken, oder Lapti für die Füße zu flechten.

Wenn Katharina morgens erwachte, hörte sie die vertrauten Geräusche des Gutshofes. Das Klappern der Melkeimer, Holzpantinen, die über den Hof schlurften, Mädchenlachen aus dem Badehaus.

Alles war wie früher. Papa, der morgens beim Frühstückstisch seine Pfeife rauchte und den »Russkija Wedomosti« las. Mama, die mit Madame de St. Fredaine französische Konversation machte und mit dem Dienstmädchen schalt, weil es wieder einmal die beiden Jagdhunde mit ihren schmutzigen Pfoten in den Salon gelassen hatte. Der Verwalter, der mit der Mütze in der Hand in der Tür stehen blieb und meldete, daß man mit dem Holzschlag im Wald von Uslowo begonnen hatte. Oder daß die rotscheckige Kuh in der Nacht gekalbt habe. Oder daß der Buchweizen in der neuen Darre untergebracht sei.

Eine geordnete Welt, in der sich nichts verändert hatte.

Katharina hatte sich von ihrer Rückkehr dorthin eine Beruhigung versprochen. Aber sie trat nicht ein. Lediglich ihr Körper begann sich zu erholen. Manchmal war sie fast erstaunt darüber. Wie konnte man gesund werden, wenn einem so wenig daran lag?

Ihre Mutter war einen Tag nach Gregors Verhaftung in Petersburg eingetroffen, noch durch die Depesche benachrichtigt, die er selbst auf Anraten Dr. Obramows abgeschickt hatte.

Damals wußte Katharina noch nichts von den Ereignissen, und die Ärzte hielten es wegen ihres Gesundheitszustandes für ratsam, sie so lange wie möglich vor ihr zu verheimlichen. Als sie anfing, nach Gregor zu fragen, sagte ihr die Gräfin Bugatow, er habe in unaufschiebbaren Geschäften verreisen müssen.

Inzwischen bemühte sie sich verzweifelt, Näheres über die Gründe seiner Inhaftierung zu erfahren, felsenfest überzeugt, daß er lediglich das Opfer einer Intrige geworden war, die sich alsbald aufklären müsse.

Aber Trepin hatte für strengste Geheimhaltung gesorgt.

Die offizielle Version lautete, Gregor habe sich in der Trunkenheit zu beleidigenden Äußerungen über das Kaiserhaus hinreißen lassen und sich damit die Ungnade des Zaren zugezogen.

Dasselbe teilte die Gräfin Bugatow schließlich auch Katharina mit, nachdem Gregors Verbannung ausgesprochen worden war und sich die Notlüge von seiner angeblichen Reise beim besten Willen nicht mehr aufrechterhalten ließ.

Sie tat es mit zagendem Herzen, von Katharina wilde Verzweiflungsausbrüche oder sogar einen Rückfall in ihre schwere Erkrankung befürchtend.

Aber erstaunlicherweise blieb die junge Frau ziemlich gefaßt.

Alles, was sie sagte, war nur: »Sobald ich gesund bin, werde ich ihm nachreisen. Er wird mich brauchen, jetzt, wo er allein ist.«

Die Gräfin war fassungslos. Sie hielt Katharinas Vorhaben für eine ausgesprochen hirnverbrannte Idee und suchte mit allen Mitteln, sie ihr auszureden, indem sie auf die Beschwernisse der Reise und die noch größeren eines Lebens in Sibirien hinwies.

»Wie willst du damit fertig werden? Das Klima, die Kälte, die Primitivität des Daseins? Du bist eine verwöhnte Frau. Aber dort gibt es niemanden, der dich bedienen kann. Du wirst selbst arbeiten müssen, und du hast nichts gelernt. Du kannst nicht einmal kochen oder nähen oder einen Ofen heizen.«

»Ich werde es lernen«, sagte Katharina.

»Du wirst wie eine Bauernmagd schuften müssen, und das hältst du nie im Leben aus.«

Katharina lächelte nur. »Man kann viel, wenn man will. Ich hatte immer eine sehr kräftige Konstitution. Sie wissen das, Mama. Also warten Sie nur ab, bis ich wieder gesund bin.«

Ja, damals wollte sie noch gesund werden – so schnell wie möglich. Aber dann fiel der erste Schlag. Katharina wurde zum Hofdienst befohlen.

Das entsprechende Schreiben wurde von Hauptmann Stjolbin, einem Adjutanten des Zaren, persönlich überbracht.

Stjolbin war ein etwas beschränkter Mensch, schwatzhaft und wichtigtuerisch. Da der Hofdienst sein eigenes Leben völlig ausfüllte, war er der Meinung, daß es keine glücklichere Wende für Katharina geben könne.

Man denke – die Frau eines Verbannten! Ein neuer Beweis für die Großherzigkeit Seiner Majestät. Stjolbin ließ sich des langen und breiten darüber aus und vergaß auch nicht zu erwähnen, daß Fürst Trepin den Stein ins Rollen gebracht hatte, während eines Abends bei der Fürstin Jurjewski, zu der auch der Zar erschienen war.

»Ach so«, sagte Katharina. »Jetzt verstehe ich.«

»Der Fürst ist Ihnen zugetan. Einen besseren Fürsprecher hätten Sie nicht finden können. Es war rührend, wie er Seine Majestät bat, sich Ihrer anzunehmen. Er sagte, man dürfe Sie keinesfalls für die Verfehlungen Ihres Gatten mitverantwortlich machen. Natürlich habe ich ihn weidlich darin unterstützt. Und die Fürstin Jurjewski auch . . .«

»Wie freundlich von Ihnen! Aber wie Sie gehört haben werden, war ich sehr krank. Ich bin noch lange nicht wiederhergestellt.«

»Darüber werde ich Seine Majestät eingehend informieren«, entgegente Stjolbin gespreizt. »Es ist selbstverständlich, daß man Sie erst nach Ihrer völligen Genesung bei Hof erwartet.«

Seitdem dachte Katharina an Flucht.

Das Hofleben mit seiner strengen Etikette, den ewigen Intrigen und Eifersüchteleien flößte ihr Widerwillen ein. Sie wollte zu Gregor, und kein Befehl des Zaren sollte sie daran hindern.

Diesmal verschwieg Katharina ihre Pläne vor ihrer Mutter, vertraute sie aber, nachdem sie in Karetnaja eingetroffen waren, Nastassja an.

Und da fiel der zweite Schlag.

Die Zofe, die seit Stepans Verschwinden viel von ihrer früheren Munterkeit verloren, sich aber bisher standhaft geweigert hatte, ihm nachzureisen, zeigte sich – entgegen allen Erwartungen – über Katharinas Eröffnung ganz entsetzt.

»Das dürfen Sie nicht tun, Euer Gnaden«, rief sie. »Ich bitte Sie, hören Sie auf mich. Es wäre ein schrecklicher Fehler!«

»Aber warum denn? Ich glaube, du verstehst mich nicht richtig. Ich will dich doch mitnehmen. Und freut es dich denn nicht, dann wieder mit Stepan . . .«

»Nein, o nein«, sagte Nastassja fast weinend. »Es ist unmöglich, glauben Sie mir.«

Sie begann, mit merkwürdiger Eindringlichkeit die Vorzüge des Hoflebens zu schildern. »Denken Sie doch nur an die vielen Festlichkeiten, Euer Gnaden. All die Pracht und Eleganz . . . und jeden Tag gibt es andere Vergnügungen . . .«

»Gewiß«, sagte Katharina eisig. »Wenn du soviel Wert darauf legst, wünsche ich dir von Herzen, daß du dort eine neue Stellung findest.«

»Soll das heißen, Sie wollen allein . . .«

»Ja!«

Nastassja weinte plötzlich. »O bitte, Euer Gnaden, tun Sie es nicht. Sie machen sich nur unglücklich. Ich wollte es Ihnen nicht sagen. Aber jetzt bleibt mir nichts anderes übrig. Sie wissen ja nichts. Madame Woyschenskaja . . .«

»Ja? Warum redest du nicht weiter?«

»Sie ist zur gleichen Zeit wie Ihr Gatte aus Petersburg verschwunden. Sie hat einfach ihren Vertrag gelöst, und jeder sagt, daß sie mit dem Fürsten gegangen ist. Deshalb wollte ich ja auch Stepan nicht nachreisen. Ich dachte, wenn sie dort ist und ich sie vielleicht bedienen müßte . . . Das hätte ich nicht fertiggebracht.«

Von da an waren die Tage ohne Ziel – einer wie der andere. Ihr Verrinnen bedeutete nur noch, daß die Zeit, wo Katharina nach Petersburg zurückmußte, näherkam.

Aber sie ertrug diesen Gedanken jetzt mit einer merkwürdigen Stumpfheit. Alles ertrug sie so, die Tatsache ihrer Genesung, die liebevolle Besorgnis ihrer Eltern, die zähe Erinnerung an gewisse Fieberträume:

»Ich liebe dich, Gregor, ich liebe dich so.«

»Ich liebe dich auch, mein Herz.«

Manchmal hatte sie gedacht, es wäre Wirklichkeit gewesen. Jetzt wußte sie es anders.

Einmal nahm ihre Mutter Katharina zu Einkäufen nach Kiew mit.

»Du mußt dich ein bißchen ablenken, Kind. Wenn du immer nur in deinem Zimmer herumhockst, wirst du ganz tiefsinnig.«

Auf dem Kreschtschatik-Boulevard trafen sie die Rodenkos – Pjotrs Eltern. Sie tranken im Grand Hotel eine Tasse Tee miteinander.

Ihre Mutter flüsterte Katharina zu, daß der Graf Rodenko verboten habe, Pjotrs Namen in seiner Gegenwart auszusprechen.

»Er sagt, er hätte keinen Sohn mehr. Nur, damit du Bescheid weißt.«

Seitdem verspürte Katharina während der ganzen Teestunde das kaum bezähmbare Verlangen, ihm zu erzählen, in welcher Verfassung Pjotr aus dem Nachtasyl zu ihr gekommen war.

Die Gräfin Anastasia war weißhaarig geworden und noch zerbrechlicher, als sie vordem schon gewesen war.

Draußen auf der Straße, während der Verabschiedung, zog sie Katharina für einen Moment beiseite.

»Ich wollte Ihnen noch danken, mein Kind. Pjotr hat mir geschrieben, was Sie für ihn getan haben. Ich bekomme hin und wieder Post von ihm. Auf Umwegen natürlich, und niemand darf es erfahren. Er . . . er ist in Paris.«

Es war die erste wirkliche Freude seit Wochen. Aber sie dauerte nicht lange.

Als Katharina nach Karetnaja zurückkehrte, fand sie ein Schreiben der kaiserlichen Privatkanzlei vor.

Der Hof war im September nach Livadia übersiedelt. Jetzt schickte man sich an, nach Petersburg zurückzukehren. Man erwartete Katharina im Winterpalais.

Petersburg. Wie jeden Sonntag nahm der Zar an der wöchentlichen Wachablösung der Garde in der Michael-Manege teil.

Nach dem Morgengottesdienst fuhren die Wagen in langer Reihe vom Winterpalais den Newski-Prospekt und die Kleine Sadowaja entlang zur Michael-Reitschule.

Die traditionelle Parade vollzog sich in gewohnter Ordnung.

Anschließend begab sich der Zar mit einigen Mitgliedern der Familie und des kaiserlichen Haushaltes in das Palais des Thronfolgers.

Neben seinem Coupé galoppierten sechs Leibkosaken, dahinter folgten die übrigen Equipagen.

Da es ein schöner, klarer Tag war, fuhr Katharina im offenen Landauer. Als sie sich während der Fahrt zum Anitschkow-Palais einmal zufällig umwandte, entdeckte sie Trepins Wagen hinter sich. Der Fürst erhob sich leicht aus seinem Sitz und grüßte zu ihr hinüber.

Danach machte er Anstalten, sie einzuholen und – da die Straße breit genug war – neben ihr herzufahren.

Katharina preßte die Lippen aufeinander und beugte sich nach vorn zu ihrem Kutscher. »Schneller, Jefim.«

Unter Peitschengeknall zogen die beiden Füchse an. Aber Trepins Falben waren auch nicht viel schlechter.

Sie holten unablässig auf und lagen bald auf gleicher Höhe mit Katharinas Landauer.

In diesem Augenblick schoß ein kleiner Hund kläffend aus einer Hauseinfahrt auf die Straße.

Eine Frauenstimme rief: »Laska, hierher! Laska . . .«

Katharinas Füchse scheuten und bäumten sich im Geschirr. Der Landauer schleuderte von einer Seite zur anderen und wurde von Trepins Wagen gerammt.

Krachend barst ein Rad. Katharina schrie auf und klammerte sich irgendwo fest. Dann kippte der Landauer um. Sie spürte einen stechenden Schmerz am Hinterkopf, ehe es dunkel wurde.

Als sie erwachte, trug man sie gerade eine Treppe hinauf.

Sie konnte also nicht lange ohnmächtig gewesen sein. Jefim hatte sie auf den Armen. Sein Gesicht war weiß vor Schreck.

»Hier hinein«, sagte eine Männerstimme. »Legen Sie sie auf das Sofa.«

Während Katharina noch immer in halber Benommenheit alles über sich ergehen ließ, beugte sich der Sprecher über sie.

Es war ein noch junger Mann mit straff zurückgekämmten, schwarzen Haaren und einem schwarzen Backenbart. Irgendwie kam er ihr bekannt vor.

Und auch der Raum, in den man sie getragen hatte. Ein ovaler Salon, rote Seidentapeten, Spiegel ...

Der Mann lächelte erleichtert, als er sah, daß sie die Augen aufgeschlagen hatte. »Bleiben Sie ruhig liegen. Es ist schon nach dem Arzt geschickt.«

Katharina hörte, wie er mit Jefim im Hintergrund des Raumes ein paar Worte wechselte. Dann ging der Kutscher hinaus.

Katharinas Benommenheit ließ allmählich nach. Vorsichtig probierte sie, ihre Gliedmaßen zu bewegen. Allem Anschein nach war ihr nicht viel passiert. Sie hatte nirgendwo Schmerzen, außer ein wenig am Hinterkopf, wo sie aufgeschlagen war.

Eine Tür wurde geöffnet, und eine Frauenstimme sagte: »Rodja, Lieber, denk dir nur, Laska ist überhaupt nichts geschehen. Sie ist nicht einmal verletzt.«

Die Stimme traf Katharina wie ein Peitschenhieb.

Auf einmal wußte sie, woher ihr dieser Salon so bekannt vorgekommen war – und jener schwarzbärtige Mann. Sie hatte ihn hier schon einmal gesehen.

Ruckartig setzte sich Katharina auf.

Blau schien die Lieblingsfarbe der Woyschenskaja zu sein. Sie trug sie auch heute wieder. Ein blaues Ripskleid von neuestem Schnitt mit einer weißen Spitzengarnitur.

Zwei Stunden später kehrte Katharina, auf Jefim und noch einen Bediensteten gestützt, in ihre Wohnung im Winterpalais zurück.

Sie stöhnte bei jedem Schritt und verzog schmerzhaft das Gesicht.

Nastassja, die bereits von dem Unfall ihrer Herrin gehört hatte, wurde ganz kopflos vor Schreck, als sie sie sah.

Jammernd lief sie hinter den beiden Männern her in das Schlafzimmer und half, die anscheinend halb Ohnmächtige aufs Bett zu legen, rannte nach Riechsalz, Wasser und frischen Tüchern, um ihr Kompressen zu machen.

Katharina rührte sich nicht, bis sie mit Nastassja allein war.

Dann richtete sie sich zu deren Schrecken plötzlich hoch und machte Anstalten, das Bett zu verlassen.

Nastassja drückte sie wieder in die Kissen zurück. »Um Gottes willen, Euer Gnaden, bleiben Sie liegen. Sie dürfen nicht aufstehen.«

»Und ob ich darf«, sagte Katharina. »Mir fehlt überhaupt nichts, außer einer kleinen Schramme am Hinterkopf. Du kannst dich selbst davon überzeugen.«

»Aber . . .«

»Das eben war nur Theater. Ich muß mindestens eine Woche als krank gelten und vom Hofdienst beurlaubt werden. Damit man nicht sofort merkt, wenn ich weg bin. Verstehst du?«

»Nein . . .«

Katharina sah plötzlich rosig und gesund aus. »Natürlich nicht. Du weißt ja auch noch nichts. Wir verreisen, mein Herz, und zwar noch heute nacht. Was rechnest du, wie lange wir bis Krasnojarsk unterwegs sind?«

Nastassja starrte sie mit offenem Mund an. Sie glaubte nichts anderes, als daß Katharina durch ihren Unfall den Verstand verloren hatte.

Ihre nächsten Worte schienen diese Befürchtung zu bestätigen.

»Madame Woyschenskaja meinte, wir würden es keinesfalls vor Einbruch des Winters schaffen. Das ist natürlich dumm, aber nicht zu ändern. Du mußt eben genügend warme Sache besorgen. Heute nacht erwartet uns Madame Woyschenskaja mit ihrem Wagen an der Peter-Paul-Kathedrale. Das heißt – sie ist gar nicht mehr Madame Woyschenskaja, sondern die Gräfin Makowsky. Eine ganz frischgebackene und überaus reizende Gräfin. Es tut mir fast leid, daß ich keine Gelegenheit mehr habe, sie besser kennenzulernen.«

»Ja, ja«, sagte Nastassja, »gewiß, Euer Gnaden. Aber nun legen Sie sich wieder hin. Ich werde nach einem Arzt . . .«

Katharina lachte. »Ach, du denkst, ich bin verrückt? Nun, vielleicht bin ich das wirklich ein bißchen – aus lauter Freude. Aber es ist alles wahr, was ich sage. Wir fahren nach Krasnojarsk. Und Madame Woyschenskaja ist verheiratet – mit dem polnischen Grafen Rodion Makowsky. Ich komme geradewegs von ihr. Wir hatten eine lange Unterhaltung.«

»Sie, Euer Gnaden? Mit dieser . . . dieser . . .«

»Nastassja«, sagte Katharina streng. »Ich dulde nicht, daß du eine abfällige Bemerkung über sie machst. Sie ist eine großartige Person. Vielleicht etwas ungewöhnlich und nach unseren Begriffen keine wirkliche Dame – aber was heißt das schon? Sie sagt, die Damen unserer Gesellschaft legten sich ihre Liebhaber erst nach der Hochzeit zu. Sie hätte sie eben schon vorher gehabt. Und sie hielte diese Einstellung sogar für moralischer.«

»Euer Gnaden!«

»Aber das hat sie wirklich gesagt. Und ich konnte ihr nicht einmal widersprechen. Sie sagt, sie wäre früher ziemlich leichtsinnig gewesen. Aber seit sie den Grafen Makowsky kennengelernt habe, hätte sie keinen anderen Mann mehr angeschaut. Und dabei würde es bleiben. Sie liebt ihn sehr, weißt du?«

Nastassja zog ein schnippisches Gesicht. »Du lieber Gott, was so eine Frau schon unter Liebe versteht.«

»Nun«, sagte Katharina und wurde ein wenig rot, »ich glaube fast, sie versteht mehr davon als ich. Jedenfalls hat sie mich zur Einsicht gebracht, daß ich mich wie eine Gans aufgeführt habe.«

»Was?«

Katharina betrachtete angelegentlich das Teppichmuster zu ihren Füßen. »Gans« war noch das wenigste, was ihr die Woyschenskaja an den Kopf geworfen hatte. Blind, herzlos und dumm hatte sie Katharina genannt, weil sie nie gemerkt hatte, daß Gregor sie liebte,

»Jawohl – Sie, und niemand anders, Fürstin. Wie wahnsinnig ist er gewesen. Aber Sie hatten irgend soeinen Jugendfreund im Kopf. Gregor hat mir davon erzählt. Anfangs hat er noch gehofft, Sie würden zur Vernunft kommen. Aber dann fingen Sie an, sich heimlich mit dem anderen zu treffen. Und da ist er durchgedreht. Wenn er bei mir war, hat er immer nur getrunken. Ich hatte Angst, daß er sich noch zu Tode säuft. Aber wenn ich es ihm sagte, hat er mit den Schultern gezuckt. ›Wenn schon, Galina – was liegt daran?‹ – Sehen Sie, so verzweifelt war er. Und wenn Sie's nicht glauben, fragen Sie Rodja. Er hat das ganze Elend miterlebt.«

»Also wirklich, Euer Gnaden«, sagte Nastassja aufgebracht. »Es steht mir natürlich nicht zu, irgendwelche Kritik zu üben. Aber wie konnten Sie es sich bieten lassen, von einer Frau wie die Woyschenskaja als ›Gans‹ bezeichnet zu werden?«

Katharina kicherte in sich hinein. »Nun ja, es ist erstaunlich, mit welcher Offenheit sie sich ausdrückt. Ich mußte mich auch zuerst daran gewöhnen. Beispielsweise hat sie ganz ohne Ziererei von ihren früheren Beziehungen zu meinem Mann und ihrem Selbstmordversuch geredet.«

»Wie geschmacklos.«

»Findest du? Aber es ist doch schon so lange her. Und heute hat sie selbst darüber gelacht. Denn kurz darauf hat sie ihren polnischen Grafen kennengelernt und sich Hals über Kopf in ihn verliebt!«

»Aber ich denke . . .«

»Das ist es ja, Nastassja. Wir haben uns alle girrt. Sie war die ganze Zeit mit Makowsky zusammen und nicht mit meinem Mann!«

Nastassja warf Katharina einen mißtrauischen Blick zu. »Verzeihen Sie, Euer Gnaden, aber wieso hat man dann nie etwas von diesem Grafen gehört? Während doch alle Welt darüber informiert war, daß Ihr Gatte . . .«

»Er war häufig bei ihr, das stimmt. Aber es hatte überhaupt nichts zu sagen. Allerdings kam das Gerade der Woyschenskaja gerade recht,um ihre Verbindung mit Makowsky geheimzuhalten. Dafür gab es nämlich triftige Gründe. Sie hat es mir heute erklärt. Makowsky und sie wollten heiraten. Aber er war vermögenslos und hatte eine bedeutsame Erbschaft in Aussicht, von irgendeinem entfernten Verwandten, der sich die verrückte Idee in den Kopf gesetzt hatte, ihn mit seinem Mündel zu verheiraten.«

»Ach so«, sagte Nastassja. »Ich verstehe. Hätte sich der junge Mann geweigert, wäre es mit der Erbschaft Essig!«

»Ganz recht! Deshalb machte Graf Makowsky nach außen hin gute Miene zum bösen Spiel; übrigens im Einverständnis mit seiner angeblichen Braut, die gleichfalls nicht daran dachte, ihn zu heiraten. Vor ein paar Wochen ist nun der bewußte Verwandte gestorben. Makowsky kehrte sofort nach Polen zurück und nahm Madame Woyschenskaja mit. Es war zufällig zu derselben Zeit, als mein Mann in die Verbannung mußte.«

»Was für eine verrückte Geschichte. Und wir dachten immer . . .«

Es klopfte an die Tür.

»Geh nachsehen«, sagte Katharina, während die sich hastig wieder auf das Bett legte. »Aber laß möglichst niemanden herein.«

Nastassja war nach ein paar Minuten zurück. »Es war Stjolbin. Er kam im Auftrag Seiner Majestät, um sich nach Ihrem Befinden zu erkundigen.«

»Und? Du hast doch hoffentlich . . .«

»Ich habe fast geweint. Er war ganz bestürzt. Wahrscheinlich erzählt er jetzt überall herum, Sie seien ganz fürchterlich verletzt und man zweifle an Ihrem Aufkommen.«

»Wahrscheinlich«, sagte Katharina. Und dann brachen beide in ein unbändiges Gelächter aus.

Katharina war gegen Ende der Fahrt ein wenig eingenickt und erwachte mit steifgefrorenen Gliedern.

Nastassja schlief noch, den Kopf auf ihrer Schulter. Das Kopftuch war verrutscht und gab die blonden Haare frei.

Sie waren beide ähnlich gekleidet: Stiefel, Bauernkittel und Lammfellmäntel. Ihre übrigen Habseligkeiten waren in zwei Bündeln verstaut. Nastassja hatte alles am Nachmittag bei einem Trödler erstanden. »Elegant sehen wir gerade nicht aus«, hatte sie gesagt. »Aber um so weniger wird man hinter uns die Fürstin Medinski mit ihrer Kammerzofe vermuten.«

Die Woyschenskaja beziehungsweise die Gräfin Makowsky, wie sie jetzt hieß, hatte Wort gehalten und sie mit ihrem Wagen an der Peter-Paul-Kathedrale erwartet. Es war ihre Idee gewesen, die beiden Flüchtlinge erst einmal bis Tosno zu bringen, von wo aus sie den Zug nach Nishni-Nowgorod nehmen wollten, der ersten Etappe der langen Reise von über viertausend Werst.

»Falls man Nachforschungen anstellt und Sie verfolgt, wird man auf dem Petersburger Bahnhof damit beginnen. Und es könnte sein, daß trotz Ihrer Verkleidung irgendein Bahnbeamter Sie erkennt. Dann würden Sie spätestens in Nishni-Nowgorod von der Polizei aus dem Zug geholt. Deshalb ist es sicherer, wenn Sie erst in Tosno einsteigen.«

»Aber wird denn Ihr Kutscher den Mund halten?« hatte Katharina gefragt und ein Lachen als Antwort erhalten.

»Dieser Kutscher schon. Ich werde Rodja bitten, uns zu fahren.«

Rodion Makowsky besorgte auch in Tosno dieFahrkarten, während Nastassja und Katharina noch im Innern der Kutsche warteten.

Dann kam der Abschied. Händeschütteln, Küsse auf beide Wangen.

Die Gräfin Makowsky schlug das Kreuzzeichen über Katharina.

»Reisen Sie mit Gott, Katharina Nikolajewna. Und du auch, meine Kleine. Viel Glück!«

Katharina weinte ein bißchen. »Sie waren so lieb. Danke für alles.«

»Ach was! Wir sind jetzt quitt. Einmal hätte ich Sie umbringen mögen, weil Sie Gregor geheiratet haben. Dafür haben

Sie mir Champagner mit Wodka ins Gesicht geschüttet. Das nennt man ausgleichende Gerechtigkeit.«

Die Kutsche fuhr an. Katharina und Nastassja winkten noch so lange, bis sie das Gefährt nicht mehr sehen konnten.

Am Abend waren sie in Nishni-Nowgorod.

Die noch im Bau befindliche Linie der Transsibirischen Eisenbahn führte noch weiter, bis kurz vor Perm. Nastassja aber fand, es sei besser, wenn sie so oft als möglich ihre Beförderungsmittel wechselten. Deshalb wollten sie von Nishni-Nowgorod mit dem Schiff bis Kasan reisen und dann durch das Landesinnere mit der Postkutsche nach Perm.

Als sie den Zug verließen, entdeckten sie auf dem schlechtbeleuchteten Perron die grauen Waffenröcke der Miliz.

Die Soldaten musterten die Aussteigenden, blickten in die Abteile und kontrollierten sogar hin und wieder die Ausweispapiere.

Katharina wurde blaß. »Ob das uns gilt?«

Nastassja zuckte die Schultern. »Vielleicht, vielleicht auch nicht. Wie soll ich das wissen? Aber jetzt nur Ruhe. Sonst machen wir uns verdächtig. Gehen wir hinter den beiden Muschiks da vorne her, damit man denkt, wir gehörten dazu.«

Aber kurz vor dem Ausgang standen wieder Soldaten und ließen sich die Ausweispapiere der Reisenden zeigen.

»Jetzt – Heiliger Sergius, hilf«, murmelte Nastassja und zog Katharina am Ärmel hinter sich her, direkt auf einen der grauen Waffenröcke zu. Sie knickste und fragte in ihrem breitesten ukrainischen Heimatdialekt: »Euer Hochwohlgeboren mögen verzeihen. Haben Sie vielleicht unseren Vetter Andrej gesehen?«

»Euren – was?« fragte der Angeredete verblüfft.

»Je nun, Andrej Tscherkow. Unser Väterchen hat ihn uns zum Schutz auf die Reise mitgegeben. ›Andrej, mein Söhnchen, hat er gesagt, paß mir auf die Mädchen auf. Laß sie nicht aus den Augen – bis Kasan, hörst du?‹ Andrej hat es versprochen. Aber dann hat er uns hier in eine Herberge gebracht und gesagt, er ginge morgen zum Hafen, weil wir mit dem Schiff weiterfahren. Wir haben gewartet und gewartet, aber Andrej ist nicht wiedergekommen. Und jetzt suchen wir ihn schon drei Tage.«

Ein anderer Soldat gesellte sich dazu. »Was gibt's, Kamerad?«

»Ach – die beiden da haben ihren Vetter verloren. Er hat sie in einem Gasthaus sitzenlassen.«

»Wir haben Angst, daß er Räubern oder Mördern in die Hände gefallen ist«, sagte Nastassja. »Vielleicht ist er tot, der Arme.«

Die Soldaten blickten sich an und grinsten. »Bestimmt nicht. Wahrscheinlich liegt er stockbesoffen bei einer Hure und läßt sich von ihr das Reisegeld aus der Tasche ziehen. Macht euch keine Sorgen. Wenn die letzte Kopeke weg ist, kommt er wieder.«

»Ach Gottchen, ach Gottchen!« jammerte Nastassja. »Und wir müssen doch nach Kasan. Dort ist unsere Tante Anna Iwanowna. Sie ist mit einem Gewürzhändler verheiratet und wohnt in einem feinen Haus. Und sie hat unserem Väterchen geschrieben,daß wir zu ihr kommen sollen. Ich soll ihr im Laden helfen und meine Schwester Dunja in der Küche. Zu mehr taugt sie nämlich nicht. Sie ist taubstumm, Euer Hochwohlgeboren.«

»So, so. Nun, dafür redest du wohl um so mehr. Wie heißt du denn?«

»Maschenka, Euer Hochwohlgeboren.«

Der Soldat gab ihr einen Klaps auf die Rückseite. »Na, dann verschwindet mal. Vielleicht hat sich euer Vetter inzwischen wieder im Gasthof eingefunden und wartet auf euch.«

»Gott gebe es, Euer Hochwohlgeboren«, sagte Nastassja und zeigte ihre Grübchen. Dann zog sie Katharina ins Freie.

Zehn Tage später waren sie in Perm. Normalerweise hätten sie die Hälfte der Zeit dafür gebraucht. Aber aus Angst vor weiteren Polizeikontrollen wagten sie in Kasan nicht, die Reise wie geplant mit der Postkutsche fortzusetzen, sondern mieteten sich einen einfachen Bauernwagen, mit dem sie in quälender Langsamkeit durch die Dörfer und Wälder an den Ufern der Kama zockelten.

Die Stadt Perm bot keinen sehr einladenden Anblick. Primitive, meist aus Holz erbaute Häuser und morastige Straßen, in denen es von Menschen und Fahrzeugen wimmelte. Armenier in langen Kaftanen, Georgier, berittene Kosaken, russische Kaufleute, Mongolen, Türken, sibirische Bauern und Pelztierjäger – alles drängte und redete durcheinander. Als Durchgangsstation über den Ural in die Ebenen Mittelasiens verfügte Perm allerdings über eine ausreichende Anzahl von Herbergen und Gasthöfen.

Katharina und Nastassja mußten deshalb nicht lange nach einem bescheidenen Nachtquartier suchen.

Etwas schwieriger gestaltete sich der Verkauf ihres Wagens und der beiden Panjepferdchen und der Erwerb eines anderen, etwas komfortableren Fahrzeugs für die Weiterreise.

Schließlich aber fanden sie bei einem tatarischen Händler, was sie brauchten: den landesüblichen Tarantass, ein im Grunde recht primitives Holzfahrzeug mit einer Lederplane, um die Insassen vor Kälte und Regen zu schützen. Die drei Zugpferde machten einen kräftigen Eindruck. Außerdem versicherte ihnen der Händler, daß die ganze Strecke über den Ural und weiter mit genügend Poststationen ausgestattet sei, um die Pferde zu wechseln.

»Allerdings werdet ihr bald einen Schlitten brauchen. Der Winter kommt hier manchmal über Nacht.«

»Eben deshalb solltest du froh sein, dieses jämmerliche Gefährt noch loszuwerden«, sagte Nastassja und begann ein zähes Feilschen um den Kaufpreis.

Endlich wurde man einig, und der Händler versprach, den Tarantass am nächsten Morgen in aller Frühe zu ihrem Gasthaus zu schicken.

Der Kutscher, der ihn brachte und der sie vereinbarungsgemäß bis Jekaterinburg fahren sollte, war ein älterer, krummbeiniger Mongole.

Unter der runden Pelzmütze fiel das fettige, schwarze Haar bis auf die Schultern. In dem breiten Gürtel, der seine Jacke aus Rentierleder zusammenhielt, stak eine langläufige Pistole.

»Ich weiß nicht«, flüsterte Nastassja Katharina zu, während sie beobachtete, wie der Mann ihr Gepäck und den Reiseproviant in den Holzkästen unter den Sitzen verstaute, »der Kerl gefällt mir nicht. Hoffentlich erleben wir keine unangenehme Überraschung.«

Katharina schüttelte den Kopf. »Ach was, du siehst Gespenster, Nastassja.«

Die Nachtruhe hatte ihr gutgetan. Sie fühlte sich ausgeruht und zuversichtlich.

Bis jetzt war es ihnen gelungen, eventuellen Verfolgern zu entgehen. Jenseits des Urals würde es noch leichter sein. In den riesigen Steppen und Wäldern Sibiriens verlor sich jede Spur, es sei denn, man suchte sie mit einem großen Aufgebot an Kosaken und Miliz. Aber dafür waren sie nicht wichtig genug.

Ungeachtet der schlechten Straßen kamen sie schnell voran. Noch vor Sonnenaufgang hatten sie Perm hinter sich gelassen. Ganz in der Ferne zeichneten sich verschwommen die Höhenzüge des Urals ab.

Sie fuhren den ganzen Tag hindurch und legten nur zweimal eine Rast in einer Postmeisterei ein, um die Pferde zu wechseln und etwas zu essen.

Der mongolische Kutscher blieb die ganze Fahrt über schweigsam und mürrisch. Aber er legte ein solches Tempo vor, daß sie nach einer kurzen Nachtruhe bereits am Vormittag des nächsten Tages das Gebirge erreichten.

Die Straße wurde nun ständig steiler. Deshalb kamen sie wesentlich langsamer voran.

»Aber dafür geht es auf der anderen Seite desto schneller wieder bergab«, sagte Nastassja. Sie beugte sich nach vorn und hob die heruntergezogene Lederplane an, die gegen Wind und Kälte schützte.

»Heh, Kutscher! Was glaubst du, wann wir in Jekaterinburg sind?«

Der Mongole wandte den Kopf. »Vielleicht morgen früh. Wir müssen die Nacht durchfahren.«

»Warum?«

Schwankend umfuhr der Tarantass einige heruntergestürzte Felsbrocken. »Besser ist besser. Es wird bald Schnee geben.«

Am Abend umdüsterte sich der Himmel. Wind kam auf und trieb tiefhängende Wolken vor sich her.

Der Postmeister, bei dem sie noch einmal anhielten und frische Pferde eintauschten, warnte sie.

»Bleibt lieber hier. Es liegt Schnee in der Luft. Und wenn ihr in einen Sturm kommt . . .«

»Halt's Maul«, fuhr ihn der Mongole an. »Ich weiß selbst, was ich tue. Wir fahren weiter.«

Die Laternen neben dem Kutschersitz wurden angezündet. Ihr Licht tanzte auf dem Weg hin und her und belebte ihn mit phantastischen Schattenbildern.

Der Kutscher gebrauchte seine Peitsche. Mit Flüchen trieb er die Pferde an. Manchmal wurde der Tarantass von einer Windböe erfaßt. Dann schleuderte er wild hin und her. Die Pferde wurden unruhig und suchten nach beiden Seiten auszuscheren.

Katharina und Nastassja saßen eng aneinandergeschmiegt unter der Lederplane. Es war eisig kalt geworden.

Nicht einmal die in der Postmeisterei hervorgeholten Felldecken vermochten, davor zu schützen. Die beiden Frauen hatten Angst. Aber keine wagte es der anderen einzugestehen. Vielmehr sprachen sie sich Mut zu.

»Ich glaube, der Sturm hat schon nachgelassen, Euer Gnaden.«

»Ja, gewiß. Außerdem müssen wir so ziemlich auf der Kammhöhe sein. Da ist es immer am ärgsten. Nachher wird es besser.«

Hin und wieder übertönte die Stimme des Kutschers das Heulen des Windes.

»Hoj«, schrie er. »Wollt ihr wohl, ihr Teufelsbraten. Vorwärts! Hoj, hoj!«

Ein neuer Windstoß riß die Plane hoch und gab den beiden Frauen den Blick nach draußen frei.

Es hatte zu schneien begonnen, sachte erst, dann immer stärker. Minuten später war alles in weiße, undurchdringliche Wirbel getaucht.

Und der Sturm wütete immer noch. Der Tarantass tanzte von einer Seite zur anderen wie ein Ball in der Hand eines Kindes.

Die Pferde wieherten wild und drohten, sich loszureißen. In diesem Augenblick sprang der Kutscher vom Wagen. Mit eiserner Faust packte er das Deichselpferd und stemmte sich gegen den Wind.

Schritt für Schritt kämpfte er sich vorwärts, manchmal wieder zurückgeschleudert oder in dem bereits knietiefen Schnee ausrutschend.

Einmal schrie er den beiden Frauen etwas zu. Aber sie konnten nur einzelne Wortfetzen verstehen.

»Sicherheit . . . Schritte . . . Stollen . . .«

Was er meinte, begriffen sie erst, als plötzlich zwischen dem aufstiebenden Schnee eine dunkle Wand auftauchte. Ein felsiger Hang, der den Weg begrenzte und gleichzeitig wie ein Schutzwall gegen das Wüten des Sturmes wirkte.

Erschöpft ließ sich der Kutscher zu Boden fallen und blieb ein paar Minuten regungslos liegen. Dann richtete er sich wieder auf und versuchte, eine der längst erloschenen Laternen zu entzünden. Es gelang ihm nach einigen vergeblichen Versuchen.

Nastassja war aus dem Wagen geklettert.

Schnee wirbelte ihr ins Gesicht, und einzelne Windböen preßten sie hilflos gegen die Felswand.

»Hier muß irgendwo ein Stollen sein«, rief der Mongole. »Eine verlassene Silbermine. Da können wir bleiben, bis es hell wird.«

Er nahm die Lampe auf und stapfte davon. Nach kurzer Zeit schon war er zurück. Wieder packte er das Deichselpferd, dem die beiden anderen willig folgten, und führte es ein Stück längs der Felswand entlang.

Das schwankende Licht der Laterne beleuchtete eine übermannshohe Öffnung, die in den Berg getrieben war. Sie war groß genug, um das ganze Gefährt durchzulassen.

Nach ein paar Metern hielt der Mongole an und bedeutete Katharina durch eine Handbewegung, auszusteigen. Er entnahm den Sitzkästen einige Decken und warf sie den Pferden über.

Dann bereitete er ein paar Meter weiter ein primitives Lager auf dem Felsboden. Völlig erschöpft ließen sich die beiden Frauen einfach darauffallen und wickelten sich in ihre Pelze.

»Bei allen Heiligen«, murmelte Nastassja. »Diesmal glaubte ich wirklich, mein letztes Stündchen wäre angebrochen.«

Katharina nickte. Der Kutscher schleppte den Proviantkorb herbei. Zum ersten Mal während der ganzen Fahrt zeigte er ein wenig Freundlichkeit. »Es tut mir leid. Aber ich dachte, wir schaffen es noch vor dem Sturm bis nach Jekaterinburg.«

»Da hast du eben falsch gedacht«, sagte Nastassja und warf ihm einen bösen Blick zu. »Und dein Trinkgeld bist du los.«

Er schwieg und packte eine Schnapsflasche aus, sowie etwas Dörrfleisch, Speck und das landesübliche, schwarze Fladenbrot. Mit einem Messer schnitt er große Stücke ab und reichte sie den beiden Frauen, ehe er sich selbst versorgte. Sie aßen schweigend und nahmen zwischendurch ein paar kräftige Schlucke aus der Schnapsflasche. Es war billiger Wodka, aber er erfüllte seinen Zweck und wärmte die erstarrten Glieder.

Katharina fielen vor Müdigkeit die Augen zu. Sie legte sich zurück, kaum daß sie den letzten Bissen hinuntergeschluckt hatte.

Von draußen war noch das Heulen des Windes zu hören, aber längst nicht mehr so stark wie vorhin. Seine Kraft schien gebrochen. Wahrscheinlich würde morgen früh alles ruhig und friedlich sein.

Katharina überlegte, wie sie mit dem Tarantass durch den Schnee vorwärtskommen mochten. In Jekaterinburg mußten sie ihn auf jeden Fall gegen einen Schlitten eintauschen.

Dort haben wir beinahe die Hälfte unserer Reise hinter uns, dachte sie. Und jetzt ist der Winter da. Er würde neue Strapazen bringen. Aber gleichzeitig auch gewisse Erleichterungen. Ein altes Sprichwort sagte: »Der Winter ist des Russen Freund.«

Das traf in vielen Dingen zu.

Die morastigen Straßen waren dann von einer festen, glatten Schneedecke überzogen, über die die Pferdeschlitten in unwahrscheinlicher Geschwindigkeit dahinglitten. Die Flüsse waren zugefroren. Ihre Überquerung bot kein Hindernis mehr. Und für die von der unbarmherzigen Kälte bis aufs Mark durchgefrorenen Reisenden hatte der ärmste Bauer einen Schlafplatz am Ofen, ein Glas Tee oder Wodka und eine warme Suppe.

Katharina rollte sich unter ihren Decken zusammen. Der Winter war auch ihr Freund. Er verkürzte die Reisezeit und brachte sie schneller zu Gregor.

Gregor – es war wie allabendlich das letzte, was sie dachte. Dann versank sie in einen tiefen, traumlosen Schlaf.

Sie erwachte von einem Entsetzensschrei Nastassjas. Er kam von draußen. Es mußte heller Tag sein, das verriet das Licht, das durch den Stolleneingang fiel.

Und dann knallte irgendwo ein Schuß.

Katharina warf die Decken von sich und sprang auf.

»Nastassja, was ist passiert?«

Die Zofe stand vor dem Stollen im Schnee, und der Tarantass mit dem Mongolen verschwand gerade hinter einer Krümmung, die die vorspringende Felswand machte.

Im Davonfahren drehte er sich noch einmal auf dem Kutschbock zurück und gab einen zweiten Schuß ab.

Trotzdem wollte Nastassja ihm nachlaufen. Katharina hatte Mühe, sie zurückzuhalten.

»Nicht! Er schießt dich über den Haufen!«

»Aber er hat alles mitgenommen! Unsere Bündel mit dem

Geld, alles. Nur die Decken hat er uns gelassen. Oh, dieser Hundesohn, dieser Verbrecher! Das Genick soll er sich brechen!«

Katharina stürzte in den Stollen zurück und fand Nastassjas Worte bestätigt. Ihre Bündel waren weg – und mit ihnen ihre ganze Barschaft. Das Geld, das sie so bitter nötig brauchten, um bis nach Krasnojarsk zu kommen.

Deshalb also hatte der Kutscher darauf bestanden, die Nacht durchzufahren. Wahrscheinlich hatte er nicht mit der Stärke des Sturmes gerechnet, aber auf jeden Fall geplant, unter irgendeinem Vorwand hier in diesem Stollen zu übernachten, um sie dann zu bestehlen.

Nastassja kam in den Stollen zurück. Sie weinte vor Verzweiflung. »Ach, Euer Gnaden, was soll jetzt aus uns werden?«

Katharina hätte am liebsten mitgeweint. Es war eine fürchterliche Situation. Zwei Frauen allein, ohne Geld, ohne Pferde, mitten im verschneiten Gebirge.

Und bis Krasnojarsk waren es noch über zweitausend Werst.

»Auf keinen Fall können wir hierbleiben«, meinte sie schließlich. »Wir müssen zu Fuß weiter. Vielleicht nimmt uns unterwegs jemand mit.«

»Und wenn nicht? O Gott, Euer Gnaden, wir werden erfrieren! Oder verhungern! Oder von Bären zerrissen.«

»Sei still. An so etwas dürfen wir nicht denken.«

Sie wanderten stundenlang.

Glücklicherweise war es noch nicht so kalt. Es schneite auch nicht mehr. Aber das Vorwärtskommen durch den in der Nacht gefallenen Schnee war mühsam genug. Sie versanken in riesigen Schneewehen, stolperten, rafften sich wieder auf und mühten sich beide, jeder für sich, ihre Sorgen zu unterdrücken.

Was war, wenn die Nacht hereinbrach, ohne daß sie einem Menschen begegneten? Was war, wenn sie vom Weg abkamen?

Im Moment allerdings war die Paßstraße trotz stellenweiser Schneeverwehungen noch gut erkennbar. Sie führte ständig bergab, zwischen Fichtenwäldern und hochaufragenden Felsmassiven.

Aber das konnte sich ändern, sobald sie in freies Gelände gelangten.

Gegen Mittag kam die Sonne durch. Sie machte das Weiß der Hänge noch greller und schmerzhaft für die Augen. Zeitweilig waren Katharina und Nastassja wie blind. Und der Hunger meldete sich. Sie hatten seit dem Vorabend nichts mehr gegessen. Ihre Mägen krampften sich zusammen. Und manchmal war die Verlockung, sich einfach in den Schnee fallen zu lassen, riesengroß. Liegenbleiben . . . die Augen schließen . . . nichts mehr denken!

Aber dann waren plötzlich Schlittenglöckchen hinter ihnen.

Sie hörten sie gleichzeitig und blieben stehen. Das dünne Geläut kam näher. Und dann sahen sie den Schlitten in einer Wegbiegung auftauchen.

Rufend und wild mit den Armen gestikulierend, stolperten sie darauf zu.

Sie hätten sich eher von dem Gefährt überrollen lassen, als daß sie von der Straße gewichen wären.

Fluchend riß der Kutscher an den Zügeln. Die Pferde bäumten sich im Geschirr. Ein paar Meter weiter kamen sie zum Halten.

Der einzige Insasse des Schlittens, ein dick in Pelze vermummter Mann, beugte sich heraus.

»Wer seid ihr? Was wollt ihr?«

Katharina war kaum fähig zu sprechen. »Mitnehmen«,

stammelte sie. »Nach Jekaterinburg, bitte . . .«

Fünf Minuten später glitt der Schlitten weiter die verschneite Paßstraße hinunter.

Sein Besitzer, ein Kaufmann aus Ischim, Nikolai Worenzow mit Namen, hatte Katharina und Nastassja in Wolldekken gepackt und sogar noch ein Bärenfell darüber gelegt. Er bot ihnen Brot, Speck und einen kräftigen Schluck Wodka an. Allmählich fühlten sie, wie ihre Lebensgeister zurückkehrten.

Nastassja erzählte von ihrem Mißgeschick mit dem betrügerischen Kutscher.

»Menschen gibt es«, sagte Worenzow, als sie geendet hatte. »Schrecklich! Aber ihr könnt trotz allem noch froh sein, daß er euch nicht die Kehle durchgeschnitten hat, meine Täubchen.«

»Ein schwacher Trost«, seufzte Nastassja, »wenn man keine Kopeke mehr besitzt und noch eine so weite Reise vor sich hat.«

»Wo wollt ihr denn hin?«

»Oh, in die Nähe von Tomsk«, erwiderte Nastassja und tischte ihm eine ähnliche Geschichte wie dem Soldaten am Bahnhof in Nishni-Nowgorod auf.

Nur daß diesmal die angebliche Tante eine Bäuerin und der Vetter Andrej nicht verschwunden, sondern in Kasan an einer heimtückischen Krankheit vor drei Tagen gestorben war.

»Da haben wir uns denn allein weiter auf den Weg gemacht, meine Schwester Dunja und ich. Aber jetzt wünschte ich, wir wären umgekehrt. Oder, noch besser, zusammen mit Andrej begraben worden.«

»Aber, meine Kinderchen, das dürft ihr nicht sagen.« Worenzow ließ seine wieselflinken Äuglein, die unter den Fettpolstern seines Gesichtes fast verschwanden, zwischen Nastassja und Katharina hin- und herwandern.

An Katharina blieben sie besonders lange hängen. Teufel nochmal, das war eine Hübsche! Wie die schwarzen Augen blitzten! Und eine Haut wie aus Porzellan.

So was las man nicht alle Tage auf den Gebirgsstraßen des Ural auf. Ein wahrer Glücksfall, den man ausnutzen mußte.

»Nein, das dürft ihr nicht sagen«, wiederholte er. »Zwei so reizende Täubchen finden immer jemanden, der ihnen weiterhilft. Jetzt seid ihr erst mal bei mir. Und wenn ihr wollt, nehme ich euch bis Ischim mit.«

»Oh«, sagte Nastassja überwältigt. »Das ist . . . ach, Euer Wohlgeboren, Sie sind einfach ein Engel!«

»Ihr könnt mich ruhig Nikolai Arkadjewitsch nennen«, sagte der Engel und überlegte, daß er die Nacht wohl doch nicht, wie ursprünglich geplant, durchfahren würde. Was machte es, wenn er einen Tag später in Ischim ankam? Aber eine Nacht länger auf dieses schwarze Lämmchen Dunja zu verzichten, das war eine Dummheit, für die man Stockhiebe verdiente.

Ob sie wohl spröde war, die Kleine? Eigentlich sah sie nicht so aus. Er verstand was von Weibern. Die da hatte Pfeffer im Hintern, da verwettete er glatt tausend Rubelchen.

Und wie dankbar sie ihn anlächelte, weil er sie mitnahm. Ach, es war ein schönes Gefühl, ein Wohltäter zu sein!

Sechs Stunden später hatten sie Jekaterinburg erreicht.

Sie durchfuhren es, bis sie auf die Straße nach Kamyschlow stießen.

Dort machte Worenzow an der ersten Herberge halt.

Während sich Nastassja und Katharina an dem großen Kachelofen der Gaststube aufwärmten, verhandelte er mit dem Wirt wegen des Nachtquartiers.

Dann bestellte er heißen Tee, Wodka und eine kräftige Mahlzeit.

Der Wirt beeilte sich dienstfertig, die Wünsche des gutgekleideten »Barin« zu erfüllen.

Eine Magd leuchtete Katharina und Nastassja die Treppe hinauf in das für sie bestimmte Zimmer. Sie entfachte Feuer im Ofen und brachte frische Leinentücher für die Betten.

Die beiden Frauen machten unterdessen, so gut es ging, ein wenig Toilette. Sie entledigten sich ihrer unförmigen Mäntel und richteten sich die Haare.

Als sie wieder in die Gaststube hinunterkamen, saß Worenzow schon am Tisch. Ihm quollen die Augen aus dem Kopf, als er Katharinas ansichtig wurde.

Heiliger Sergius, hatte das Täubchen eine Figur! Hübsch rund überall da, wo es hingehörte. Und dabei so zartgliedrig wie ein junges Rentier.

Das Essen stand schon auf dem Tisch – Wildschweinbraten in einer dicken Rahmsoße – ebenso der dampfende Samowar. Für jeden war eine Schale Tee eingeschüttet, dem Worenzow einen kräftigen Schuß Wodka zufügte.

»Das wärmt von innen, meine Kinderchen. Trinkt, und dann laßt es euch gut schmecken.«

Er war wirklich ein edler Mensch, der Kaufmann Nikolai Worenzow aus Ischim.

Nicht nur, daß er Nastassja und Katharina die besten Bissen vorlegte und immer wieder Tee und Wodka nachschenkte – er bemerkte auch sofort, daß Nastassja plötzlich während des Essens ganz kleine Augen bekam und ein paarmal hintereinander gähnte.

Sofort unterbrach er seine Schilderung vom Ischim und dem schönen Haus, das er dort bewohnte – »nicht etwa aus Holz, meine Kinderchen – o nein, ein richtiges herrschaftliches Steinhaus« – und fragte, besorgte Väterlichkeit im Blick, ob das Täubchen Maschenka etwa müde sei.

Nastassja gähnte wieder. »Ein wenig. Es ist so warm hier,

und der viele Wodka . . . Ich bin so etwas nicht gewöhnt, Nikolai Arkadjewitsch.«

»Nun, dann geh doch schlafen. Wir nehmen es dir nicht übel, Dunjaschka und ich. Stimmt's, Dunjaschka?«

Katharina nickte und meinte, daß es eigentlich für sie alle an der Zeit sei, aber Worenzow protestierte lebhaft.

»Tu mir das nicht an, mein Täubchen! Ich fühle mich doch noch ganz frisch. Und du doch auch! Jedenfalls siehst du so rosig und munter aus wie am frühen Morgen.«

»Gewiß, aber . . .«

»Kein Aber. Wo ich mich doch den ganzen Tag auf ein Schwätzchen mit euch gefreut habe.«

»Dann bleibe ich auch hier«, sagte Nastassja und versuchte heldenmütig, die Augen offenzuhalten.

Worenzow tätschelte ihr die Wange und erklärte, sie sei ein gutes Kind, aber er könne ein solches Opfer keinesfalls annehmen.

»Für was hältst du mich? Für einen Unmenschen? Wenn man müde ist, gehört man ins Bett. Also geh schon, meine Kleine, ehe du uns hier im Sitzen einschläfst. Ich habe ja noch Dunjaschka zur Gesellschaft.«

»Ja, geh nur«, sagte auch Katharina, obwohl ihr die Aussicht, mit dem dicken Pelzhändler allein zurückzubleiben, nicht gerade verlockend erschien.

Andererseits wollte sie ihn nicht verärgern. Er war wirklich ihr rettender Engel gewesen. Und wenn er sie nun auch noch bis Ischim mitnahm, so bedeutete das ihrer Schätzung nach mindestens weitere sechshundert Werst näher zu Gregor.

Also blieb sie sitzen, während Nastassja schwankend vor Müdigkeit aufstand und sich von dem Wirt in ihr Zimmer hinaufleuchten ließ.

Und Worenzow schwamm in Seligkeit, wie vorhin der

Wildschweinbraten in der Rahmsoße. Alles verlief nach Wunsch!

Gesegnet sei das Schlafmittel, das er in seinem Reisegepäck bei sich geführt und von dem er Nastassja, bevor sie herunterkam, ein Löffelchen voll in den Tee gerührt hatte. Und gesegnet sei das Täubchen Dunja, das jetzt endlich allein neben ihm saß.

Ein gutes Stündchen noch, dachte er frohlockend, dann gehen wir hinauf. Sie wird schon nicht nein sagen.

Welches Bauernmädchen tat das bei einem so großartigen, feinen Herrn, wie er es war! Er kannte sich aus. Zuerst zierten sie sich alle ein bißchen, und dann gaben sie nach.

Er rückte näher an Katharina heran und begann, um seine Großartigkeit vor ihr ins rechte Licht zu rücken, von neuem von seinem Haus in Ischim zu prahlen. Und den guten Geschäften, die er in Perm gemacht hatte. Und der Achtung, die ihm jedermann daheim entgegenbrachte.

»Du solltest nur sehen, wenn ich durch die Stadt fahre, wie die Hüte von den Köpfen fliegen. Bücklinge machen sie, genauso tiefe wie vor dem Gouverneur.«

Die Wodkaflasche leerte sich allmählich. Aber Worenzow war ein trinkfester Mann. Als er sich endlich von der Ofenbank erhob und erklärte: »Jetzt gehen wir hinauf, mein Täubchen«, stand er noch erstaunlich fest auf seinen stämmigen Beinen.

Dem Wirt, der ihnen auf der schmalen Treppe vorangehen wollte, nahm er einfach die Petroleumlampe aus der Hand. »Laß nur, wir finden uns allein zurecht.«

Oben gedachte Katharina mit einem raschen »Gute Nacht, Nikolai Arkadjewitsch«, zu verschwinden. Aber Worenzow hielt sie fest. »Nein, doch nicht so, Dunjaschka. Du bist an der falschen Tür. Hier geht es hinein!«

Damit zog er sie, ehe sie überhaupt zum Nachdenken kam,

in das gegenüberliegende Zimmer und schloß die Tür hinter ihnen ab.

»Gefangen, mein Täubchen.«

Katharina starrte ihn an. »Was soll das, Nikolai Arkadjewitsch? Sofort machen Sie die Tür wieder auf.«

Mit einem breiten Lachen zog er den Schlüssel ab und steckte ihn in die Tasche. Dann stellte er die Lampe ab und kam auf sie zu.

»Später, mein Täubchen. Später. Jetzt will Nikolai Arkadjewitsch erst einmal sehen, was unter diesem hübschen Gefieder steckt.«

Als er nach ihr greifen wollte, wich sie zurück. »Gehen Sie weg! Ich schreie!«

»Nicht doch, Herzchen. Das haben andere auch schon gesagt. Und nachher haben sie nur noch geseufzt und geflüstert und mit den Augen gerollt. Also stell dich nicht so an. Es kommt sowieso keiner. Nicht einmal deine Schwester.«

»Was heißt das? Was haben Sie mit ihr gemacht?«

»Nichts Schlimmes. Nur ein kleines Pulver in den Tee geschüttet. Da hört und sieht sie nichts mehr bis morgen früh.«

Er lachte und haschte zum zweiten Mal nach ihr. Katharina stieß gegen einen Schemel und wäre beinahe gefallen. Geistesgegenwärtig ergriff sie ihn und schleuderte ihn in Worenzows Richtung. Er prallte genau gegen seinen dicken Bauch und polterte dann zu Boden.

»Heh, heh«, machte Worenzow. Er war ein bißchen betrunken und hielt das alles für einen guten Spaß. »Sei doch nicht so hitzig. Gib dem guten Nikolai Arkadjewitsch einen Kuß. Habe ich dich nicht vor dem Erfrieren gerettet? Habe ich dir nicht ein gutes Essen und ein warmes Zimmer verschafft? Und wenn du willst, schenke ich dir auch noch eine Halskette. Eine hübsche, goldene Halskette mit einem Stein daran. Na, ist das vielleicht nichts?«

Als er sie um die Taille faßte, schlug sie ihm mit den Fäusten ins Gesicht. »Geh weg! Geh weg!«

Statt einer Antwort grunzte er nur. Und dann hob er sie wie eine Feder hoch und trug sie zum Bett.

»Jetzt ist es aber genug, mein Täubchen.«

Schnaubend lag er über ihr. Er hatte Bärenkräfte. Katharina keuchte und schlug um sich und trat mit den Beinen nach ihm. Und dann entdeckte sie die Lampe. Sie stand auf einer Truhe neben dem Bett. Katharina streckte sich ein wenig, um sie zu erreichen, gerade, als Worenzow ihr das Mieder aufriß.

Während seine groben Hände nach ihrer Brust griffen, packte sie den Metallfuß.

Er war schwer und kantig. Worenzow gab einen gurgelnden Laut von sich, als Katharina ihn über seinen Schädel schlug.

Worenzows Griff ließ nach. Trotzdem schlug sie noch zwei- oder dreimal zu. Dann rührte er sich nicht mehr. Er blutete aus einer klaffenden Wunde.

Katharina wälzte seinen schlaffen Körper zur Seite und glitt vom Bett. Erst an der Tür fiel ihr ein, daß er immer noch den Schlüssel bei sich hatte. Zögernd kam sie zurück und drehte Worenzow auf den Rücken, um an seine Taschen zu gelangen.

Der Anblick seines blutüberströmten Gesichts mit den verdrehten Augen und dem halbaufgerissenen Mund versetzt ihr einen fürchterlichen Schock.

War er – tot?

Es fehlte nicht viel, und Katharina hätte bei dieser Vorstellung die Nerven verloren und hysterisch zu schreien begonnen.

Ein paar Sekunden lang war sie wie betäubt. Dann erwachte ihr Selbsterhaltungstrieb. Er zwang sie, überlegt und folgerichtig zu handeln. Mit zusammengebissenen Zähnen beugte sie sich von neuem über Worenzow und suchte in seinen Taschen nach dem Schlüssel. Aber dann entdeckte sie ihn plötzlich auf dem Bett. Er mußte während ihres Kampfes herausgerutscht sein, zusammen mit einer schweren, prall gefüllten Ledertasche. Sie lag halb aufgeklappt daneben. Goldmünzen und Rubelscheine quollen heraus.

Wie hypnotisiert starrte Katharina auf das Geld.

6. *Kapitel*

Es war eine helle Nacht. Genau die Art von Nächten, in denen der Bauer Iwan Rasumow schlecht schlief, weil man manchmal die Wölfe aus den Wäldern jenseits der Tura heulen hörte und der Mond wie eine große gelbe Scheibe über der sibirischen Steppe stand.

Als die Stalltür knarrte, richtete Iwan sich sofort auf. Neben ihm auf dem Ofen schlief Wanja, sein Sohn. Er lag auf der Seite, die Decke über den Haarschopf gezogen. Er hatte nichts gehört.

Aber Iwan Rasumow hatte Ohren wie ein Luchs. Geräuschlos kletterte er vom Ofen herunter, schlüpfte in die Fellstiefel und griff nach seinem langen Jagdmesser.

Als er das Haus verließ, sah er die Fußspuren im Schnee. Es sind also zwei, dachte er und packte das Messer fester.

In einem Anbau hinter dem Stall befanden sich seine Wintervorräte. Sojabohnen, Salzfleisch, Hirse und Trockenfisch. Iwan hatte schon ein paarmal gemerkt, daß sie viel schneller abnahmen, als er und Wanja verbraucht hatten. Aber heute würde er die Diebe erwischen.

Während er sich der Stalltür näherte, hörte er Bunja, das Pferdchen, schnauben. Auch die Kuh brummte und bewegte sich unruhig hin und her.

Mit einem Satz sprang Iwan Rasumow nach vorn.

Katharina schrie auf, als er plötzlich wie ein schwarzer Schatten in der Tür erschien. Sie war mit der vom Schlafmittel halb betäubten Nastassja durch die Nacht geirrt, in dem angstvollten Bestreben, so viel Raum wie möglich zwischen sich und dem Gasthaus, wo sie Worenzow zurückgelassen hatten, zu legen.

Spätestens am Morgen mußte man entdecken, was geschehen war, und die Suche nach ihnen aufnehmen.

Aber jetzt hatten sie beide nicht mehr weitergekonnt und sich mit letzter Kraft in den Stall des abgelegenen Bauernhauses geschleppt.

»Wer seid ihr? Was wollt ihr?« fragte Iwan Rasumow und ließ das schon erhobene Messer wieder sinken.

Nastassja richtete sich vom Stroh auf. »Schick uns nicht weg, Väterchen, um Christi Barmherzigkeit willen . . . Laß uns hier schlafen.«

»Ja«, bettelte auch Katharina. »Morgen wandern wir weiter. Nur bis morgen, bitte. Wir können nicht mehr.«

Iwan Rasumow betrachtete prüfend ihre vom bleichen Mondlicht erhellten Gesichter. Dann ging er zur Tür. »Mein Haus ist eng. Da habe ich keinen Platz. Aber der Stall ist warm. Ich bringe euch noch ein paar Decken. Dann schlaft meinetwegen, solange ihr wollt.«

Eingewühlt in das Stroh und an den Grenzen ihrer Kraft angelangt, verschliefen sie den Rest der Nacht und nahezu den halben Tag. Sie erwachten erst, als Rasumow in den Stall kam.

Er nickte ihnen zu. »Ihr werdet hungrig sein. Kommt ins Haus. Das Essen ist gleich fertig.«

Wanja stand am Herd und rührte mit einem Löffel in einer großen Eisenpfanne. Es roch nach Eiern und gebratenem Speck. Auf dem Tisch summte der Samowar.

»Das ist mein Sohn«, sagte Rasumow.

Erstaunlicherweise stellte er ihnen während des Essens keine der üblichen Fragen nach dem Woher und Wohin. Schweigsam löffelte er seinen Teller leer. Dann stand er auf und holte den Tabaksbeutel von einem Regal an der Wand. Während er gemächlich begann, seine Pfeife zu stopfen, meinte er, daß Katharina und Nastassja heute wohl schwerlich weiterwandern könnten. »Es gibt einen Schneesturm. Ich kenne die Anzeichen. In spätestens zwei Stunden ist er da. Aber vielleicht ist das ganz gut. Sie werden die Suche nach euch einstellen und glauben, daß ihr im Sturm umgekommen seid.«

Klirrend fiel Katharina der Löffel aus der Hand.

Rasumow warf ihr einen raschen Blick zu. »Die Kosaken waren heute schon in aller Frühe hier. Sie fragten nach zwei Frauen, einer blonden und einer schwarzen, die in der Nacht einen Kaufmann aus Ischim bestohlen haben. Das seid ihr doch?«

»Ja«, sagte Katharina. Ausflüchte waren sinnlos geworden.

»Ihr seht nicht sehr kräftig aus. Aber der Kaufmann hat behauptet, niedergeschlagen worden zu sein. Hattet ihr noch jemanden dabei?«

Dann ist Worenzow also nicht tot, dachte Katharina. Er war nur bewußtlos.

Der Gedanke erfüllte sie mit Erleichterung.

Sie blickte Rasumow in die Augen. »Ich war ganz allein. Meine . . . meine Schwester schlief nebenan. Er hatte ihr ein Schlafmittel in den Tee gegeben. Deshalb habe ich ihm die Lampe über den Kopf gehauen. Nicht wegen des Geldes.«

»Aber dann hast du es doch genommen? Oder ist das gelogen?«

»Nein. Wir sind am Tag zuvor selbst bestohlen worden. Unser ganzes Reisegeld ist fort, und wir müssen bis Krasnojarsk. Ich wußte nicht, was aus uns werden sollte. Und als ich die Geldtasche neben Worenzow liegen sah, habe ich sie einfach eingesteckt. Ich dachte, ehe wir unterwegs verhungern oder erfrieren . . .«

Sie verstummte und würgte an ihren Tränen.

Rasumow schwieg und kaute an seinem Pfeifenstiel herum. »Ihr habt Glück gehabt, daß ihr gerade zu mir gekommen seid«, meinte er dann. »Ich mag die Kosaken nicht und habe ihnen gesagt, sie sollten in Jekaterinburg nach euch suchen. Kein Mensch wäre so dumm, sich in den Wald oder die Steppe zu flüchten, wenn er genug Geld bei sich hat.«

Am Abend kam der Schneesturm, wie er es prophezeit hatte. Er tobte zwei Tage und Nächte lang und zwang die Menschen, sich in ihren Häusern zu verkriechen.

Am dritten Tag war der Himmel wieder klar. Sogar die Sonne kam für ein paar Stunden heraus. Und Wanja holte das Pferdchen aus dem Stall und spannte es vor den Schlitten, um nach Jekaterinburg zu fahren.

Abends war er wieder zurück und brachte einen großen Sack mit Lebensmittelvorräten mit. Wiederum Sojabohnen, Hirse, Salzfleisch, Hartwurst und Trockenfisch. Außerdem einen Sack voll Heu und Hafer, mehrere warme Decken, ein Gewehr, ein Jagdmesser, Munition – und ein zweites Pferd. Ein graues, struppiges Tier mit breiter Brust und kräftigen Beinen. »Es heißt Petja«, sagte Wanja.

Sein Vater begutachtete es gründlich, schaute ihm ins Maul, beklopfte die Muskeln und nickte befriedigt. »Ein guter Kauf, Söhnchen. Ihr werdet so schnell wie der Wind sein.«

»Das werden wir«, sagte Wanja. Seine Augen blitzten. Er war ein hübscher Bursche, gutgewachsen, mit blonden Haaren und einem fröhlichen Lächeln.

Iwan legte Wanja die Hand auf die Schulter. Sein Blick wurde zögernd. »Willst du die beiden wirklich nach Krasnojarsk begleiten? Oder willst du es dir noch einmal überlegen?«

»Aber nein, Papaschka. Ich habe es gestern gesagt, und dabei bleibt es.«

»Ich dachte nur . . . es ist ein weiter Weg, fast zweitausend Werst. Es werden viele Wochen vergehen, ehe du wieder zurück bist. Und es können euch viele Gefahren begegnen.«

»Eben deshalb. Es sind doch nur zwei Mädchen. Sie brauchen Schutz. Kann ich sie allein reisen lassen?«

Rasumow senkte den Kopf. »Nein, das kannst du wohl nicht.«

Am nächsten Morgen in aller Frühe brachen sie auf.

Wanja schirrte die beiden Panjepferdchen ein und belud den Schlitten mit allem, was sie mitnehmen mußten.

Nastassja umarmte Rasumow. »Leben Sie wohl, Väterchen. Und . . . danke für alles.«

Katharina war noch in der Hütte. Das Geld von Worenzow war durch die Einkäufe bis auf ein paar hundert Rubel zusammengeschrumpft.

Sie zählte die Hälfte davon ab und schob sie in das Wandregal unter den Tabaksbeutel. Dort würde es Rasumow sicher finden.

Dann trat sie ins Freie. Wanja knallte mit der Peitsche. »Einsteigen, alles einsteigen.«

Als sich die beiden Panjepferdechen in Bewegung setzten, lief Rasumow noch neben dem Schlitten her. »Bleib gesund, Wanja. Viel Glück. Und komm wieder, hörst du? Komm wieder . . .«

Wanja lachte und winkte.

»Aber ja, Papaschka. Hoj, meine Pferdchen, meine Schwälbchen, lauft! Zeigt, was ihr könnt.«

Die Schlittenkufen knirschten. Immer schneller glitten sie über den Schnee. Rasumow blieb stehen, bis das Gefährt nur noch ein winziger Punkt in der weißen Unendlichkeit war.

Zehn Tage lang reisten sie durch die Steppe. Zehn Tage lang

sahen sie nichts anderes als die Unendlichkeit der weißen Schneeflächen, den dunklen Streifen des Waldes am Horizont, den nächtlichen Himmel, wenn sie, in ihre Decken gewickelt, in einer windgeschützten Mulde, einer eilig aus Gestrüpp zusammengebauten Hütte oder einer Erdhöhle übernachteten.

Wanja glaubte zwar nicht mehr, daß die Kosaken noch nach Katharina und Nastassja suchten. Aber um sicherzugehen, vermieden sie die Poststationen und Städte.

Sie überquerten den Ischim und den Irtysch, umgingen die Stadt Omsk in weitem Bogen und erreichten die Baraba-Sümpfe.

Gregor und Stepan mußten genau dieselbe Strecke gereist sein, allerdings unter weit schwierigeren Bedingungen.

Katharina dachte oft daran, während ihr Schlitten, von den beiden Pferdchen gezogen, pfeilgeschwind über die harte Kruste von Eis und Schnee dahinflog.

In den Sommer- und Herbstmonaten waren die riesigen, sich mehrere hundert Werst hinziehenden Sümpfe ein fast undurchdringliches Dickicht von übermannshohen Binsen und Schilfgewächsen.

Es wimmelte von Insekten, faulige Dämpfe stiegen aus dem Boden auf, und stellenweise war die schmale Durchgangsstraße kaum erkennbar oder von Wasser überflutet.

Wer es konnte, der mied die Sümpfe in dieser Jahreszeit. Dafür waren sie im Winter ein Eldorado der Pelztierjäger.

Wanja, Katharina und Nastassja begegneten ganzen Gruppen von ihnen. Manchmal reisten sie ein paar Werst miteinander und schlugen ein gemeinsames Nachtlager auf. Dann saßen sie um das große Feuer, brieten einen Schneehasen oder eine andere Jagdbeute am Spieß, und die Wodkaflasche ging von Hand zu Hand.

Die Pelzjäger waren rauhe Kerle. Zäh und struppig wie die

Panjepferdchen, die ihre Schlitten zogen, und frei wie die Steppenwölfe, deren Geheul manchmal in den Nächten zu ihnen drang.

Männer, die bei vierzig Grad Kälte, nur in ihre Decken gehüllt, im Freien nächtigten, wenn der Frost so hart war, daß selbst die Baumstämme in den Wäldern krachend zerbarsten. Die einen ausgewachsenen Bären mit dem Messer angingen und mit einem einzigen Griff vom Bauch bis zur Gurgel aufschlitzten, ohne das kostbare Fell zu beschädigen. Und die den Erlös der langen Winterjagden oft in ein paar Tagen für Schnaps und Weiber aus dem Fenster hinauswarfen.

Manch einem von ihnen fielen beinahe die Augen aus dem Kopf, als sie plötzlich nach Tagen und Wochen in der Wildnis auf zwei Frauen stießen. Und – Brüderchen – was für Frauen! Jung, mit blitzenden Augen und weichen Lippen. Eine blond und eine schwarz – also genau für jeden Geschmack etwas!

Die Augen der Männer wurden unruhig, wenn sie die beiden ansahen, und ihre großen, kräftigen Fäuste öffneten und schlossen sich, als hätten sie schon den warmen, geschmeidigen Frauenkörper unter ihren Fingern.

Katharina und Nastassja spürten das Begehren, das sie erweckten, und es jagte ihnen Angst ein.

Was wäre aus ihnen geworden, wenn sie allein diese Reise angetreten hätten, zweitausend Werst durch Wälder und Steppe, Schnee und Kälte?

Durch Gebiete, in denen es kaum eine menschliche Ansiedlung gab, aber die tausend Gefahren einer gnadenlosen Natur. Ausgeliefert allem, was stärker war als sie. Ausgeliefert auch diesen Männern mit ihren wilden Gesichtern und der kaum verhüllten Gier in den Augen.

Aber sie waren nicht allein. Wanja war bei ihnen, immer an ihrer Seite und immer bereit, sie zu schützen.

Er war nicht weniger kräftig als die Pelztierjäger. Und sein Blick konnte so kalt und hart sein wie der Stahl seines gebogenen Jagdmessers, wenn irgendeiner von ihnen versuchte, Katharina oder Nastassja zu nahe zu kommen.

Da gaben sie es schließlich auf. Eine Frau war eine feine Sache, aber war sie es wert, eine Kugel in den Kopf zu riskieren? Oder mit durchschnittener Kehle irgendwo im Gestrüpp zu einem Klumpen Eis zu gefrieren? Bloß weil dieser Wanja keinen Spaß verstand?

Die Welt war voller Weiber. Wenn nicht die, dann irgendeine andere. In drei Wochen zogen sie nach Tomsk, um ihre Felle zu verkaufen. Und wer Geld in der Tasche hatte, brauchte sich nicht lange nach so einem Täubchen mit weißer Haut und strammen Brüsten umzusehen. Die kamen von selbst.

Also schieden sie am nächsten Morgen in aller Freundschaft,klopften sich auf die dicken Felljacken, daß es nur so krachte, und schüttelten sich fast die Arme aus den Gelenken, während die Panjepferdchen schon unruhig den hartgefrorenen Boden stampften.

»Macht's gut, Freunde, lebt wohl.«

Ein letztes Winken, ein Lachen – und vielleicht noch einmal ein bedauerndes Blinzeln auf die beiden Weiberchen – und fort ging es, daß der Schnee wie eine weiße Wolke hinter ihren Schlitten aufstiebte.

Nach fünf Tagen hatten sie die Baraba-Sümpfe hinter sich gelassen und gelangten an die Ufer des Ob.

Insgesamt war jetzt mehr als ein Monat vergangen, seit Katharina und Nastassja in jener Oktobernacht aus Petersburg geflohen waren.

Nastassja hatte es gesagt, und sie mußte es wissen, denn sie hatte für jeden Tag, den sie unterwegs waren, einen Knoten in die langen Fransen ihres Kopftuches geschlungen.

»Wie lange werden wir noch brauchen bis Krasnojarsk,

Wanja? Was meinst du, wie lange?«

Er zuckte mit den Schultern. »Sieben Tage – zehn Tage? Wer kann das so genau sagen. Ist es nicht egal?«

Freilich – für ihn schon. Was war Zeit in einem Land, in dem man nicht in Stunden, sondern in Tagereisen rechnete? In der Unendlichkeit der Steppe, die in der Ferne mit dem Himmel verschmolz, der Einsamkeit der Wälder, die man wochenlang durchwandern konnte, ohne überhaupt die Spur eines Menschen zu finden?

Sieben Tage – zehn Tage – oder einen Monat, was lag daran, solange noch die Pferdchen vor dem Schlitten trabten? Solange man ein windgeschütztes Plätzchen fand, Holz für ein Feuerchen, um Tee zu kochen und die erstarrten Glieder zu wärmen und hin und wieder einen Braten in Gestalt eines frischgeschossenen Hasen oder Rebhuhns.

Nastassja und Katharina aber hatte die Ungeduld gepackt, je näher sie ihrem Ziel kamen.

Abends lagen sie in ihren Felldecken und dachten: Sieben Tage noch. Und morgen sind es nur noch sechs. Und übermorgen fünf. Wenn nur nichts dazwischenkommt! O Herr im Himmel, laß es keinen Tag länger dauern.

Und dann dachten sie nur noch: Stepan! Oder: Gregor ...

Und sie lächelten beim Einschlafen, als würden sie geküßt.

Was aber wußte Wanja davon? Er für seinen Teil wünschte sich, die Reise möge noch lange kein Ende nehmen. Denn er hatte sich in Katharina verliebt.

In ein Mädchen, das sich eines Nachts, kurz nachdem der erste Schnee gefallen war, im Stall verkrochen hatte.

Ein Mädchen, von dem er nur wußte, daß es Dunja hieß und aus der Ukraine stammte. Und von dem die Kosaken gesagt hatten, es sei eine gemeine Diebin und gehöre ausgepeitscht.

Und dann hatte es plötzlich in der Stube gestanden, zusammen mit ihrer blonden Schwester und seinem Vater. Aber Wanja hatte nur sie gesehen, nur dieses Mädchen Dunja.

Als der Schneesturm sie zum Bleiben zwang, war er glücklich gewesen. Und als Dunja abends, während die Petroleumlampe auf dem Tisch stand und der Sturm wie ein Rudel hungriger Wölfe um das Haus heulte und Berge von Schnee aufhäufte, davon sprach, sobald als möglich nach Krasnojarsk weiterzureisen, stand es für ihn fest, sie zu begleiten.

Er wäre bis hinauf nach Kamtschatka gegangen oder Sachalin oder nach Süden in die gefürchtete Hungersteppe von Turkestan, um bei ihr zu sein.

Allerdings hatte er bei all dem ein bißchen weiter gedacht. Pläne hatte er gehabt, Hoffnungen . . .

Er war ein junger, kräftiger Bursche und wußte, daß er den Mädchen gefiel. Warum nicht auch Dunja, wenn sie eine Weile mit ihm zusammen war und ihn besser kannte?

Aber in dieser Nacht, die sie an den Ufern des Ob verbrachten, begriff Wanja, daß es eben nur Träume gewesen waren.

Sie schliefen wie gewöhnlich im Schlitten, verkrochen unter ihren Felldecken. Die Nacht war still und sehr kalt, jedenfalls am Anfang.

Dann begann es.

Ein vereinzeltes Bellen zuerst, das in ein langgezogenes, heiseres Kreischen überging. Andere Stimmen fielen ein, klagende, unheimliche Laute, ein Heulen und Jaulen, daß das Blut erstarrte: Wölfe!

Mit Einbruch des Winters zogen sie in großen, hungrigen Rudeln aus dem Norden herunter in das Landinnere. Schon in den Barabasümpfen hatten sie sie hin und wieder gehört, aber immer nur aus großer Entfernung.

Diesmal jedoch klang es ganz nahe.

So nahe, daß Wanja schließlich aufstand, das heruntergebrannte Feuer neu anfachte und sich, in Decken gewickelt, danebensetzte. Das Gewehr hielt er auf den Knien, bereit zu schießen, sobald sich die ersten grauen Bestien am Waldrand zeigen sollten.

Aber sie kamen nicht. Nur das Heulen blieb, bald hier, bald dort. Schauerlich gellte es durch die Nacht und drang schließlich auch in den totenähnlichen Erschöpfungsschlaf Katharinas. Sie richtete sich im Schlitten hoch und gewahrte Wanja neben dem Feuer.

Leise kletterte sie hinaus. »Du wachst wegen der Wölfe?«

»Sie sind heute sehr nahe. Es ist besser. Man kann nicht wissen . . .«

»Meinst du, sie haben unsere Witterung?«

»Wahrscheinlich«, wollte er sagen. Aber als er im Feuerschein ihre angstvollen Augen sah, schüttelte er den Kopf. »Bestimmt nicht. Dann wären sie schon hier. Jedenfalls, wenn sie hungrig sind.«

Sie kauerte sich neben ihn und schob ein paar Äste in die Glut. Knisternd sprühten Funken auf und verloschen wieder.

»Aber du kannst nicht die ganze Nacht aufsitzen, Wanja. Wollen wir abwechselnd wachen?«

»Ach was. Ich kann sowieso nicht schlafen.«

»Ich auch nicht. Es klingt so unheimlich. Selbst die Pferdchen sind unruhig.«

Er stand auf und ging zu den beiden Tieren hinüber. Sie waren aufgesprungen und drehten schnaubend die Köpfe hin und her.

Wanja streichelte ihnen die Nüstern und klopfte das eisverkrustete Fell. »Schon gut, meine Braven, seid friedlich. Es geschieht euch nichts.«

Als er nach einer Weile in den wärmenden Umkreis des Feuers zurückkam, lächelte ihm Katharina zaghaft zu. »Ich bin froh, daß du da bist. Allein wäre es viel schlimmer.«

»Ich weiß«, sagte er. Er fühlte sich plötzlich stark und glücklich, trotz der eisigen Nacht und der Gefahr, die heulend in den Wäldern lauerte.

Sie schwiegen eine Weile. Katharina blickte in den Himmel über sich und dachte an Petersburg. Vielleicht gab es heute abend einen Empfang im Winterpalais. Oder einen Galaabend in der Oper. Oder einen Ball bei den Naryschkins oder sonst wem.

Schlitten glitten über den Newski-Prospekt. In den Palais waren tausend Kerzen entzündet. Lakaien servierten Champagner, die Ballroben der Damen wurden begutachtet. »Haben Sie schon gesehen, meine Liebe? Die Großfürstin hat eine neue Rubintiara. Und das Dekolleté von Tatjana Chlessew, wirklich – ich finde es skandlös. Aber man weiß ja . . .«

Blicke, Getuschel, Intrigen.

Affären wurden angeknüpft und wieder gelöst. Mütter präsentierten ihre heiratsfähigen Töchter. Man kroch vor der Jurjewski, vor Loris-Melikow, Trepin oder irgend jemand anderem, der im Moment gerade wichtig war.

Wie lange war es denn her, daß sie, Katharina, selbst zu dieser Welt gehört hatte? Ein paar Wochen? Oder Jahre?

Die Fürstin Medinski, über deren vermutliche Liebhaber man Wetten abschloß. Deren Toiletten man bewunderte. Die auf keinem Ball und keiner Soirée fehlte, die Nächte durchtanzte, keinen Tag vor Mittag aufstand . . .

Was würde man wohl sagen, wenn man sie jetzt sähe? In dieser sibirischen Winternacht, in der das Eis auf dem Ob krachte und die Wölfe in den Wäldern heulten. Mit vereisten, starren, verfilzten Zöpfen, Wattehosen, Fellstiefeln und einer Mahlzeit von aufgeweichtem Trockenfisch im Magen.

Wanja wandte den Kopf, als Katharina plötzlich auflachte. »Was hast du, Dunja?«

Sie strich sich die Haare aus dem Gesicht. »Nichts. Ich dachte nur an etwas. Es war sehr komisch.«

Er rückte näher an sie heran. »Ich habe auch nachgedacht. Über dich.«

Als sie ihm den schönen, schmalen Kopf zuwandte, bekam er einen Kloß in die Kehle. Er räusperte sich.

»Ja, weißt du, das ist nämlich so. Ich könnte bis zum Frühjahr in Krasnojarsk bleiben. Und vielleicht . . . ich meine, vielleicht gefällt es dir gar nicht dort. Dann könnten wir zusammen zurückfahren. Verstehst du, Dunjaschka?«

Wie gut sie ihn verstand! Sie war ja nicht blind. Schon längst hatte sie die Blicke bemerkt, mit denen er sie ansah.

Lieber, guter Wanja! Nun würde sie ihm weh tun müssen.

Katharina wandte den Kopf und starrte in die rote Glut des Feuers. »Es . . . es wird mir schon gefallen in Krasnojarsk. Mein Mann lebt dort – als Verbannter. Ich bin auf der Reise zu ihm. Vielleicht hätte ich es dir schon eher sagen sollen, aber du hast nie danach gefragt.«

Die Wölfe heulten die ganze Nacht. Aber sie kamen nicht an den Lagerplatz der drei Menschen. Vielleicht hatten sie wirklich ihre Witterung nicht aufgenommen. Vielleicht waren sie auch nicht hungrig.

Vielleicht aber hinderte sie auch das Gebet, das der Bauer Iwan Rasumow jeden Abend in seinem Haus am Rande der Taiga vor der Ikone sprach: »Schütze meinen Sohn Wanja, o Herr. Laß ihn gesund heimkehren.«

Nur vor einem schützte es Wanja nicht, dieses Gebet. Vor der Enttäuschung, die er hinunterwürgen mußte, als er seinen Traum begrub.

Noch acht Tage waren sie unterwegs. Dann gelangten sie aus den ewigen Wäldern an die Ebenen des Jenissej.

Kurz vor dem Dunkelwerden begann es zu schneien, riesige Flocken, die die Sicht verhüllten und das Vorwärtskommen schwer machten.

Wanja gab Bunja und Petja, den beiden Pferdchen, die Zügel frei. Mochten sie sich selbst ihren Weg durch diese wirbelnde, weiße Welt suchen.

Sie taten es auch, müde, mit gesenkten Köpfen.

Aber plötzlich spitzte Petja die Ohren. Er schnaubte leise, ehe er in einen leichten Trab fiel, mit dem er Bunja mitzog.

Lichter tauchten aus dem Schnee auf, Mauern, ein riesiger Gebäudekomplex, von einem Turm überragt.

Ein mächtiges Kreuz leuchtete auf der Kuppel.

Wanja wandte sich zu Nastassja und Katharina um. »Es scheint ein Kloster zu sein. Wir wollen hier um Nachtquartier fragen.«

Er brachte den Schlitten vor dem übermannshohen, dicken Holzportal zum Stehen und läutete. Der Ton der Glocke schepperte dünn durch die eisige Luft. Sie mußten eine Weile warten, ehe von drinnen Schritte über den Schnee schlurften. Eine Luke in der Tür wurde zur Seite geschoben, ein spähendes Auge erschien.

»Wer seid ihr? Was wollt ihr?«

Wanja brachte sein Anliegen vor. Die Luke wurde wieder geschlossen. Dann wurde von innen eine schwere Stange weggeschoben. Langsam knarrten die beiden riesigen Torflügel auf.

»Kommt herein und seid willkommen.«

In dieser Nacht schliefen Katharina und Nastassja zum ersten Mal wieder in einem Bett. Das heißt, im Grunde war es nur eine harte, schmale Pritsche, aber ihnen kam es wie das herrlichste, komfortabelste Lager vor.

Welch ein Gefühl, sich lang ausstrecken zu können, ohne die unförmigen Mäntel am Körper. Welch ein Gefühl, Wärme zu spüren und feste Wände um sich zu haben, die Wind und Schnee abhielten.

Nastassja hatte es sogar fertiggebracht, eine große Wanne mit heißem Wasser aus der Klosterküche zu besorgen. Sie hatten sich die Haare gewaschen und endlos die lang entbehrte Wohltat eines Bades genossen.

Das Schönste aber war die Mitteilung, daß sie nur noch zwanzig Werst von Krasnojarsk entfernt waren. Zwanzig Werst nach einer Strecke von über viertausend!

»Eine Spazierfahrt ist das«, sagte Nastassja. »Nicht einmal mehr einen halben Tag.«

Ihre Augen blitzten. Sie hatte ihre ganze Energie wiedergefunden.

Als sie am Morgen erwachten, war Wanja nicht mehr da. Sie erfuhren es von Bruder Theodosius, einem hageren, bärtigen Mönch, der sie am Vorabend zu ihren Zellen geführt hatte.

Wie er sagte, war Wanja schon in aller Frühe aufgebrochen.

»Es war noch dunkel. Ich wollte ihn überreden, noch ein paar Tage bei uns zu bleiben, damit er sich ausruhen könnte. Aber er wollte so schnell wie möglich nach Hause zurück. Er bat mich, euch zu grüßen.«

»Verstehen Sie das, Euer Gnaden?« fragte Nastassja, nachdem der Mönch sie wieder allein gelassen hatte. »So einfach ohne Abschied zu verschwinden?«

Katharina nickte. »Doch, ich glaube schon.«

Sie trat an das einzige, schmale Fenster, das auf den Klosterhof hinausführte.

Dort hatte Wanja also vor ein paar Stunden gestanden und die beiden Pferdchen wieder eingeschirrt für die lange Reise nach Hause. Zurück in die großen Wälder, die Unendlichkeit der Steppe, wo es nichts gab als Einsamkeit, Schnee, Wind und Eis. Und die Last einer gescheiterten Hoffnung beschwerte ihn.

»Wir könnten zusammen zurückfahren. Verstehst du, Dunjaschka?«

Deshalb war er ohne Abschied gegangen. Er hatte sie fast bis ans Ziel gebracht. Die letzte kurze Strecke konnten sie gefahrlos allein zurücklegen. Aber ihr Wiedersehen mit Gregor, das hatte er sich ersparen wollen . . .

Katharina weinte plötzlich.

Leb wohl, Wanja, mein lieber Kamerad. Ich danke dir. Lebt wohl, Petja und Bunja, ihr beiden Pferdchen. Trabt über den Schnee, meine Guten, und bringt ihn sicher nach Hause. Lebt wohl, lebt wohl. Gott schütze euch alle . . .

Ein Bauer, der zum Markt fuhr, nahm sie mit nach Krasnojarsk. Es hatte aufgehört zu scheien. Der Himmel war wie eine blaue, gläserne Kuppel, ganz wolkenlos. Und die übereinandergetürmten Eisschollen auf dem Jenissej leuchteten und flammten in der Sonne.

In der Stadt ließen sich die beiden Frauen auf dem großen Platz vor der Kathedrale absetzen und fragten sich nach der Polizeipräfektur durch. Nach langem Überlegen hatten sie sich dazu entschlossen, weil es der rascheste Weg war, um Gregors und Stepans Aufenthaltsort zu erfahren.

Allerdings sollte sich vorsichtshalber nur Nastassja nach Stepan erkundigen, während Katharina schweigsam blieb.

Nach einigem Hind und Her verwies man sie im Präfekturgebäude in einen Büroraum, wo ein dicker Mann mit einem Schnurrbart hinter einem Schreibtisch thronte. Er trug eine Polizeiuniform, verzehrte ein Stück Brot mit Speck und trank Tee. Das nahm geraume Zeit in Anspruch. Hinterher rülpste er und wischte sich seinen Schnurrbart ab, ehe er sich endlich zu einem grollenden »Häh« in Nastassjas und Katharinas Richtung aufraffte.

Nastassja nahm das als Aufforderung, näherzutreten, und brachte ihr Anliegen vor.

Der Dicke polkte währenddessen in seinen Zähnen herum und betrachtete sie so angewidert wie ein Glas schlechten Wodkas.

»Also einen gewissen Stepan suchst du?«

»Sehr wohl, Euer Exzellenz. Stepan Iljitsch Warjew. Er ist Diener des Fürsten Medinski.«

Der Widerwillen im Gesicht des Dicken verstärkte sich. Er erhob sich und schlurfte zur Tür.

»Warten!«

Es klang wie Donnergrollen.

Zehn Minuten später kam er in Begleitung eines dürren Männchens im schwarzen Gehrock zurück, das ein Bündel Akten unter dem Arm trug.

Er legte es auf den Schreibtisch und begann eifrig, darin zu blättern.

»Warjew, Stepan Iljitsch? Der ist hier nicht registriert.«

»Schon möglich«, sagte Nastassja. »Aber er lebt bei dem Fürsten Medinski. Und wenn Sie vielleicht unter diesem Namen nachsehen . . .«

Der Dicke holte tief Luft. Und dann brüllte er los, daß die Wände wackelten: »Also, wen suchst du nun, du Mißgeburt? Diesen Warjew oder den Fürsten Medinski? Hat man so was schon erlebt! Kommt hierher und stiehlt anständigen Leuten die Zeit.«

»Regen Sie sich nicht auf, Anton Antonowitsch«, sagte das Männchen und rückte nervös an seinem Kneifer.

Aber Anton Antonowitsch wollte sich aufregen. Wahrscheinlich hatte ihm mal jemand gesagt, daß er eine schöne, weitschallende Stimme hatte. Außerdem verfügte er über ein ausgesprochen abwechslungsreiches Repertoire an Flüchen und Schimpfworten. Beides stellte er jetzt unter Beweis, bis das Männchen mit dem Finger auf eine Akte tippte und »Gefunden« sagte.

»Medinski, Gregor Petrowitsch . . .«

Nastassja nickte freundlich. »Das ist er!«

»Zeig mal her«, sagte Anton Antonowitsch und beugte seinen dicken Kopf über die Schriftstücke.

Und da er ein gewissenhafter Beamter war, blätterte er sie noch einmal der Reihe nach durch. Dabei stieß er auf etwas, das ihm ein Pfeifen entlockte.

Er versetzte dem Männchen einen Rippenstoß und sagte: »Lies doch mal, du Schafskopf.«

Dann knöpfte er seinen prall sitzenden Uniformrock zu, stemmte die Arme in die Hüften und baute sich vor Nastassja und Katharina auf.

»So. Zu dem Fürsten Medinski wollt ihr also?«

»Ja. Das heißt, nein – zu Stepan Warjew.«

»Aber ihr habt doch nach dem Fürsten Medinski gefragt? Oder etwa nicht?«

»Doch.«

»Na also. Dann setzt euch mal da drüben auf die Bank und wartet, bis Seine Exzellenz, der Gouverneur, Zeit hat, euch zu empfangen.«

»Was?« sagte Nastassja entsetzt.

Anton Antonowitsch strich sich über seinen Schnauzbart. »Hast du deine dreckigen Ohren nicht gewaschen? Ihr werdet dem Gouverneur vorgeführt. Da liegt nämlich eine schriftliche Anweisung vor. Wenn du lesen könntest, würde ich sie dir zeigen. Jede Person, die sich nach dem Fürsten Gregor Medinski erkundigt, hat unverzüglich Seiner Exzellenz gemeldet zu werden! Verstanden?«

»Ja«, murmelte Nastassja und starrte Katharina an. Die war blaß bis in die Lippen. »Aber . . . aber warum?«

»Warum, warum? Das ist ein Befehl, du Küchentrampel.

Soll Seine Exzellenz vielleicht noch lange Erklärungen beifügen?«

Er wandte sich nach dem Männchen im Gehrock um. »Du bleibst hier, Gregorin, und paßt auf, daß die beiden nicht verschwinden. Ich fahre selbst zum Gouverneurspalast, um Seine Exzellenz zu benachrichtigen.«

»Ich nehme an, daß eine von Ihnen die Fürstin Medinski ist.«

General Ossipow, der Gourverneur von Krasnojarsk, ließ seine Blicke zwischen Katharina und Nastassja hin und her wandern. Er saß in einem geschnitzten Lehnstuhl, ein Mann um die Fünfzig, mit schütterem Haar und rötlicher Gesichtsfarbe. Hinter ihm über dem Kamin hing ein Porträt des Zaren.

Einen Moment war es still. So still, daß man von draußen die schweren Schritte der Wachen auf dem Innenhof des Palastes hören konnte.

Dann trat Nastassja mit dem Mut der Verzweiflung nach vorn. »Verzeihung, Euer Exzellenz, ich verstehe nicht recht . . . Ich heiße Nastassja Mirkowa und bin auf der Suche nach meinem Bräutigam Stepan, der als Diener bei dem Fürsten Medinski ist.«

»Dann also sind Sie die Fürstin«, sagte der Gouverneur und ging auf Katharina zu.

Nastassja brachte es sogar fertig, zu kichern. »Nein, nein, Euer Exzellenz. Entschuldigen Sie, aber das ist wirklich zu komisch. Das ist doch nur meine Schwester Dunja.«

»Man hat mir Ihre vermutliche Ankunft bereits vor ein paar Wochen angekündigt, Fürstin«, wischte Ossipow Nastassjas Einwand mit einer Handbewegung weg. »In einer Depesche aus Petersburg. Zusammen mit der strikten Anweisung, Sie schnellstens Wege dorthin zurückzuschicken.«

Aus, dachte Katharina. Aus und vorbei. Sie hatte es gefürchtet, seit man ihr auf der Polizeipräfektur mitgeteilt hatte, daß sie dem Gouverneur vorgeführt werden sollte.

Über viertausend Werst war sie geflohen. Aber es war nicht weit genug gewesen. Man hatte sie eingeholt. Der Arm des Zaren, die Wut eines Trepin reichten bis hierher.

Verworren tauchten einzelne Bilder ihrer Reise vor Katharina auf. Der Schneesturm, ihr Fußmarsch durch den Ural. Worenzows blutüberströmtes Gesicht, als sie ihm das Geld nahm, die Nacht, in der sie die von dem Schlafmittel halb betäubte Nastassja durch den Schnee geschleppt hatte, das Lagerfeuer, um das die Wölfe heulten – und dann endlose Kilometer durch Steppe und Wälder. Kälte, die bis ins Mark drang, Erschöpfung, die den Wunsch weckte, sich einfach fallen zu lassen und nie wieder aufzustehen . . .

Katharina hatte es ertragen mit dem zähen Willen zum Durchhalten. Mit dem Bewußtsein: Ich fahre zu Gregor. Sie hätte deswegen noch mehr ertragen.

Aber jetzt war es, als hätte man ihr den Boden unter den Füßen weggezogen. Zurück nach Petersburg . . .

»Nein«, sagte sie wild. »Nein, nein, nein! Da kriegt ihr mich nicht hin. Eher bringe ich mich um.«

»Aber Fürstin«, sagte Ossipow, »ich bitte Sie . . .«

»Eher bringe ich mich um«, wiederholte sie.

Der Gouverneur schwieg betreten.

O verflucht, dachte er. Und sie sieht auch genauso aus, als ob sie dazu fähig wäre.

Unwillkürlich drehte er sich zu dem Zarenbild um, als erwarte er sich von dort eine Hilfe. Aber die gemalten Züge Alexanders blieben unbewegt. Und Ossipow wandte rasch wieder den Kopf ab.

Dafür betrachtete er Katharina, und ihm wurde immer unbehaglicher zumute.

Verrückt war das! Kommt so eine Frau einfach viertausend Werst durch den sibirischen Winter gefahren, um bei ihrem Mann zu sein. Und jetzt soll er sie wieder zurückschicken: Nichts da! Väterchen hat es befohlen!

Ossipow räusperte sich.

»Also – ich lasse Sie jetzt nach Tschitscheskoje bringen, Fürstin . . .«

Katharina wich zurück. Was war Tschitscheskoje? Ein Gefängnis, wo sie auf ihren Rücktransport warten sollte?

Nein, dachte sie. Nein, nein, nein . . . ich lasse mich nicht mehr zwingen. Zu gar nichts!

Es war das einzige, was sie noch denken konnte.

Nastassja schrie hell auf, als plötzlich das Messer in Katharinas Hand aufblitzte. Wanjas Dolch. Er hatte ihn ihr vor ein paar Tagen gegeben, um einen Hasen auszunehmen. Das hatte sie inzwischen gelernt und war noch sehr stolz darauf gewesen. Sie umkrampfte den Griff.

Ossipow reagierte blitzschnell. Er riß Katharinas Handgelenk hoch und preßte es so fest zusammen, daß sie aufschrie und die Finger öffnete.

Der Dolch fiel zu Boden. Als sich Katharina nach ihm bükken wollte, hielt Ossipow sie fest. Sie wehrte sich keuchend, kämpfte um ihren Willen wie eine Ertrinkende um Atem. »Lassen Sie mich! Ich will nicht! Ich . . .«

»Aber Fürstin, in Tschitscheskoje lebt Ihr Mann . . .«

Ihr Kopf ruckte hoch. Die Augen wurden ganz weit. Ossipow führte sie zu einem Sofa. »Wirklich. Es ist keine Finte. Tschitscheskoje ist ein Dorf, nur ein paar Werst von hier. Verbannte haben es gebaut. Ihr Gatte hat gleich am Anfang um die Erlaubnis nachgesucht, dorthin zu gehen.«

»Und jetzt wollen Sie . . . Euer Exzellenz!« Nastassja stürzte sich auf ihn, küßte seine Hand und heulte plötzlich wie ein Schloßhund.

Er nickte. »Ich tu's, ja. Der Teufel soll mich holen ... ich lasse Sie beide nach Tschitscheskoje bringen.«

Gewohnheitsgemäß blickte er wieder auf das Zarenbild und zuckte zusammen. Sein Ton wurde militärisch.

»Allerdings, wenn die Sache rauskommt, bin ich geliefert. Also, damit wir uns recht verstehen: Ich vergesse, daß ich Sie jemals gesehen habe. Hier waren zwei Mädchen, die zu Stepan Warjew wollten. Weiter weiß ich nichts. Eine Fürstin Medinski habe ich nie kennengelernt. Sollte sich irgendwann von anderer Seite herausstellen, daß Sie diese Fürstin sind, kann ich nichts mehr tun, außer Sie nach Petersburg zurückzuschicken. Befehl ist Befehl. Ist das klar?«

Das Dorf Tschitscheskoje lag mitten im Wald. Es bestand aus zwei Dutzend Holzhütten, einer gemeinsamen Banja und einem Warenmagazin. Die einzige Verbindung nach Krasnojarsk war eine ausgefahrene Waldschneise, die kurz vor der Stadt in die breite Irkutsker Heerstraße mündete.

Gregors Haus war das letzte des Dorfes. Wer es einmal gebaut hatte, wußte man nicht mehr. Vielleicht vor Jahren ein Verbannter, den man inzwischen begnadigt hatte oder der gestorben war.

Es hatte leergestanden, schon halb verfallen, und als Gregor und Stepan es in Besitz nahmen, mußten viele Ausbesserungsarbeiten vernommen werden, um es winterfest zu machen.

Aber es war üblich, daß man sich gegenseitig half, die Erfahrenen den Neuen, die Geschickten den Ungeschickten.

Jetzt war das Haus genauso gut oder schlecht wie die anderen in Tschitscheskoje. Die dicken Holzbalken hielten Schnee und Wind ab, und der riesige Ofen verbreitete herrliche Wärme. In der angebauten Scheune stapelten sich Holz-

und Lebensmittelvorräte, und im Stall standen friedlich vereint eine Ziege und ein struppiges, graues Panjepferdchen.

Es war noch hell, als der Schlitten mit Katharina und Nastassja durch Tschitscheskoje fuhr. Die Glöckchen an den Pferdegeschirren klingelten und lockten ein paar Neugierige an die wegen der Kälte mit Pappe und Tüchern verklebten Fenster und Türen.

Auch Stepan trat aus dem Stall.

Nastassja sah ihn zuerst. Sie richtete sich hoch und warf die Decken von sich, noch ehe der Schlitten hielt.

»Stepan! Stepan!«

Winkend und rufend sprang sie heraus und rannte auf ihn zu.

Stepan stand wie vom Blitz getroffen und rieb sich die Augen. Nastassja faßte ihn an den Schultern und rüttelte ihn hin und her.

»Ich bin es doch, Nastassja! Stepan! Ich bin zu dir gekommen. Und Ihre Gnaden ist auch da. Lauf rasch und hilf ihr aus dem Schlitten.«

Das allerdings war das letzte, woran Stepan im Augenblick dachte. Er starrte Nastassja an und begriff nur sehr langsam, daß ihr Erscheinen kein Produkt seiner Phantasie war. Aber nachdem er es begriffen hatte, drückte er sie an sich, hob sie hoch und küßte sie ab, und das alles mit solchem Elan, daß beide das Gleichgewicht verloren und in den knietiefen Schnee kollerten.

Katharina war unterdessen allein aus dem Schlitten gestiegen und auf das Haus zugegangen. Hinter ihr rappelten sich Nastassja und Stepan wieder auf.

»Euer Gnaden«, rief der Diener, »Euer Gnaden!« Er wollte ihr nach, aber Nastassja zog ihn am Ärmel.

»Wirst du wohl hierbleiben? Oder willst du ihnen das Wiedersehen stören?«

»Aber der Herr ist doch gar nicht hier. Er ist unten am Fluß. Wir haben Eislöcher gehackt, um Fische zu fangen. Ich laufe schnell und hole ihn.«

Katharina hatte sich umgewandt. »Ist es weit?«

»Nur ein paar Schritte, hier die Schneise entlang. Dann kommt man ans Wasser. Ein Seitenarm des Jenissej.«

Sie lief schon in die angegebene Richtung. »Bleib hier, Stepan. Ich gehe selbst.«

Es war wirklich nur ein kurzes Stück. Katharina rannte es mit fliegendem Atem. Dann öffnete sich der Wald. Sie sah Eis unter sich glitzern: das Steilufer, der Fluß. Und in einiger Entfernung eine menschliche Gestalt.

Da schrie sie. Der helle Ton schwang in der klaren Luft.

»Gregor!«

Er kauerte am Boden und wandte ihr den Rücken zu. Langsam, ungläubig richtete er sich hoch und drehte sich um.

Das Netz, mit dem er ein paar Fische aus dem Eisloch geholt hatte, rutschte aus seinen Händen.

Katharina rannte den Abhang hinunter, stolperte ein paarmal, raffte sich wieder auf.

»Gregor! Gregor!«

Ihr Kopftuch hatte sich gelöst. Die langen schwarzen Haare flatterten im Wind.

Und dann lag sie an Gregors Brust.

Seine Arme hoben sich, glitten über ihr Gesicht, tastend, wie bei einem Blinden, der sich erst auf diese Weise überzeugen mußte, daß sie da war.

»Katharina . . .«

Sie küßten sich und zitterten, lachend und weinend klammerten sie sich aneinander. Und es gab nichts mehr auf der Welt, als sie und ihn und ihre Liebe . . .

Nacht war es. Nur die rote Glut des Ofens erhellte das Zimmer. Genug, um Gregor Katharinas Gesicht erkennen zu lassen, das, von der Flut ihres schwarzes Haares umrahmt, in den Kissen lag.

Gregor hielt sie fest, als wollte er sie nie mehr loslassen.

Ihr Körper bebte noch ein wenig – Nachhall des atemlosen Entzückens, mit dem die sich ihm hingegeben hatte.

Wie ein Verdurstender hatte er sie genommen, berauscht von der Vollkommenheit ihres Körpers, ihres Verlangens, ihrem flüsternden, abgerissenen Stammeln: »Liebster ... mein Liebster ...«

Später lag er neben ihr, das Gesicht in ihrer Halsbeuge vergraben, stumm, reglos, während seine Arme sie immer noch wie einen kostbaren Schatz umklammerten.

Als sie eine kleine Bewegung machte, hob Gregor den Kopf. Katharina lächelte ihm zu.

»Ich dachte, du schläfst.«

»Ich will nicht schlafen. Dann spüre ich nicht mehr, daß du bei mir bist.«

Ihr Hände glitten über seine Schultern. »Ich bleibe immer bei dir.«

Flüsternde Stimmen in der Dunkelheit: »Liebst du mich?«

»Ich habe dich immer geliebt. Vom ersten Augenblick an.«

Katharina seufzte glücklich. »Warum hast du es mir nie gesagt? Es hätte alles so einfach gemacht.«

Er schwieg eine Weile. Dann nahm er ihre Hand und legte sie gegen seine Wange. »Ich habe mich wie ein Idiot benommen, ich weiß. Jetzt weiß ich es. Aber was tut man nicht alles, wenn man jemanden so wahnsinnig liebt und dann glauben muß ...«

»Was glauben muß ...«

»Erinnerst du dich noch an den Tag, als ich kam und um deine Hand anhielt?«

»Natürlich.«

»Nun, damals hast du mir gesagt, du liebtest Pjotr. Es war ein ziemlicher Schlag für mich.«

»Aber ich habe ihn nie geliebt. Und wenn ich es gesagt habe, dann nur, um dich aufzubringen.«

»Ich habe es jedenfalls ernst genommen. Und dadurch verbot sich für mich von selbst, dir meine Liebe einzugestehen. Ich hatte Angst, mich lächerlich zu machen. Oder dich zu erschrecken. Du warst so jung und unwissend. Aber ich hoffte, du würdest Pjotr mit der Zeit vergessen. Ich wollte für dich da sein, dich verwöhnen, ich wollte alles, alles tun, damit du mich liebgewinnst . . .«

»Ach, Gregor«, sagte sie, ganz unglücklich bei dem Gedanken, wie lange sie ihn unwissentlich gequält hatte. Wie lange sie nebeneinander hergelebt hatten, ohne sich gegenseitig zu verstehen. »Ich glaube, es hätte dich nur ein Wort gekostet . . . schon damals. Ich war dumm, ich kannte mich selbst nicht! Und du warst auch oft so schrecklich mit deinem Spott und deiner Überlegenheit.«

»Irgendwie mußte ich ja meine Unsicherheit tarnen. Ja, wirklich, Katharina, ich war unsicher vor dir. Ich hatte dich so lieb. Aber dich hatte man quasi zu der Ehe mit mir gezwungen. Und immer und überall glaubte ich Pjotr Rodenko wie ein Gespenst zwischen uns zu sehen. Es hat mich rasend gemacht.«

»Ach Gregor«, sagte sie wieder und bedeckte seine Brust mit scheuen, kleinen Küssen, »mein Liebster, wie unsagbar töricht waren wir beide. Und wie schwer haben wir es uns gemacht. Ich weiß nicht genau, wann ich begonnen habe, dich zu lieben. Aber schon als wir geheiratet hatten und ich . . . Erinnerst du dich noch an den Morgen nach unserer Hochzeit?«

»Natürlich. In der Nacht warst du in meinen Armen eingeschlafen, und ich hoffte so sehr, daß ich dich glücklich gemacht hätte. Aber dann erwachte ich, und du warst nicht da. Ich fand dich im Nebenzimmer. Und du wirktest so scheu und hattest kaum einen Blick für mich, daß ich dachte: Nun ist alles aus. In diesem Moment wagte ich nicht einmal, dich anzurühren. Ich dachte, ich hätte dir Widerwillen eingeflößt, und das Gespenst von Pjotr Rodenko war wieder da.«

»O mein Gott«, sagte sie leise. »Wie sehr haben wir uns mißverstanden. Ich habe mich so nach dir gesehnt damals. Aber du machtest nur eine ironische Bemerkung, und ich war so enttäuscht, daß ich ins Nebenzimmer ging und weinte.«

Sie schwiegen eine Weile und hielten sich stumm umarmt. Gregors Lippen wanderten über Katharinas Haar, ihre Augen, blieben auf ihrem Mnd.

»Du sollst nie mehr weinen, wenn ich es verhindern kann . . .«

Und dann wieder Küsse. Flüsternde Stimmen in der Dunkelheit:

»Ich bin so glücklich.«

»Wir werden es immer sein.«

»Ja, immer . . .«

Sein Verlangen erwachte von neuem, als er die verführerische Nackheit ihres Körpers fühlte. Bebend beugte er sich über sie. Sie sah ihn aus weitgeöffneten Augen an, scheu, aber doch bereits voller Hingabe, ehe sie ihn mit den Armen umschlang und zu sich hinunterzog.

»Liebster . . . mein Liebster . . .«

Später schlief sie, den Kopf auf seine Brust gelegt. Aber Gregor blieb noch lange wach. Er blickte in das Halbdunkel, durch das der rötliche Feuerschein des Ofens zuckte, hörte auf Katharinas Atemzüge und hielt sie immer noch umschlungen, als wollte er sie nie mehr loslassen.

Der Winter war hart in diesem Jahr. Eisstürme heulten über die Steppe – und der Schnee häufte sich meterhoch vor den Hütten von Tschitscheskoje. Nachts wagten sich die Wölfe in das Dorf, graue, hechelnde Schatten, die um die Scheunen und Ställe strichen.

Ein paar Morgen hintereinander fand man auch die Abdrücke riesiger Bärentatzen im Schnee. Zwei mußten es sein – also ein Pärchen. Und dann kehrte Jossip Demjatow, der Besitzer des Warenmagazins, nicht mehr von einer Fahrt in ein knapp eine Tagereise entferntes Dorf zurück.

Ein paar Männer machten sich auf die Suche nach ihm, fanden aber nichts mehr als ein paar blutige Überreste seiner Kleider. Aus den Spuren ringsum konnte man rekonstruieren, was geschehen war. Demjatow mußte von den Bären angefallen und zerrissen worden sein. Später waren die Wölfe gekommen ...

Zwei Tage danach zogen die Männer von Tschitscheskoje alle miteinander von neuem aus, um die Bären zu jagen.

Als sie zurückkehrten, hörte man ihr Singen und Rufen schon von weitem.

Hinter ihren Schlitten schleiften sie die Tierkadaver, an Tauen festgebunden. Es waren zwei riesige Exemplare, von denen eines Gregor erlegt hatte.

Der Tod Demjatows verhinderte eine allzu ausgelassene Feier am Abend. Aber trotzdem fand man sich bei Gregor ein, leerte einige Flaschen Wodka, und Fjodor Mederenko, einer der Verbannten, holte seine Balalaika und spielte Lieder und Tänze.

Zum Schluß sangen alle mit und stampften auf den Holzdielen, daß es nur so krachte.

Das zweite große Ereignis in diesem Winter war die Hochzeit von Nastassja und Stepan. Das ganze Dorf nahm daran teil. Und diesmal feierte man wirklich bis zum frühen Morgen, mit Braten und Kuchen und allem, was dazugehört.

Die letzten Gäste schwankten erst beim Hellwerden nach Hause und kühlten sich am nächsten Tag die schmerzenden Köpfe mit in Tüchern gewickelten Eisstückchen, weil Kusslew, der Nachfolger Demjatows, Gott strafe ihn, den betrügerischen Hund, schlechten Wodka verkauft hatte.

Aber sonst war es ein großartiges Fest gewesen, von dem man noch lange redete.

Die etwa sechzig Einwohner von Tschitscheskoje setzten sich aus den verschiedensten Leuten zusammen. Da waren zunächst die eingesessenen Bauern und Jäger mit ihren Familien. Dann die Verbannten, die aus allen möglichen Schichten der Bevölkerung stammten, Kaufleute, Studenten, Hochschullehrer und Beamte. Fast alle waren sie schon jahrelang da und hatten lernen müssen, sich den Erfordernissen ihres neuen Daseins anzupassen.

Da jeder jeden kannte und alle im Grunde dieselben Sorgen oder Schwierigkeiten hatten, bildete das ganze Dorf eine kleine, festverschworene Gemeinschaft, in die man Gregor und Stepan genauso selbstverständlich aufgenommen hatte wie später Nastassja und Katharina.

Wo jemand herkam, spielte keine Rolle. Hier waren alle gleich – alles arme Hunde – wie David Katjoschkin, ehemals Professor für Literatur und Kunstgeschichte an der Kiewer Universität, zu sagen pflegte. Das Leben war unkompliziert, aber hart. Einer war auf den anderen angewiesen. Und wer aus der Reihe tanzte, begriff sehr schnell, daß er damit nur den kürzeren zog.

In diese Welt also war Katharina gekommen. Eine Welt von zwei Dutzend Holzhütten, um die nachts die Wölfe heulten. In der morgens manchmal der Schnee bis über die Fenster lag und man sich freischaufeln mußte, um überhaupt ins Freie zu gelangen. Eine Welt, in der der Student Wassili Bludow nachts beim Schein einer Kerze Baudelaire übersetzte, in der man den Geigenvirtuosen Alexis Sorowski Violinkonzerte von Alabiew und Tschaikowsky spielen hörte – auswendig natürlich, weil er kein Notenmaterial zur Verfügung hatte – und in der Professor Katjoschkin seine freie Zeit damit verbrachte, den Dorfkindern Lesen und Schreiben beizubringen und – wenn sie wollten – auch ihren Vätern und Müttern.

Eine Welt, in der man lernen mußte, Bäume zu fällen, zu jagen, Fische zu fangen, Felle zu gerben und Kohl zu bauen, wenn man nicht verhungern wollte.

Katharinas und Nastassjas Ankunft war eine kleine Sensation gewesen. Es gab, außer den Bäuerinnen, wenig Frauen in Tschitscheskoje. Der weitaus größere Teil der Verbannten hatte seine Familie in Moskau, Petersburg, Charkow, Kiew oder sonstwo zurückgelassen und schlug sich allein durch.

Die einzige Verbindung mit ihnen waren spärlich eintreffende Briefe, zwei oder drei im Jahr. Und manchmal nicht einmal das.

Die meisten hatten sich damit abgefunden. Und wer nicht, versuchte es, jeder auf seine Weise. Die einen, indem sie ihren Wodkakonsum vergrößerten. Andere, indem sie wochenlang Jagd auf Marder, Zobel, Füchse und Biber machten und den Erlös für die Felle nach Krasnojarsk zu den Huren trugen.

Und wieder andere, die plötzlich durchdrehten und glaubten, die Abgeschlossenheit und Armseligkeit ihres Lebens nicht mehr ertragen zu können.

Eines Morgens waren sie verschwunden, geflohen. Eine Flucht, die man dem zweimal in der Woche aus Krasnojarsk zur Kontrolle kommenden Polizeikommissar melden mußte und die entweder im Gefängnis endete oder in der tödlichen Umklammerung der sibirischen Wälder.

Wer es einmal versucht hatte, versuchte es nie wieder.

Wozu auch? Der Weg nach Hause blieb sowieso versperrt. Man tauschte nur das Dasein eines Verbannten gegen das schlimmere eines Flüchtlings. In Tschitscheskoje hatte man wenigstens ein Dach über dem Kopf, ein Bett, einen warmen Ofen – und den Trost, daß es den anderen auch nicht besser ging.

Sie wußten, wie einem zumute war. Sie hatten es alle selbst mitgemacht, die dumpfe Verzweiflung, das heulende Elend, die ohnmächtige Wut, und sie halfen, so gut sie es verstanden.

Als German Sterschinsky, Ingenieur aus Smolensk, anfing verrückt zu spielen, tagelang mit keinem Menschen ein Wort sprach und sich schließlich wie ein angeschossener Tiger in seiner Hütte verkroch, rückten sie ihm auf den Pelz – einer nach dem anderen.

Stampften den Schnee von ihren Stiefeln,drehten die Fellmützen in den Händen und grinsten.

»Ach Brüderchen, kannst du mir nicht ein bißchen Tee leihen?«

Oder: »German, Freundchen, ich habe schon seit Tagen das Reißen in der Schulter. Und mein Brennholz geht auf die Neige. Kannst du mir nicht ein paar Scheite hacken? Natürlich nur, wenn es dir nichts ausmacht! Aber ich weiß nicht, an wen ich mich sonst wenden soll. Die anderen sind alle so ungefällig.«

Oder: »Mist, verdammter. Da hab' ich doch gestern abend mein Gewehr auseinandergenommen, um es zu reinigen. Und jetzt krieg' ich es nicht mehr zusammen. Ja, sieh mich nur an. So ein Idiot bin ich. Komm doch herüber und hilf mir.«

Und dann hielten sie ihn fest, kochten Tee und luden ihn zum Essen ein.

»Tu mir den Gefallen und bleib noch ein Stündchen. Ich weiß nicht, wieso, aber ich kann heute einfach nicht allein sein.«

Es war die bewährte Methode des Ablenkens, und sie half fast immer.

Auch bei Sterschinsky. Am dritten oder vierten Tag erschien er bei Kusslew, dem neuen Besitzer des Warenmagazins, verkaufte ihm ein paar getrocknete Felle und nannte ihn eine stinkende Mißgeburt, weil er den geforderten Preis herunterhandeln wollte.

Man hörte seine Stimme bis nach draußen. Und Boris Grischkol, der hünenhafte Journalist aus Moskau, der gerade mit Gregor vor seiner Haustür stand, stieß ihn in die Seite und lachte breit. »Haben Sie es gehört, Gregor Petrowitsch? Er flucht und schimpft. Er ist über den Berg, Gott sei Dank!«

Wie sehr Sterschinsky über den Berg war, bewies er ein paar Wochen später im Fall von Dimitri Lipek. Der baltische Offizier, Mitte der Dreißig und seit vier Jahren in Tschitscheskoje, erhielt im Februar die Nachricht, daß seine Frau mit einem österreichischem Diplomaten auf und davon gegangen war.

Daraufhin steckte Lipek den Brief sehr ruhig in die Tasche, verließ das Warenmagezin, in dem die Post ausgeteilt wurde, und ging nach Hause.

Sterschinsky hatte ihn zufällig beobachtet und folgte ihm, da ihm die tiefe Verstörtheit seines Gesichtsausdruckes nicht entgangen war.

Er kam gerade noch zur rechten Zeit. Lipek hielt die Pistole schon auf sich gerichtet, als er die Tür zur Hütte aufriß.

Sterschinskys Brüllen alarmierte die anderen. Sie sahen, wie er mit Lipek um die Waffe kämpfte, sie schließlich zu fassen bekam und in weitem Bogen durch die offene Tür in den Schnee warf.

Hinterher zog er Lipek hoch und versetzte ihm ein paar schallende Ohrfeigen.

»Hat man so was schon erlebt! Will der Kerl sich umbringen! Einfach Schluß machen! Du verdammter Idiot! Du Drückeberger! Du Feigling! Na warte, ich bring dich schon zur Vernunft!«

Lipek stand ganz still, mit herunterhängenden Armen, und wehrte sich nicht.

Erst als Sterschinsky ihn an seiner Wattejacke packte und hin und herschüttelte, keuchte er: »Genug! Hör auf, German! Genug!«

Sterschinsky ließ sofort von ihm ab. Und Lipek sagte: »Ach, mein Gott!« und bedeckte das Gesicht mit den Händen. Er ließ sich gegen Sterschinskys breite Brust fallen und schluchzte wie ein Kind.

Sterschinsky klopfte ihm den Rücken, schleppte ihn zum Bett und wiegte ihn in seinen kräftigen Armen hin und her wie eine alte Amme.

»Das ist recht, Brüderchen, heul nur! Heul dir das ganze verdammte Elend von der Seele. Tut mir leid, daß ich dich verprügelt habe. Aber was hätte ich sonst tun sollen? Kannst mir ja die Dresche zurückgeben, wenn's dir besser geht.«

Später trichterte er ihm den Rest Wodka ein, den er in der Hütte fand, und schickte Gregor, der mit Katjoschkin und ein paar anderen immer noch in der Tür stand, nach einer neuen Flasche.

»Aber richtet Kusslew aus, er soll die beste Sorte rausrükken. Sonst komme ich morgen und breche ihm jeden Knochen.«

Als Gregor zurückkam, wartete er schon draußen, entkorkte die Flasche und nahm zuallererst selbst einen kräftigen Schluck. Dann schneuzte er sich und meinte:

»Mistweiber!«

Gregor deutete mit dem Kopf auf die Tür, hinter der Lipek lag. »Hat er deswegen . . .«

»Ja, sie ist mit einem Ausländer abgehauen. Und er hat doch immer noch gehofft, daß sie eines Tages herkommt. Na ja, ich bleib' erst mal bei ihm, wenn's sein muß, auch heute nacht.«

Hinterher hieb er Gregor krachend auf die Schulter. »Weißt du eigentlich, was du für ein unverschämtes Glück mit deiner Frau hast?«

Gregor nickte. »Doch, Sterschinsky.«

Er wußte es wirklich.

Katharina trat aus der Stalltür, als Gregor nach Hause kam. Sie trug einen Eimer mit Milch und lächelte ihm zu.

»Du kommst wie gerufen. Das Essen ist fertig. Wir können sofort anfangen.«

Er hörte gar nicht recht auf das, was sie sagte. Er stand und sah sie an. Dann nahm er ihr den Eimer ab, setzte ihn in den Schnee zurück und ergriff ihre Hände.

Sie lachte und versuchte, sie zurückzuziehen, als er die Innenflächen nach außen drehte und eine nach der anderen küßte. »Bist du verrückt? Ich habe eben die Ziege gemolken.«

»Das macht nichts«, sagte er. »Es sind die schönsten Hände der Welt.«

»Gewiß. Rot und aufgeplatzt, mit Schwielen vom Schneeschaufeln, abgebrochenen Nägeln und einer Blase am Daumen, weil ich mich vorhin mit kochendem Wasser verbrüht habe.«

Ein Schatten flog über sein Gesicht. »Konnten denn nicht Nastassja oder Stepan . . .«

»Die haben genug anderes zu tun. Außerdem, was willst du? Mir macht es doch Spaß. Als ich herkam, war ich entsetzlich ungeschickt. Aber mittlerweile habe ich eine Menge gelernt. Kochen, ein bißchen Nähen, die Ziege melken . . .«

Er wußte, was sie arbeitete und wieviel Mühe sie sich gab. Seine Augen glitten gerührt über ihr von der Kälte gerötetes Gesicht, die graue Steppjacke, die Stiefel.

»Wann habe ich dir eigentlich das letztemal gesagt, daß ich dich liebe?«

Sie strich sich die flatternden Haare aus dem Gesicht, lachte und wurde rot.

»Ich glaube, heute nacht.«

In der ersten Märzwoche fuhr Kusslew nach Krasnojarsk, um einige Warenbestellungen für sein Magazin aufzugeben. Wider Erwarten kam er schon am Nachmittag zurück – mit allen Anzeichen größter Erregung. Was er zu berichten hatte, ging wie ein Lauffeuer durch das Dorf. »Der Zar ist ermordet worden.«

Für den Rest des Nachmittags war Kusslews Laden gedrängt voll. Die Leute standen bis draußen. Jeder wollte Einzelheiten hören, die Kusslew, durchdrungen von seiner Wichtigkeit, getreulich immer von neuem wiederholte.

»Sie haben eine Bombe geworfen, die Mörder. Am Sonntag ist es gewesen, mitten auf der Straße.«

Katharina dachte an die traditionelle Wachablösung der Garde, die allsonntäglich in der Michael-Manege stattfand. Jedes Kind in Petersburg wußte, daß Alexander II. regelmäßig daran teilnahm. Vermutlich war das Attentat während der Fahrt erfolgt.

Ein paar Frauen bekreuzigten sich. Die Männer nahmen die Mützen ab. Alle hatten ernste Gesichter.

»Natürlich wird man die Mörder hinrichten«, sagte Kusslew. »Sie sind bereits verhaftet. Eine Frau gehört auch dazu. Sofia Perowskij . . .«

Boris Grischkol kratzte sich den massigen Schädel. »Das ist eine üble Geschichte, Freunde. Ich glaube, wir sind fast alle aus dem gleichen Grunde hier – nämlich, weil wir unsere

Mäuler irgendwann ein bißchen zu laut gegen Väterchen Zar aufgerissen haben. Ich kann nicht sagen, daß ich ihn überschwenglich geliebt habe, und ihr sicher auch nicht. Aber – verdammt nochmal, Mord? Dafür habe ich nichts übrig.«

Eine alte Bäuerin fing plötzlich an zu heulen. »Warum haben sie es bloß getan? Er war doch besser als alle anderen vorher. Er hat uns von der Leibeigenschaft befreit . . .«

Ihr Mann knuffte sie in die Seite. »Ja, ja, schon gut. Sei jetzt still.«

»Jedenfalls«, sagte Wassili Bludow, »haben wir nun einen neuen Zaren. Alexander III.«

»Jawohl!« schrie Kusslew. Er liebte patriotische Aufwallungen. Sein mageres Gesicht glühte. Außerdem war er heiser, weil er schon den ganzen Nachmittag herumschrie. »Es lebe unser neuer Kaiser!«

Sterschinsky stoppte seine Begeisterung. »Halt's Maul. Oder denkst du, der hört das in Petersburg und schickt dir das St.-Georgs-Kreuz?«

Ein paar Leute lachten. Allmählich fiel die Beklemmung ab. Da und dort wurden Mutmaßungen geäußert und Meinungen ausgetauscht.

Was mochte die neue Ära unter Alexander III. bringen? Endlich die so heiß umkämpfte Verfassung? Oder neue, stärkere Repressalien, um den Zarenmord zu rächen?

Gregor wurde befragt, da er als einziger den damaligen Thronfolger und jetzigen Zaren persönlich kannte.

»Was glauben Sie? Wird er die Reformen fortsetzen?«

Gregor zuckte die Achseln. »Schwer zu sagen. Vielleicht – unter dem Druck der Ereignisse. Aber im Grunde ist er stockkonservativ – viel mehr als sein Vater. Das einzige, womit man mit Sicherheit rechnen kann, ist, daß ein Teil von uns begnadigt wird. Das ist üblich, wenn ein neuer Zar gekrönt wird.«

Sie sahen sich an, mit jäh erblaßten Gesichtern. Katjoschkin riß sich seine Lammfelljacke auf. Ihm war heiß geworden, und als er sprach, klang seine Stimme ganz kratzig vor Aufregung.

»Natürlich! Zur Krönung Alexanders II. wurden sogar die Teilnehmer des Dekabristenaufstandes aus der Verbannung geholt. Er hat recht, Freunde. Vielleicht sind wir in ein paar Wochen schon zu Hause! Zu Hause . . .«

»Sie machen uns hier ganz schön verrückt, Professor«, knurrte Sterschinsky. »Lassen Sie das lieber bleiben.«

»Aber warum? Wir haben wirklich eine Chance. Man kann doch darüber reden!«

»Nein«, schrie Sterschinsky. »Ich nicht! Ich will nicht mal daran denken, und ihr solltet es auch nicht tun. So was ist wie Gift! Wenn es nachher Essig mit der Begnadigung ist? Oder es trifft nur ein paar von uns, und die anderen müssen hierbleiben und haben Tag und Nacht nichts anderes im Kopf gehabt als nach Hause zu kommen? Wie wollt ihr dann damit fertig werden?«

Katjoschkin schwieg und die anderen auch, weil sie einsahen, daß Sterschinsky recht hatte. Wer nichts hoffte, konnte auch nicht enttäuscht werden.

Aber trotzdem – es war schwer, den winzigen Funken, der in ihre Herzen und Köpfe gefallen war, auszulöschen. Er brannte weiter und machte sie unruhig.

Die Fürstin Jurjewski verließ Rußland sofort nach den Beisetzungsfeierlichkeiten für Alexander II. – eine gebrochene Frau, die niemand mehr sonderlich beachtete und deren Macht zu Ende war. Mit ihr fielen ihre ehemaligen Günstlinge: Trepin, Loris-Melikow und andere.

Der neue Zar hatte sich, aus Furcht vor weiteren Attentaten, wochenlang in sein düsteres, festungsähnliches Schloß Gatschina vor den Toren Petersburgs zurückgezogen.

Die ersten Wochen seiner Regierungszeit waren überschattet von Unsicherheit und Ratlosigkeit. Noch immer vermochte niemand vorauszusagen, welchen endgültigen Kurs die Politik des neuen Herrschers einschlagen würde. Die Frage erhitzte die Gemüter. Reformen oder nicht? Die konstitutionelle Verfassung – oder Festhalten an der Autokratie?

Man rätselte, wartete, hoffte.

Und dann kam die Nachricht aus Gatschina, daß Alexander III. anläßlich seiner Thronbesteigung eine große Anzahl von Gnadenakten unterzeichnet hatte.

Gefängnisstrafen wurden aufgehoben, und Verbannte durften zurückkehren.

In Tschitscheskoje waren es etwa die Hälfte. Sterschinsky, Lipek, Professor Katjoschkin und Gregor gehörten dazu.

Als sie abreisten, war es auch in Sibirien Frühling. Das Land erwachte aus der eisigen Umklammerung des Winters. Tagelang hatte der Tauwind um die Hütten von Tschitscheskoje geheult. Die weiße Schneedecke wurde grau und schmutzig, sie schrumpfte mehr und mehr zusammen. Die Luft war voll erfrischender Feuchtigkeit, und die ersten Feldlerchen suchten aufgeregt den Boden nach einem guten Nistplatz ab. Väterchen Frost war besiegt, und Mutter Erde dehnte und streckte sich, daß die Eisschollen auf dem Jenissej krachend barsten. Beinahe über Nacht war alles grün geworden. Die Steppe aber, die hinter den Wäldern begann und sich bis zu den Ausläufern des Ural zog, blühte schon, als Gregor und Katharina sie zusammen mit Nastassja und Stepan erreichten.

Diesmal gab es keine Umwege und kein Verstecken, und auch die Strapazen der langen Reise schrumpften auf ein Minimum zusammen, wenn sie in den gutgefederten Kutschen der Extrapost über die Landstraßen rollten.

Dank seiner Begnadigung konnte Gregor nun auch wieder frei über sein Vermögen verfügen. Er hatte sich bei einem Krasnojarsker Bankhaus reichlich mit Geldmitteln versehen und sich, Katharina, Nastassja und Stepan neu eingekleidet.

Seine großzügigen Trinkgelder für Kutscher und Posthalter bewirkten, daß man ihnen überall die besten Zimmer für die Übernachtung und die schnellsten Pferde zur Weiterreise zur Verfügung stellte.

»Es ist wie im Himmel«, seufzte Nastassja manchmal, wenn sie nach einem guten Abendessen mit Katharina hinaufging und ihr beim Auskleiden behilflich war.

»Wissen Sie noch, Euer Gnaden, wie wir unter freiem Himmel geschlafen haben? Wie wir Holz sammeln mußten für ein Feuer, um das hartgefrorene Brot aufzutauen? Und wie Wanja während des Schneesturms nach einer Höhle suchte, in der wir uns verkriechen konnten?«

Katharina nickte. Natürlich wußte sie es. Wie hätte sie es jemals vergessen können!

Zwölf Tage nach ihrem Aufbruch erreichten sie Ischim. Und hier wurde Stepan losgeschickt, um sich nach dem Haus des Kaufmanns Worenzow zu erkundigen. Er fand es nach einigem Suchen und übergab der Magd, die ihm auf sein Läuten öffnete, eine Tasche mit Geld.

»Das ist für deinen Herrn. Ein Mädchen namens Dunja hat es sich einmal von ihm ausgeliehen – in einem Gasthaus in Jekaterinburg. Sag es ihm, dann weiß er Bescheid.«

Als sie sich Kamyschlow näherten, sahen sie von der Straße aus Iwan Rasumows Häuschen klein und geduckt am Waldrand liegen. Katharina wurden die Augen feucht, als sie sich aus dem Wagenfenster lehnte.

Aber so sehr es sie und Nastassja danach verlangte, den beiden Menschen, die ihnen so selbstlos geholfen hatten, noch einmal die Hände zu drücken – sie hielten nicht an. Es war besser – Wanjas wegen. Ihr Anblick mochte einen vielleicht kaum überwundenen Kummer von neuem wecken, und das wollte Katharina nicht.

Trotzdem sollten die beiden Rasumows nicht ohne Dank ausgehen. Gregor würde ihnen eine lebenslängliche Rente aussetzen, groß genug, um sie aller Existenzsorgen zu entheben.

Und dann waren sie in Petersburg. An einem Abend im Mai,dessen laue Luft wie ein erstes Versprechen des Sommers war.

Über den Alexander-Newski-Prospekt rollten die Equipagen. Spaziergänger schlenderten über die Morskaja. Auf dem Kai des Katharinen-Kanals erhob sich das Baugerüst für eine Kirche, die Alexander III. dem Andenken seines Vaters errichten ließ, genau an der Stelle, wo er von den Bomben seiner Mörder zerrissen worden war.

Der neue Zar war wieder ins Winterpalais zurückgekehrt. Und er hatte ein Manifest herausgegeben, das alle Zweifel über den Kurs seiner Regierung beseitigte.

Fast alle alten Mitarbeiter seines Vaters hatte er entlassen und die neuen aus den Kreisen der Konservativen ausgewählt. Der einflußreichste von ihnen war Konstantin Pobjedonoszew, Oberprokurator des Heiligen Synods und ehemaliger Lehrer Alexanders III.

Ein Mann, den man den russischen Torquemada nannte, fanatisch, frömmelnd und jeder Neuerung abhold. Jeder Schritt zu einem konstitutionellen Regime bedeutete seiner Ansicht nach das Ende Rußlands.

Alexander III. machte diese Anschauung zu seiner eigenen. In seinem Manifest erklärte er seinen Untertanen, der Stimme Gottes zu gehorchen, indem er sich mit Überzeugung an die Spitze der absoluten Regierung stellte.

»Von Hoffnung erfüllt auf die Gerechtigkeit und Stärke der Autokratie, die zu bekräftigen Wir berufen sind, werden Wir die Geschicke Unseres Reiches leiten, die in Zukunft nur zwischen Uns und Gott zu erörtern sind.«

Damit war der Traum einer Verfassung und anderer demokratischer Reformen für lange Zeit ausgeträumt.

Petersburg erschien Katharina laut und eng und hektisch. Ihre Augen hatten die Weite des sibirischen Himmels gesehen, die schweigende, großartige Einsamkeit der Wälder, wo man noch den Atem Gottes spürt und der Mensch nichts ist als ein Teil seiner Schöpfung.

Ihr Leben dort war hart gewesen. Aber niemals zuvor hatte sie sich so urlebendig und stark gefühlt, und deshalb hatte sie es geliebt.

Natürlich sprach sich ihre Ankunft in Petersburg herum. Man besuchte sie. Ihre Schwester Olga war die erste. Elegant wie eh und je und in eine neue Liaison verstrickt. »Ein französischer Diplomat, Pierre d'Ellescourt. Du wirst ihn kennenlernen. Er hat Augen, sage ich dir! Wie schwarze Kirschen! Jede Frau kann ihn darum beneiden.«

Dann kamen die Smirnows, Lisa Trubetzkoj, Tatjana Chlessew, die Fürstin Sandykow. Sie küßten Katharina ab, saßen in ihrem Salon, tranken Tee und knabberten Gebäck. Und redeten und redeten ...

»Man muß Sie ja schließlich über den neuesten Klatsch informieren, meine Liebe. Ach, es ist himmlisch, daß Sie wieder da sind. Ich sagte erst gestern zu der Fürstin Naryschkin, daß es zum Verzweifeln ist. Wo man auch hingeht, man sieht immer nur dieselben Gesichter. So etwas Fades!«

Tatjana Chlessew kicherte. »Das ist Ihre Meinung. Aber fragen Sie nur einmal die Jakimowa. Sie ist auf jeder Gesellschaft zu finden, nur um ein bestimmtes Gesicht zu sehen. Es ist zum Totlachen, Neulich war sie sogar auf einer Kricketpartie, obwohl sie keine Ahnung davon hat. Dafür hat sie sich die ganze Zeit auf einem Sofa herumgerekelt und Puchowsky mit den Blicken verschlungen.«

»Aber es heißt doch, daß er ...

»Natürlich, er will nichts von ihr wissen. Er ist Feuer und Flamme für diese Kleine ... na, wie heißt sie doch? Sie ist diesen Winter in die Gesellschaft eingeführt worden. Warja ... Warja, ach, ich weiß nicht. Mein Gedächtnis ist so schlecht.«

Hinterher wandte sich das Gespräch einem jungen Offizier zu, der wegen Spielschulden aus der Marine ausgeschlossen worden war. Dann folgten Modefragen, Krankheiten, Dienstbotenprobleme.

Es war wie immer. Nichts hatte sich geändert. Aber Katharina saß dabei und begriff, daß sie sich geändert hatte.

Sie konnte die eitle Beschränktheit, die aus diesem Geschwätz sprach, einfach nicht mehr ertragen. Die Aufgeblasenheit, mit der jemand als gesellschaftsfähig oder nicht gesellschaftsfähig bezeichnet wurde, die Intrigen, die Heuchelei ...

Ihre Flucht aus Petersburg wurde nicht erwähnt. Man tat, als käme sie von einer Reise zurück. Aber in irgendeinem anderen Salon, wenn sie nicht dabei war, würden sie darüber herziehen.

»Sie muß verrückt sein! Gibt eine Stellung bei Hofe auf, um in Sibirien zu leben, zwischen lauter Verbrechern.«

Gesichter tauchten vor ihr auf. Wanja, Sterschinsky, Lipek. Amalja Davidowna, die alte Bäuerin, die ihnen in Tschitscheskoje am nächsten gewohnt hatte. Sie hatte Katharina das Melken beigebracht, einen Herd heizen und Brot backen. Und von Wanja hatte sie Tiere enthäuten gelernt und einen Hasen am Spieß über dem Feuer braten. Wieviel Nächte hatte sie bei ihm gelegen, eng aneinandergeschmiegt, um sich vor der grimmigen Kälte zu schützen, in einem Schlitten, der von gestohlenem Geld gekauft worden war.

Was würden sie sagen, diese hübschen, nach der neuesten Mode gekleideten Frauen, wenn sie das wüßten?

»Sie Ärmste! Sie müssen ja wahnsinnig geworden sein! Wie haben Sie das bloß durchgehalten?«

Und dann würde die Geschichte die Runde machen. »Mit irgendeinem Bauernlümmel ist sie herumgezogen. Und gestohlen hat sie. Aber sie erzählt es, als wäre sie noch stolz darauf. Und diese schrecklichen Menschen in Sibirien bezeichnet sie als ihre Freunde! Wahrhaftig, ich überlege, ob ich sie zu meiner nächsten Soirée überhaupt noch einladen kann.«

Katharina lächelte in sich hinein.

Ja, es waren ihre Freunde, Wanja, Iwan Rasumow, Sterschinsky, Grischkol . . . alle, mit denen sie die letzten Monate verbracht hatte.

Und sie war stolz, daß sie sie kannte. Aber wer von diesen Frauen hier würde das je begreifen? Sie lebten alle wie in einem Glaspalast, fern der Wirklichkeit, Die gläsernen Wände wiesen Sprünge auf. Aber man sah sie nicht von innen. Man hatte eine Gardine vorgezogen, um unbehelligt zu bleiben.

Katharina aber war draußen gewesen, auf der anderen Seite der Gardine. Und deshalb wollte sie nicht mehr in den Glaspalast zurück. Sie hatte die Sprünge gesehen.

Am Abend war sie mit Gregor allein. Sie war schweigsam und in sich gekehrt. Es fiel ihm auf.

»Was ist los mit dir? Hattest du Ärger?«

Sie schüttelte den Kopf. »Überhaupt nicht. Es war viel Besuch da. Olga, Lisa Trubetzkoy, Sonja Smirnow, Tatjana Chlessew . . .«

»Und?«

»Nichts – und. Sie sagten alle, wie sehr sie sich freuten, mich wiederzusehen. Für die nächste Woche sind wir bei den Trubetzkoys eingeladen. Aber ich habe noch nicht zugesagt.

Ich wollte erst mit dir sprechen.«

»Nun, meinetwegen sag zu. Ich nehme an, du freust dich, wieder in Gesellschaft zu gehen. Du hast es lange genug entbehren müssen. Übrigens – was hältst du davon, wenn wir uns umziehen und in die Oper fahren? Hättest du Lust?«

»Nicht sehr. Aber wenn du . . .«

»Nein, wenn du!« sagte er lachend und zog sie neben sich auf das Sofa. »Ich bin am liebsten mit dir allein. Aber du warst so stumm, und deshalb dachte ich, du langweilst dich.«

Sie schlang die Arme um seinen Hals. »Nein. Aber du hast mir noch gar nicht erzählt, was es heute im Winterpalais gegeben hat. Du warst doch zur Audienz befohlen. Was hat der Zar gesagt?«

»Nicht viel. Es war die übliche Formsache. Ich habe meinen Kratzfuß gemacht, für meine Begnadigung gedankt, und er geruhte, beides gnädig entgegenzunehmen.«

»Und weiter?«

Ein flüchtiger Schatten huschte über Gregors Gesicht. »Das, was ich erwartet habe. Schließlich kennt er meine Einstellung. Er gab mir zu verstehen, daß ich sie entweder ändern oder jede politische Betätigung unterlassen müsse. Mittlerweile wisse man ja, zu welch entsetzlichen Folgen der Liberalismus geführt habe. Probjedonoszew, mit dem ich hinterher sprach, sagte es noch deutlicher. Meine Begnadigung ist nicht etwa erfolgt, um mich mit Glanz und Gloria in den Reichsrat zurückzuholen. Im Grunde habe ich sie einzig dem Sturz Trepins zu verdanken. Fast alle Urteile, die unter seiner Ära gefällt wurden, sind aufgehoben worden.«

»Bist du jetzt enttäuscht?« fragte Katharina.

»Worüber? Daß man mir den Stuhl vor die Tür gesetzt hat? Aber ich sage dir doch, ich habe damit gerechnet.«

»Trotzdem. Ich weiß doch, wie sehr dir das alles am Herzen lag – die Semstwos, die Landwirtschaftsreformen, die Einführung der Wahlen. Wir haben doch so oft darüber gesprochen.«

»Damals hoffte ich auch noch, zusammen mit einigen anderen unsere Pläne zu verwirklichen. Heute nicht mehr. Man muß wissen, wann man verloren hat, Katharina. Ich bin kein Don Quijote, der gegen Windmühlenflügel kämpft. Aber ich bin deswegen nicht unglücklich. Ich dachte nur . . .«

»Ja?«

Er schüttelte den Kopf. »Ach, ich weiß nicht. Es wird dir nicht gefallen. Ich dachte, daß wir Petersburg verlassen könnten. Mich hält hier ja nichts mehr. Ich dachte, mit dir nach Shitomir zu gehen.«

»Gregor!« sagte sie atemlos. »Du meinst . . .«

»Ich habe dort ein Gut. Sorowo heißt es. Dreißigtausend Deßjatinen Ackerland. Ein Wald gehört auch dazu. Das Gutshaus ist nicht allzu groß. Aber von den Fenstern aus hat man einen Blick über die ganzen Weizenfelder. Wir haben bald Sommer. Dann muß es schön aussehen . . .«

»Ja«, sagte sie. Ihre Augen leuchteten. »O bitte, Gregor, laß uns hinfahren. Gleich morgen oder übermorgen. So schnell es geht.«

Er strich ihr das Haar aus dem Gesicht. »Ich dachte,daß wir uns dort unsere eigene kleine Welt schaffen könnten. Eine Welt, in der wir frei sind und nur uns selbst gehören. Aber du sollst es nicht mir zuliebe tun. Wenn du lieber in Petersburg bleiben willst . . .«

Sie lachte. »Ich habe den ganzen Abend überlegt, wie ich dir beibringen soll, daß ich von hier fort möchte. Und jetzt schlägst du es mir selbst vor. O Gregor, das ist herrlich.«

Als Stepan ein paar Minuten später den blauen Salon, in dem diese Unterhaltung stattfand, betrat, fand er seinen Herrn in einer überaus stürmischen Umarmung mit seiner Frau vor.

Ein Bild, das Stepan von Tschitscheskoje her gewöhnt war. Aber Tschitscheskoje war nicht das Palais Medinski. Dort mochte es angehen, sich bloß zu räuspern, bis die beiden auseinanderfuhren und er sein Anliegen vorbringen konnte. Hier verlangte die Etikette diskretere Maßnahmen.

Deshalb zog sich Stepan völlig geräuschlos wieder zurück, verschloß die Tür und trampelte eine Weile draußen auf der Schwelle herum.

Als er danach – jeder Zoll ein herrschaftlicher Diener – wieder eintrat, saßen Gregor und Katharina nebeneinander auf dem Sofa.

»Bitte um Verzeihung, Euer Gnaden«, sagte Stepan. »Prinz Golubkin ist soeben vorgefahren, zusammen mit dem Grafen Wolsky. Sie bitten, ihre Aufwartung machen zu dürfen.«

Gregor und Katharina wechselten einen Blick. Dann schüttelte Gregor den Kopf.

»Es tut mir schrecklich leid, Stepan. Aber wir sind nicht zu Hause.«

»Sehr wohl, Euer Gnaden«, sagte Stepan und verschwand.

Gregor zog Katharina zu sich heran. »Oder hättest du sie empfangen wollen?«

Sie seufzte glücklich. »Ich glaube, sie hätten nur gestört. Obwohl es sicherlich ein bißchen undankbar ist, so zu denken.«

»Wieso?«

»Nun, ohne die beiden hätten wir uns vielleicht nie kennengelernt und geheiratet.«

Gregor lachte. »Stimmt. Ihnen verdanken wir unsere allererste Begegnung. Ich weiß sogar noch den Tag. Es war der zwölfte November vor zwei Jahren. Wolsky und Golubkin kamen durch den Schnee angestapft. Und du standest vor mir in der Datscha und sagtest: ›Wenn die Tür in den Angeln quietscht, müssen Sie mich umarmen!‹ «

»Und du sagtest: ›Wie bitte?‹ Es klang sehr widerstrebend!«

»So war es auch gemeint. Aber dann quietschte die Eingangstür. Und du warfst dich in meine Arme und flüstertest . . .«

Mit geschlossenen Augen hob Katharina ihm ihr Gesicht entgegen. » . . .um Gottes willen, küssen Sie mich endlich!«

Roman

Als Band mit der Bestellnummer 17040 erscheint:

Taylor Caldwell

DER WERFE DEN ERSTEN STEIN

Die berühmte Autorin hat mit diesem Roman ein großartiges Fresko jener ereignisreichen Tage geschaffen, da Jesus mit seinen Jüngern nach Jerusalem zieht.
Unter ihnen befindet sich Judas Ischarioth, Sohn einer reichen Familie, dem die Herrschaft der Römer aus tiefster Seele verhaßt ist. Aus glühender Liebe zu seinem Volk will er den bewunderten Meister dazu bringen, die offene Rebellion gegen die Römer auszurufen und anzuführen.
Chronist und Akteur zugleich, schildert Judas jene dramatischen Vorgänge aus seiner Sicht: die Lehren und Wundertaten seines Herrn, die Intrigen der Pharisäer und Hohepriester, die Winkelzüge des Pontius Pilatus und schließlich die grausame Kreuzigung.